KB139016

Re:제로

Re: Life in a different world from zero

부터 시작하는 이세계 생활

「얼굴을 잘 보여다오. 모습이 바뀌었어도

그대의 눈이 깜빡이는 것을 가까이서 보고 싶다」

「유가르드 볼라키아 각하.」

「아……」

「300년 가까운 공백을 둔 밀회다.

그 누구라도 짐과 그대를 방해하게 두지 않아.」

「망할 자식······.」

온몸에 어마어마한 상처를 입고 어깨를 들썩거리며 건물에서 나온 순간 마중받은 알은 벽에 몸을 기대고 주르륵 주저앉았다.

「와, 굉장해, 굉장해! 마지막에 뛰어든 단안족은 알씨가 절대로 이길 수 없는 상대라고 생각했는데, 이걸 해내네요.」

「――네놈이 무의미한 죽음을 초극하여 송장 인간이 되는 삶을 싹틔운 것은 소녀 때문이로군.」

그것은 스핑크스가 『대재앙』이 된 이유가 프리실라에게 있다는 선전 포고였다.

「──제 이름은 스핑크스,

룬그니카 왕국에서는 『마녀』라고도 불렸습니다」

Re: Life in a different world from zero

The only ability I got in a different world "Returns by Death"
I die again and again to save her.

CONTENTS

Re:제로

Re: Life in a different world from zero

부터 시작하는 이세계 생활

36

나가츠키 탓페이 지음

오츠카 신이치로 일러스트

표지 · 본문 일러스트
오츠카 신이치로

프롤로그 『사랑하고 싶지 않았다』

1

──그 남자는 언덕 위에 서서 먼 지평선을 바라보고 있었다.

이미 해가 저문 뒤로 시간이 지나 광원이 희박해진 한촌은 어둠에 이기지 못했다.

하물며 남자 대다수가 다쳐서 화톳불을 지피고 돌아다닐 일손도 부족할 지경이라면 더더욱 그래서, 그런 짙은 암흑 속에 선 남자의 모습은 소녀의 눈에 아주 기이하게 비쳤다.

──격렬한 싸움 끝에 토벌된 도적은 인근 마을들을 헤집고 다니던 유명한 악당이었다.

그들에게 걸려 가축 및 식량을 빼앗기고 망한 마을은 한 손으로 이루 꼽을 수 없다. 소녀의 고향도 그 도적의 피해지로 이름을 올릴 뻔했었다. 실제로 도적 상대로 저항한 남자들은 죽고 다쳤으며, 여자와 아이들은 잇따라 붙잡혔다. 소녀도 팔리거나 수난을 당할 위기였다.

그때 나타난 것이다. ──언덕 위의 남자가 이끄는, 수도에서 파견된 군대가.

병사들은 눈 깜짝할 새에 도적을 포위하고 전멸시켰고, 그 후에는 복구를 돕겠다고 마을 옆에 주둔했다. 그 결과, 마을은 도적에게 습격당하기 전보다 견고한 울타리를 손에 넣게 되었다.

다친 남자들이 다 나으면 마을은 일단 평안을 찾으리라.

그 전까지는 자신도 마을을 지키는 한 사람이라며 소녀는 부상자의 수발을 들거나 마을 아이들을 보살피거나, 병사들에게 요리를 가져다 주는 등 바쁘게 뛰어다녔다.

언덕 위에서 남자를 발견한 것은 오늘 하루 일이 일단락되고 집으로 돌아가는 길이었다.

"―――――."

묵묵히 어둠을 뚫어지라 보고 있는 남자의 모습은 우스꽝스럽다고 말할 수도 있었다.

아무것도 보이지 않는 어둠을 들여다보는 짓은 아무 의미도 없는 행위였다. 결과를 얻을 수 없는 행위를 무의미하다고 여기는 것이 변경까지 스며든 제국의 방식이다.

그러나 소녀의 눈에는 어째선지 그것이 우스꽝스럽게도, 무의미한 행위로도 보이지 않았다.

이 남자가 일심불란하게 확인하려고 하는 것은 결코 존재하지 않는 것이 아니다. 그렇다면 문제는 이 남자가 아니라 이 남자가 보려는 것을 알지 못하는 주위 쪽에 있다.

그리고 자신도 이 남자가 보고 싶어 하는 것을 알지 못하는 한 사람이라는 사실이 공연히 애달팠다.

"캄캄한 암흑을 바라보는 것보다 하늘의 별을 세는 편이 마음이 편안하지 않을까요?"

깨닫고 보니 그가 돌아보기를 바라는 마음에 뒤에서 그리 말을 걸고 있었다.

남자가 뒤돌아보았다. 그 표정에 희미한 놀람과, 두 눈에 비친 자신의 모습이 있어서 왠지 자랑스럽게 느껴졌기에 직전에 느낀 애달픈 감정은 싹 지워졌다.

──그것이 후세에 길이길이 전해지는, 동화 속 소녀와 왕의 만남이었다.

2

──그 재회는 예기치 못한 것이었다.

운명의 장난이라고 하기에는 너무나도 애교와 배려가 지나치게 없는 조처였다.

미증유의 재난에 처한 볼라키아 제국에서 누구나 거의 동시에 알게 된 『대재앙』의 전모── 되살아난 망자들의 무자비한 횡행은 모든 산 자를 혼란 속으로 밀어 넣었다.

그러나 그 혼란 속에서, 여전히 기어오르는 이들이 있었다.

육체의 강함이 아니라 정신의 강함으로 일어선 그들은 범용한 일반인의 눈에는 그야말로 영웅, 걸물로 비친 이들이다. 그자들은 절망의 구렁에 있어도 절망하지 않고, 혼란 속에서 혼란을 쳐부수며 가라앉기만 할 뿐이던 사람들의 명운을 크게 좌우했다.

실제로 산 자들에게 최악의 기습이 된 『대재앙』은 쉽게 예상할 수 있는 피해에 한참 못 미치는 결과로 그쳤다.

　하지만 그런 산 자들의 건투를 감안해도 사태는 최악을 면한 것에 불과하다.

　볼라키아 제국은 여전히 멸망의 위기에 맞닿아 있다.

　그리고 그 멸망을 저지하기 위해서 필요한 조각도, 놀이판 위를 타개하려는 이들의 수중에서 벗어나 상대의 손아귀에 잡혀 있는 상황인 것이다.

　"으응……."

　희미한 숨소리가 입술에서 새어나오고 의식은 느릿하게 각성으로 향한다.

　긴 속눈썹으로 꾸며진 눈꺼풀이 떨리고 여명을 두려워하는 태양처럼 천천히 눈동자가 세계를 비추기 시작하더니, 푸른 눈이 한두 번쯤 깜빡이다가──.

　"윽……."

　그 한순간, 물거품 같은 꿈이 팍 터지고 의식이 또렷하게 현실에 정착했다.

　그 자리에서 몸을 벌떡 일으켜 보니, 시야에 들어온 것은 낯선 장소였다.

　천장이 높은 구조의 방은 벽과 바닥의 재질과 장인의 실력도 일급품 수준이었다. 고급스러운 방에는 그에 걸맞은 가구가 비치되어 고귀한 분위기의 장소임을 한눈에 알게 해 주었다.

널찍한 방 안에서 자신이 크고 부드러운 침대를 독차지하고 있는 사실도, 그런 인식에 박차를 가했다. 하지만 인식한 사실이 워낙 이질적이었다.

그것은 직전의 기억과 대조하여 부자연스럽기 그지없는 상황이기에.

"나는, 프리스카와 제도의 싸움에……."

참가했을 터……라고 자신을 되돌아보았다.

그 즉시 되살아나는 것은 천지 양쪽 모두 벌겋게 물든 세계에서 기적적으로 재회한 딸과 함께 울부짖는 아이를 어르려 바삐 뛰어다니던 기억이었다.

말 그대로 불에 쫓기는 것만 같은 싸움이었지만, 시도 자체는 성공을 거두었을 터.

그러나 자신은 이런 곳에 있었다. 그것을 너무나 이해할 수 없어서——.

"기모노가."

거기까지 생각했을 즈음, 가슴에 짚은 손의 감촉이 낯설다는 사실을 뒤늦게 깨달았다.

침대에 들어간 자신의 몸을 내려다보니 그 몸이 두른 것은 오래 입은 기모노가 아니었다. 이것도 질 좋은 천으로 고급감이 어린 아름다운 파란색 드레스였다.

묶고 있던 머리카락도 풀려 있고 머리 장식과 귀걸이도 어느새 빠져 있었다.

그 순간, 가슴이 세차게 뛰었다. 기모노도 장식품도, 떼어놓는

다는 생각은 한 적도 없다.

　그것들은 전부 자신에게 대신할 것 없이 소중한 마음이 담긴, 이 세상에 둘도 없는 물건이기에——.

　"눈을 떴는가, 나의 별."

　"아⋯⋯."

　수중에 없는 그것들을 찾으려 침대에서 나오려던 순간, 그 목소리가 들렸다.

　허를 찌른 목소리에 과장 없이 뇌 활동 전부를 빼앗겼다.

　목소리가 나온 쪽은 방 입구로, 그곳에 이르기까지 시선을 빼앗을 만한 우아하고 화려한 회화도 가구도 있었다. 하지만 그것들 모두 의식 끝자락에도 남지 않았다.

　귀를 빼앗긴 것처럼, 마음을 빼앗긴 것처럼, 의식째로 그쪽에 시선을 빼앗긴다.

　그것은 자신에게—— 요르나 미시구레에게 피할 수 없는 결과였다.

　"＿＿＿＿＿."

　침대의 요르나는 멍하니 눈을 동그랗게 뜨고 입구에 선 인영을 응시했다.

　거기에 서 있는 것은 호리호리한 인영이었다. 여성치고는 장신인 요르나와 키도, 팔다리의 굵기도 거의 다를 바 없는 가녀린 분위기가 있지만 그 이목구비는 표독하게 단정한 남성의 것이었다.

어깨에 닿을 정도의 검정에 가까운 녹발과, 언짢은 인상을 조장하는 건강미 없이 거뭇한 눈매, 피처럼 붉게 지은 장의(長衣) 위에 로브를 걸친 모습은 공기조차 뾰족해서 남이 접근하게 두지 않는 그의 성격을 시각적으로도 또렷하게 호소한다.

그러나 실제로는 남이 그를 두려워할 뿐이지 그가 남을 멀리하는 것이 아님을 요르나는 알고 있다. ──실제로 그는 자신을 멀리하려고 하지 않았다.

그 최후의 순간을 눈앞에 두고도 멀어지기를 진심으로 거부했다.

그렇기에 지금 자신이 여기에 있는 것임을, 요르나의 영혼이 알고 있다.

알고 있기에──.

"각하, 이신가요?"

"묘한 투로 말하는군. 하지만 용서하겠다. 그대의 영혼이 관련된 모든 것을."

사실을 사실로서 차마 받아들이지 못한 요르나의 물음에 남자의 목소리가 대답했다.

몹시 무뚝뚝하고 인정 없는, 음울한 무게를 띠고 들리는 음성에는 들리는 바와는 정반대로 터질 것만 같은 감정이 담겨 있었다.

그것은 사람에게는 과분할 정도의 집착이며, 그 집착의 기원은 사랑에 있다.

──눈앞의 남자는 요르나 미시구레를 사랑하고 있다.

그것은 요르나가 『사랑』받는 것에 특화된 재주를 지녔기에 아는 것이 아니라, 이곳에 다른 누가 있다 해도 일목요연할 만큼 명명백백하고 강렬한 감정이었다.

물론 이곳에 다른 사람이 동석할 일은 절대 없으리라.

여하튼 이것은——.

"300년 가까운 공백을 둔 밀회다. 그 누구라도 짐과 그대를 방해하게 두지 않아."

"아……."

"얼굴을 잘 보여다오. 모습이 바뀌었어도 그대의 눈이 깜빡이는 것을 가까이서 보고 싶다."

천천히 걸어와서 고하는 남자의 말에 요르나의 심장이 떨렸다.

그것이 어떤 감정에 야기된 것인지 스스로도 확실하게 알지 못했다. 불가능한 재회에 기뻐하며 그 가슴에 뛰어들고 싶은 충동은 당연히 존재했다.

그러나 동시에, 그래서는 안 될 이유도 300년만큼 존재한다.

당장 최근 수십 년이, 요르나를 충동적으로 만들지 않은 가장 큰 이유다.

따라서 요르나는 상반되는 감정에 애달파하며 말했다.

"유가르드 볼라키아 각하."

부르는 목소리에 상대의 발길이 멎고, 요르나는 입술을 꼭 다물었다.

그 부름에 발길을 멈추었으면 착각이 아니다. 애초에 착각할 턱이 없다. 그를 모르는 이 시대의 누가 그를 잘못 보더라도 요르나만은 그를 착각할 수 없다.

요르나만은──── 아니, 『아이리스』라는 소녀로부터 시작된 이 영혼만은, 『가시나무 왕』으로 불린 유가르드를 오인할 턱이 없었다.

　────아이리스와 가시나무 왕.

　그것은 이 세계에 예로부터 전해지는 동화이며, 동시에 역사적 사실이기도 한 옛날이야기다.

　아이리스라는 한 소녀와 『가시나무 왕』으로 불리던 볼라키아 황제의 만남과 이별, 그리고 비극적인 결말을 그린 것으로 유명한 이야기.

　배신당해 『가시나무 왕』의 품에서 목숨을 잃은 아이리스.

　그 이야기의 결말은 많은 이들이 알고 있지만, 결말 너머──── 죽은 아이리스의 영혼이 하늘에 오르지 못한 채 수도 없이 환생을 반복하고 있는 사실은 알려지지 않았다.

　배신한 이들의 피와 생명을 이용해 제국의 대지에 속박되어, 지금도 오드 라그나로 영혼을 반환하지 못하고 있는 존재, 그것이 요르나 미시구레.

　그리고 아이리스의 영혼을 제국의 대지에 속박하고자 두 아인족과 수만의 생명을 아낌없이 사용한 것이 다름 아닌 『가시나무 왕』 유가르드 볼라키아였다.

　즉, 이것은 묘사되지 않은 『아이리스와 가시나무 왕』의 재회 이야기──── .

"그런, 아름다운 이야기는 도저히 있을 수 없지요."

요르나는 고개를 느릿느릿 가로젓고 가슴속 충동을 억눌렀다.

바라지 않는 이별을 맞이한 유가르드와의 재회는, 요르나의 오랜 소원이었다. 따라서 이것은 수백 년 만에 소원이 이루어진 순간이라고도 할 수 있으리라.

그러나, 아니다. 아닌 것이다. 요르나가 머리에 그린 재회는 이런 형태가 아니었다.

"그런 얼굴이 되신 각하를 뵙고 싶지는 않았습니다."

비웃는 것만 같은 운명의 악랄함에 요르나는 서글픈 분노를 띠고 유가르드를 보았다.

발길을 멈추고 요르나의 눈길을 받아내는 사랑스러운 황제——창백한 피부에 금빛 두 눈을 드리운 그는 요르나가 아는 모습에서 너무나도 변모하고 말았다.

구체적으로 그에게 무슨 일이 있었는지 모르겠다.

다만 유가르드의 모습이 예사롭지 않다는 것과 그 모습을 야기한 것이, 자신과 사랑하는 아이들 편이 아님은 확신이 있었다.

변모한 모습으로 불가능한 소생을 이룩한 유가르드——. 자신이 깨어난 낯선 장소가 혹시 수정궁의 한 방이라면 최악의 가능성조차 머리에 스친다.

요르나의 상상을 초월하는 무언가가 일어나서 제국의 본질이 바뀌었을 가능성이.

"각하, 당신께 무슨 일이 있었던 것이지요? 도대체 어째서 이렇게……."

나누고 싶은 말은 마르지 않는 눈물처럼, 끝나지 않는 사랑처럼 존재한다.

하지만 요르나는 그것을 뿌리치고 알아야 할 사항을 캐물으려 했다.

그러나──.

"나의 별."

그 물음은 손가락을 하나 세운 유가르드의 몸짓에 막혔다.

그 몸짓에 요르나의 입을 막을 힘이 있던 것은 아니다. 그 몸짓에 뒤따른, 요르나의 심장을 옥죄는 날카로운 아픔이 막은 것이다.

"커, 으……."

날카로운 아픔에 심장이 꿰뚫린 요르나의 목에서 물음 대신 신음이 흘러나왔다.

반사적으로 움켜쥔 요르나의 가슴, 그 드레스를 밀어 올리는 풍만한 언덕에 조금 전에는 없었던 의장── 회색의 가시넝쿨이 생겨나 있었다.

가시넝쿨은 요르나의 가슴 중심에서 소용돌이를 그리며, 드레스의 천도 하얀 피부도 통과하여 내부에 이르렀다.

넝쿨의 가시가 요르나의 심장에 박히고 어마어마한 고통이 전신을 지배했다. 그것을 제거하려 해도 넝쿨은 요르나의 손가락을 통과해 건드릴 수도 없었다.

"────."

아픔에 사고가 하얗게 물든 요르나는 유가르드의 다른 이름을 떠올렸다.

볼라키아 황제는 대대로 통치 방식 및 재위 중의 패업 내용을 이유로 다양한 이름으로 불리지만, 유가르드를 가리키는 이름은 『형극제(가시넝쿨 황제)』다.

유가르드는 이명대로 타인을 가시넝쿨의 아픔으로 속박하고 따르게 할 수 있다.

유가르드는 손댈 수 없는 가시넝쿨을 심어 백성과 병사를 복종시켜, 고통과 공포를 이용해 제국의 영토를 현재 모습까지 넓힌 황제였다.

그리고 기억을 떠올렸다. ──그 제도 결전 도중, 울며 날뛰는 아라키아를 프리실라와 함께 제압한 뒤에, 자신이 어떻게 허를 찔렸는지.

별것 아니다. 그 자리에 나타난 유가르드에게 정신이 팔린 요르나는 가시넝쿨의 구속을 피하지 못했다. 그렇게 속박된 요르나와 의식이 없는 아라키아를 안고, 프리실라가 유가르드와 그 뒤를 따르는 금빛 눈의 군세와 상대하게 되었으며──.

"프리스카는, 무사한가요?"

질문은 찌르듯이 날카로운 고통 속에서 튀어나왔다.

고통이 누그러진 것은 아니다. 그저 마음이 고통을 웃돌았다. 그뿐이다.

유가르드는 가시넝쿨의 구속을 풀지 않는다. 그것은 상대가 요르나든 아이리스든 마찬가지다. 애초에 유가르드의 가시넝쿨은 분노의 발산 및 징벌을 위한 것이 아니다.

가시넝쿨을 심는 행위든 속박이든, 유가르드에게는 호흡과 다름없다.

사람이 두 다리로 걷듯이 유가르드는 가시넝쿨로 타인을 속박한다. 넝쿨의 날카로운 가시로 흐르는 피도 눈물도, 그가 타인과 접촉하기 위한 수단에 불과하다.

그렇다면, 그와 함께 있다 함은 이 고통과 함께한다는 뜻이다.

그 기억을 체감하며 떠올린 요르나가 미소까지 띠며 고개를 들었다.

"그 자리에 저와 함께 있던 두 사람, 그 아이들은 무사한가요?"

"그대와 같이 있었다면, 짐의 눈에는 들어오지 않았다. 짐의 눈에는 나의 별, 그대만이 비친다."

"그런, 가요……."

돌아온 답변은 기쁜 것이기는 해도 바란 것은 아니었다.

그 사실에 눈썹이 처진 요르나의 표정에 유가르드는 한쪽 눈을 감고 생각에 잠겼다가 입을 열었다.

"하지만 『마녀』가 산 자를 몇 명 성에 들여놓았지. 그중에 찾는 사람도 있을지 모르겠군."

"…………."

그렇게 덧붙인 말에 요르나가 눈을 크게 뜨자 유가르드는 감은 눈을 뜨고 아주 살짝 딱딱한 표정이 부드러워졌다. 이 사람은 항상 이렇다.

항상 어떡하면 아이리스가 기뻐할지 이렇게 조마조마 눈치 보듯 시험하고는, 실패하면 낙담하고 잘 풀리면 은근히 기뻐한다.

기억 속의 남빛 눈동자와 다른, 검은 눈에 금색의 빛을 드리운 유가르드라도 요르나를 바라보는 부드러운 눈길과 서투른 배려는 똑같았다.

그 사실이 가시넝쿨과는 다른 고통으로 가슴을 세게 옥죄는 것을 느끼며 요르나는 말했다.

"그렇다면 각하께 부탁이 있습니다."

"부탁?"

"그, 『마녀』라고 했나요? 『마녀』가 성에 들여놓았다는 것이, 제 동행이었는지 확인해 주셨으면 해요."

프리실라와 아라키아, 두 사람이 무사한지 확인하고 싶다.

사랑스러운 남자와의 수백 년 만의 밀회 도중에도 요르나의 마음은 딸들을 우선했다. 둘의 안부를 알고 싶다. 그 바람이 이루어진다면——.

"그대는 죽음을 포기하는가, 나의 별."

유가르드가 꺼낸 말이 또다시 요르나의 가슴을 다른 고통으로 꿰뚫었다.

"…………."

금빛 두 눈, 유가르드의 시선에 꿰뚫린 요르나는 순간 입을 열지 못했다.

웬 어처구니없는 말이냐고 얼버무릴 수 없다. 그 말은 틀림없이 요르나의 진의를 찌르고 있었다.

제국의 대지에 영혼이 속박되어 죽을 때마다 다른 몸으로 새로운 이름을 얻어 되살아난다. ——그 과정을 반복한 요르나가, 아이리스가 품은 소원.

그 소원이 진정한 '죽음' 이라는 것을 유가르드 볼라키아는 정확히 간파하고 있었다.

"피는, 못 이기는 법이에요."

그리고 빈센트 볼라키아 또한 이를 간파했었다.

그 때문에 요르나는 빈센트와 손을 잡고 모반자로부터 제국을 탈환하는 싸움에 협력하는 쪽을 택했다. 물론 붕괴한 마도 카오스프레임도 이유 중 다수를 차지했지만, 요르나는 자신의 본심이 어느 쪽에 있는지 갈팡질팡하는 시점에서 불성실하다고 여겼다.

그렇기에——.

"그 아이들의 목숨을 구할 수 있으면, 저의 죽음 따위 사소한 일이지요."

자신의, 몇백 년 동안 간직한 소원 따위 비교할 여지도 없다고, 딸들을 선택했다.

"좋다. 그대의 소원을 듣겠다, 나의 별."

가시와, 사랑과, 소원, 그 아픔에 견딘 요르나의 미소에 유가르드는 끄덕였다.

그리고 그는 요르나 앞으로 나서더니 손을 뻗어 볼을 만졌다. 애정 어린 다정한 손놀림과 정반대로 손가락은 차갑고, 줄어든 거리만큼 가시넝쿨은 깊이 찔렸다.

그럼에도 사랑스러움이 요르나의 얼굴에서 미소를 빼앗을 수 없었다.

"잠시 기다려라."

마음과 몸, 양쪽 모두에 찔리는 아픔을 맛보는 요르나로부터 손을 뗀 유가르드가 움직였다.

여전히 하겠다고 마음먹으면 행동이 신속한 황제였다. 요르나는 그리운 감상에 잠기며 "각하." 하고 뒤에서 불러 세웠다.

"갈아입히기 전의, 제가 착용하던 기모노와 머리 장식, 귀걸이는 어떻게 되었지요?"

"짐이 좋아하는 취향은 아니다. 하지만 그대를 꾸미던 물건들이다. 챙겨놓았다."

그렇게 말한 유가르드는 침대 옆 선반을 손으로 가리키더니, 군소리 없이 대답을 마치고 방을 나가 버렸다.

쉴 틈 없이 서둘러 움직이는 그 태도는 정말이지 요르나가 아는 그의 모습과 똑같았다. 생전부터 그는 언제나 시간에 쫓기는 것처럼 바쁘게 일하고 있었다.

처음에 요르나——아이리스가 그에게 말을 건 것도 그 행동을 멈추고 싶었기 때문이다.

서두르지 않아도 된다고 말해 주고 싶어서, 아이리스는 그의 곁에——.

"나약한 계집아이 같은 소릴."

요르나는 느릿느릿 고개를 가로젓고 침대에서 빠져나와 선반에 손을 뻗었다.

서랍을 열자 거기에는 요르나의 기모노와 오비(띠)가 반듯하게 접혀 있고, 머리 장식과 귀걸이를 넣은 두건도 같이 들어 있었다. 무심결에 안도의 한숨이 흘러나왔다.

그 안도가 어지간히도 컸기 때문인지——.

"아……."

어울리지 않는 가냘픈 소리가 목에서 흘러나옴과 함께, 뺨에서 뜨거운 무언가가 흘렀다.

"크."

몸을 앞으로 굽힌 요르나가 입술을 꼭 깨물고 오열을 참았다.

눈물 따위 흘려서는 안 된다. 그것은 강고하게 만들어 낸 『극채색』을, 요르나 미시구레라는 마도 가오스프레임의 여주인을, 한낱 마을 처녀인 아이리스로 되돌리는 저주다.

아이리스로 돌아간다 함은, 사랑하는 대상을 단 하나로 좁힌다는 뜻.

지금껏 보내 온 300년, 누군가의 아이이며, 누군가의 부모이고, 누군가의 아내이며, 그렇게 보내 온 나날 전부를 없던 것으로 치부한다는 뜻.

"어째서인가요, 각하……. 어째서 지금이야?"

프리스카를, 마도의 주민들을, 이 제국에 살아가는 많은 이들을 사랑할 수 있는 자신 그대로 남고 싶다.

그 소망을, 가슴속에서 가시를 주장하는 넝쿨의 아픔이 잊으라고 한다.

요르나는 그 미치도록 그립고 달콤한 아픔이 두려워서 아찔했다.

——아찔했다.

제1장 『석괴』

1

　──『성새도시』 가클라는 볼라키아 제국에서도 다섯 손가락에 들어가는 대도시로서 유명하다.

　이웃 나라인 루그니카 왕국과 카라라기 도시국가, 실질적으로 이 두 나라와의 국경 부근에 존재하는 가클라는, 도시 배후에 큰 산을 두고 방벽 내부에 견고한 요새를 여럿 보유한 강대한 방위의 요지였다.

　단, 견고하다 칭송받던 도시의 전설은 십여 년 전 단독으로 가클라를 습격한 마녀교 『탐욕』의 대죄주교의 손길로 붕괴되었다.

　피해는 성새도시 수천 명의 상비병과, 볼라키아 제국 최강의 무인이라 불리던 『여덟팔』 쿠르강의 죽음, 그리고 여러 요새가 괴멸한 제국사에 남는 최악의 결과였다.

　그 이후로 성새도시에는 깊은 흉터가 새겨져서 현재에 이를 때까지 도시 전체의 복구와 기능 회복은 완전하다고 할 수 없으며, 세 나라의 국경은 높은 긴장 상태로 유지되고 있다──.

"그것이 왕국이 파악한 성새도시의 상황이었는데요—오."

도시 최심부, 인접한 길드레이 산의 중턱을 도려내는 형태로 만들어진 대요새 안의 대형 회의실 창가에 선 로즈윌이 시가지를 내다보며 웃음을 띠었다.

제도 루프가나에서 온 피난민이 속속 유입되는 성새도시는, 일시적으로 그 수용 인원을 평상시의 몇 배나 늘린 상황이다. 당연하지만 그만한 인원을 시내로 들이면 곳곳에서 인명에 관계되는 트러블이 빈발한다.

그러나 현재 도시에 그런 혼돈스러운 피해 보고는 올라오지 않고 있다.

도시는 대인원을 받아들이기 위해 넉넉하게 비축된 상태였고, 목숨만 붙인 채 도망친 피난민과 병사들이 여러 요새에 수완 좋게 분배되었다. 그리고 그런 이들을 받아들이는 요새 안에 만들다 만 것은 하나도 눈에 띄지 않았다.

"듣던 얘기하고는 많이 다르군……. 성새도시는 한창 재건 중이고, 제국의 허점이 있다면 이 도시라는 소문이 자자아—했었습니다만."

지식과 실물의 차이가 워낙 커서 로즈윌의 웃음은 감탄의 색으로 물들었다.

다른 나라 사람이라면 몰라도 제국민에게도 성새도시의 내실은 알려지지 않았다. 만약 다른 나라가 성새도시가 구멍이라는 정보를 곧이곧대로 믿고 움직이면 따끔한 대가를 치러야 할 구성이었다.

역시나, 제국은 자신의 추문조차도 전쟁에 이용한다. 그 합리성에는 감탄밖에 할 수 없다.

　그때──.

　"이름 쟁쟁한 왕국 제1위의 마법사가 그런 인식이라면, 우리 측의 정보 통제는 잘 기능한 모양이군요."

　"눈에 보이고 귀로 들리는 약점을 여봐란 듯이 남겨 둘 리가 없단 말입니까. 나아── 원, 제국의 용의주도함에는 고개를 못 들겠습니다아──."

　감탄에 응수한 목소리에 어깨를 으쓱인 로즈월이 뒤돌아섰다. 정면에 선 것은 백발 노인── 제국 재상, 벨스테츠 폰달폰이었다.

　지난 연환용차 습격 때, 분전해서 상황 타개에 일조한 인물이다.

　한 번은 용차에서 추락해 생존이 위태로웠지만, 용차를 뒤따라 달리던 프레데리카의 구조가 아슬아슬하게 늦지 않아 이렇게 성새도시에서 합류했다.

　그렇긴 해도 역시나 다친 곳 없이 귀환할 수는 없었던 모양이다.

　"용태는 어떠십니까? 화상의 범위도 꽤애──나 넓던 것 같았습니다만."

　"배려 송구합니다. 다행히 치유자의 능력이 있는 그 소녀 덕분에 목숨을 건졌습니다. 팔다리는 다소 불편합니다만…… 이 사람에게는 과분한 행운이라 해야겠지요."

　"그렇습니까."

　말한 벨스테츠는 한 손으로 지팡이를 짚고서 오른쪽 발을 끌고 있었다.

아무리 치유 마법의 효과가 절대적이라 해도 본인의 회복력 상한을 대폭 넘어선 결과를 부르려면 거의 기적이 필요하다.

아쉽게도 벨스테츠의 기적은 목숨을 건진 것에서 동난 모양이었다. 하긴 이 노인은 그조차 과대한 기적이라고 받아들인 눈치지만.

어쨌든──.

"인적 피해는 최소한, 값진 전력을 잃지 않고 성새도시로 들어올 수 있던 것은 요행이지. 다리가 불편해진 재상님은 딱하지만 이보다 나은 결과는 바랄 수 없을걸."

로즈월과 함께 회의실에 들어와 있던 세리나가 그렇게 평했다.

방 중앙에 놓인 원탁의 한 자리에 앉아 얼굴에 난 흉터를 손가락으로 쓸며 옆자리의 의자를 벨스테츠를 위해 빼놓았다.

그녀답지 않은 배려에 벨스테츠는 두툼한 눈썹을 찌푸렸다.

"의자를 빼는 배려는 있어도 말투는 무례함 그 자체……. 드라쿨로이 백작, 당신을 어떻게 여겨야 할지 판단하기 어렵군요."

"너무 어렵게 생각하지 마. 양쪽 다 나야. 만약 이 요새가 무너진다면 마른 나뭇가지 같은 재상님을 안고 달리며 그 노력에 대해 기탄없이 의견을 읊겠어."

"과연. 이해하기 어렵습니다."

그런 솔직함이 도리어 세리나의 매력을 복잡하게 만들고 있지만, 그에 응대하는 벨스테츠의 태도도 어딘가 한 꺼풀 벗은 인상이 있었다.

——송장 비룡 무리와 『전정부대』를 이끌던 『독희』, 거기에 『삼두』의 발그렌이라는 죽은 사룡까지 가담한 습격은 상상할 수 있는 한 최악에 가까웠다.

그 전투는 벨스테츠의 생환도 포함해 진용으로서는 기적적으로 경미한 피해로 끝냈다고 할 수 있다. 그 사실 자체는 스바루를 아는 로즈월에게는 뜻밖의 결과도 아니다.

문제는 그 결과에 이르기 위한 기적을 일으키는 방법 쪽에 있었다.

"그런데, 틀림없는 것입니까? 라미아 각하가 더 이상 되살아날 수 없다는 것은."

때마침 일어난 기적에 관한 화제가 올라왔다.

로즈월은 원탁을 둘러싸고 앉은 벨스테츠의 질문에 끝내 억누르지 못한 열기를 느꼈지만, 세리나와 다르게 상대가 머쓱할 지적은 하지 않고 참았다.

대신에 고개를 주억인 로즈월은 "그렇다더군요." 하고 운을 떼었다.

"아무래도 상대방이 『불사왕의 비적』과 복원 마법을 혼성시킨 술식, 그것을 푸는 방법을 찾아낸 모양이라아—서요. 라미아 고드윈 공주는 그 방법으로 소생 수단이 끊겼습니다. ……아뇨, 이 경우에는."

"구원받았다는 표현은 다소 오만할지도 모르겠군."

로즈월이 굳이 입에 올리기를 주저한 부분을, 세리나가 거론했다.

그 점에 관해서 로즈월도 명료한 답을 가진 것은 아니다. 송장 인간으로서 되살아난 생명이 그 사실 자체를 환영할지 로즈월로 서는 가늠할 수 없었기 때문이다.

개인적인 의견을 말하자면 생명의 소생 자체를 악이라고 단정 하지 않는다.

그러나 그 송장 인간으로서 되살아나는 상태는——.

"구원받았다. 혹은 해방되었다고 평하면 되겠지요."

"호오? 당신이 그 말을 하는 것은 뜻밖이군, 재상님."

벨스테츠의 말에 세리나가 눈썹을 세우고 흥미롭게 중얼거렸 다. 그 눈길에 지팡이 머리에 두 손을 짚은 벨스테츠가 길게 숨을 내뱉었다.

"그런 상태를, 라미아 각하가 좋게 여기셨을 것 같지 않습니 다. 각하도 자신이 패배했다는 자각은 있었을 터……. 그것은, 바라지 않는 기회였습니다."

"그렇다면 토벌되는 것도 바라는 바였다고? 그런 것에 비해서 는 그렇게 늘어나서까지 덮쳐든 것은 다소 앞뒤가 맞지 않게 느 껴지는데."

"……그래도, 각하의 본뜻은 따로 있었으리라는 게 이 사람의 생각입니다."

실눈을 내리깐 벨스테츠의 무거운 중얼거림에는 숨길 수 없는 기원이 담겨 있었다.

벨스테츠의 심정—— 믿음을 준 상대를 이해하는 사람이고 싶 다는 그의 생각을 로즈월은 알 것 같았다. 공교롭게도 턱을 괸 세리나에게는 조금도 전해지지 않는 눈치지만 그녀에게 섬세한 정을 설파해 봤자 헛수고이리라.

어쨌든 간에 그 '기적'에 관해서는 당사자가 끼지 않으면 진전이 없는 의제다.

그러므로——.

"적은 강대하고 사태는 여전히 혼미해. 하나로 뭉쳐야만 하는 상황에 우리끼리 옥신각신할 때가 아닐 테지. 안 그으—래? 스바루."

"말하지 않아도 잘 알고 있어⋯⋯."

고소하다는 듯이 웃은 로즈월이 방 입구 쪽에 말을 건넸다.

놀리는 것 같은 로즈월의 말에 마침 방에 들어오는 중이던 어린 소년—— 나츠키 스바루는 쓸쓸한 표정으로 그리 대답했다.

2

"긴급 사태였던 탓에 설명을 못 했지만, 정식으로 정보를 공유하겠어. 이, 이전의 루이였던 스피카는 원래 마녀교의 대죄주교였던 아이야."

"아—우!"

원탁을 둘러싸고 시작된 대화의 첫머리에서 스바루는 옆에 세운 스피카의 정체를 숨김없이 털어놓았다.

원래 연환용차에서 이미 사정을 파악했던 이들은 그 고백을 물론 조용히 받아냈다. 한편, 몰랐던 이들의 반응은 예상대로였다.

처음에 아연함과 경악이 찾아들고, 다음에 오는 것은 고백이 사실이라도 농담이라도, 그 본질은 변함없는 반응——— 다시 말해, 격앙이었다.

"무슨, 무슨 말을 하는가! 대죄주교라고?! 당치도 않다! 여기가 성새도시인 걸 알고서 하는 폭언인가?! 대죄주교에게 한 차례 함락되었던 도시란 말이다!"

고즈 랄폰이 평소부터 큰 목소리를 더욱 크게 높이며 고함쳤다.

연환용차의 방위에 크게 공헌하고 입은 부상의 치료도 하는 둥 마는 둥하며 회의에 합류한 고즈의 외침은 방금 이야기를 처음 듣는 이들의 총의였으리라.

그러나 방금 이야기는 농담도 장난도 아니다.

"이 도시에서 망할 레굴루스 자식이 날뛰었다는 얘기는 나도 들었어. 위로가 될지 모르겠지만 그 자식은 우리가 족쳤으니 일단 잊어 줘."

"혐오스러운 흉인에 대해서는 아무래도 좋다! 중요한 것은 대죄주교라는 저주받은 직함이 지고 있는 죄악이다! 귀공, 알고는 있는 건가?!"

"알고 있어."

자칫 날아가 버릴 듯한 착각이 이는 고즈의 우렁찬 목소리. 하지만 스바루는 고즈의 노성에 한 발짝도 물러서지 않으며 정면으로 즉답했다.

아무리 고즈라도 어린아이 모습의 스바루가 정면으로 대답하자 "음." 하고 눈을 부릅떴다.

"끼어들어도 괜찮겠습니까?"

고즈의 기세가 주춤하자 대신에 벨스테츠가 손을 들었다. 제국 재상은 실처럼 가는 눈으로 스바루와 그 옆의 스피카를 쳐다보았다.

"굳이 그 사실을 밝혔다는 것은, 그 소녀의 존재와 기능이 이후의 대화에 필요하다 여겼다는 증거일 테지요. 그것은 즉, 라미아 각하를 송장 인간의 멍에로부터 풀어 주신 것과 관계가 있다고 생각해도 되겠습니까?"

"그래, 맞아. 이해가 빨라서 반가운걸. 역시 벨스테츠 씨가 멋대로 죽으면 곤란할 뻔했어."

흐름을 통해 이야기의 핵심을 추측한 벨스테츠. 스바루는 그의 통찰력에 고개를 끄덕여 긍정하면서 비꼬는 듯한 말을 하고 말았다.

──연환용차의 전투 도중, 벨스테츠는 단신으로 라미아와 대치해 목숨을 걸고 그녀와 그 분신을 한꺼번에 『바람막이의 가호』로부터 제외시켰다.

그 자체는 틀림없이 파인 플레이였지만, 벨스테츠가 살아난 것은 거의 운이었으며 스바루는 자기 생명을 돌아보지 않는 작전을 무턱대고 칭찬할 수 없다.

"부탁이니 머리가 좋은 사람까지 제국식 같은 것에 물들지 말아 주라고. 목숨과 맞바꾸어 무언가를 성취해 봤자 아무 잘날 것 없어."

"그것에 관해서는 여러 의견이 있겠습니다만…… 적어도 이 사람의 목숨과 맞바꾸어 얻을 수 있는 비용 대비 효과는 고작해야 뻔하겠군요.”

“말은 그러면서 하나도 납득하지 않는 표현…….”

말이 통할 듯하면서도 의외로 고집이 강한 면을 밀어붙이는 벨스테츠.

양보할 수 있는 부분은 양보해도, 그렇지 않은 부분에서는 자아를 관철하겠다는 듯한 태도지만 생명의 가치관에 대한 고집으로는 스바루도 지지 않았다.

그쪽이 그럴 생각이라면 스바루도 멋있는 순직 따위 절대로 시켜 줄 생각은 없다.

“그래서? 방금 재상님에게 한 대답이 사실이라면, 그 대죄주교라는 계집애가 송장 인간 상대로 직통인 효과를 발휘한다는 것은 흥미롭군. 대체 무슨 짓을 했지?”

“그에 관해서는 말로 설명하기 어렵지만…….”

원탁에 두 팔꿈치를 붙이고 스피카에 대한 적개심보다 호기심을 우선하는 세리나. 그녀의 시선에 움츠리는 스피카 옆에 선 스바루는 실내를 둘러보고 말했다.

“스피카가 지닌 『폭식』의 권능으로, 이름을 아는 상대의 특별한 힘을 먹을 수 있다…… 같은 거라고 생각해. 그걸로, 무제한적으로 부활하는 좀비의 능력을 무효화할 수 있다는 식이야.”

“우째 애매~한 설명이구마이. 그람은 내가 안심을 하긋나?”

“나도 더 설득력이나 구체성이 있는 설명을 하고 싶긴 한데!”

스바루의 애매한 역설에 같은 편이어야 할 아나스타시아가 가차 없이 뒤통수를 쳤다. 하지만 뒤통수를 맞을 만큼 설명이 부족하긴 했다. 자기 안에 있는 확신을 잘 언어화할 수 없어서.

"아무튼 간에 스바루의 노림수는 적중한 것이야. 그 아이의 권능으로, 성가신 좀비 공주는 도망쳤지. 도망치던 모습을 보면 거짓이나 속임수는 아니었어."

"저도 베아트리스 님의 의견에 동감합니다. 그 자리에 멈춰 서서 주군의 퇴각 시간을 버는 데에 사력을 다하던『전정부대』……. 그들의 분전이 타협의 산물이라고는 생각하기 어렵군요."

"율리우스도 베아트리스 씨도, 둘 다 감상적인 답을 하네이. 방금 한 말은 전부 상황 증거……. 효과의 확신을 품을 수 없는 극약을 팔 물건으로 수중에 두는 건 무섭지 않나?"

"그건…… 물론, 염두에 두고 있어."

베아트리스와 율리우스의 지원이 있어도 아나스타시아의 정론을 밀어낼 수 없다.

습격 도중에는 긴급성 때문에 모두 눈을 감아 주었지만, 이것이 본래 대죄주교가 받는 의심과 경계의 눈초리다. 마녀교에 대한 사람들의 혐오와 저항감은 뿌리 깊다. 그들을 이용하려는 발상은 리스크와 리턴이 맞지 않는다고 생각하는 게 당연하다.

"하지만 이번의 리턴은 제국의 존망……. 충분히 도박할 만한 가치가 있을 거야. 그야 근거는 벼락치기로 잘 풀렸던 한 번과, 『별점쟁이』 우비르크 씨의 예언뿐이지만."

"한 가지 더, 『폭식』의 권능은 영혼에 간섭하는 것이라는 스바루의 실제 체험이 있는 것이야."

"맞아, 그것도 있지. 겉치레로 『이름』을 먹혀서 영혼이 엉망진 창이 된 게 아니거든!"

"그렇다고 으스댈 일은 아닌 것이야!"

지원 사격에 너무 까분 탓에, 툴툴 성이 난 베아트리스에게도 뒤통수를 맞았다.

어쨌든 스피카의 권능――『성식(星食)』이라 부르는 힘의 가 능성을 깨달은 것은 베아트리스 일행이 좀비에게 걸린 마법적 시도를 분석한 결과 덕이 크다.

『불사왕의 비적』과 복원 마법의 합체기에 의한 영혼의 모독, 그에 대한 카운터다.

――실제로 연환용차를 습격한 라미아 고드윈과의 결판에는 그것이 효과를 발휘했다.

스바루가 라미아의 이름을 부르고, 그것을 의식한 스피카가 라미아로부터 권능으로 떼어낸 무언가를 먹었다. 그러나 라미 아의 '이름' 을 스바루 일행 중 아무도 잊지 않았으며 떠날 때의 라미아도 자신의 '기억' 을 잃은 낌새는 보이지 않았다.

"즉, 『성식』은 그것 이외의 무언가를 먹고 있어. '운명' 이나 '인과', '역할' 이나 '상태 이상' 이라고 바꿔 말해도……."

"그―러―니―까, 결국 그건 대체 뭐냐는 게 우리 모두가 갸우뚱 하는 이유 아이가?"

애써 말을 해도 그 말의 설득력이 부족해 아나스타시아가 쳐냈 다. 무력감을 느낀 스바루는 "으그윽." 하고 처량하게 신음할 수 밖에 없었다.

"하지만 이 아이라면 다른『좀비』들도 멈출 수 있을지 모르는 거지? 그건, 엄─청 중요한 점이라고 봐."

거기서 원탁 한 자리에 앉아 있는 에밀리아가 스바루와 선수 교대해 발언했다. 입술에 손가락을 짚은 그녀의 의견에 아나스타시아는 연두색 눈을 가늘게 뜨고 대꾸했다.

"에밀리아 씨의 마음을 모른다곤 안 하긋데이. 내도 이『대재앙』이란 난장판이 지긋지긋한 기분이고, 이길지도 모른단 방책에 달려들고 싶어지는 마음은 똑같은기라. 그라케도 대죄주교의 힘은 함부로……."

"아니, 그게 아니고. 그것도 물론 그렇긴 한데…… 나는,『좀비』가 된 죽은 사람 쪽을 어떻게든 해 주고 싶어서 그래."

"좀비를, 어떻게 하고 싶다?"

"내 기분 문제일지도 몰라. 하지만 더는 이 세상에 없는 사람들이 저런 식으로『좀비』가 되어 강제로 움직이는 것은 엄─청 싫어. 아벨도 저런 식으로 동생과 만나고 싶지 않았을 거야. 그리고 미디엄도……."

그렇게 말한 에밀리아가 눈을 내리깔자 스바루는 "아." 하고 숨을 집어삼켰다.

에밀리아가 신경 쓴 미디엄은 이 대화에 참가하고 있지 않다. 참가는커녕 성새도시에 피난해 온 뒤로 방에 틀어박혀 나오지 않고 있었다.

그 이유는 연환용차에서 벌인 마지막 공방── 스피카의『성식』을 맞아 부활과 분신의 힘을 잃은 라미아를 데리고 떠난, 비룡을 탄 송장 인간을 목격한 사실에 있다.

플롭과 미디엄은 아무래도 생전에 그 송장 인간과 관계가 있었던 듯하다. 그것도 단순히 지인 수준이 아님은, 미디엄의 침울한 모습을 봐도 명백했다.

스바루는 그 사실에 가슴이 아팠을 텐데도 좀비의 위협에만 눈이 가서 에밀리아가 말할 때까지 배려해 주지 못한 자신에게 몹시 낙담했다.

"에밀리아 님의 생각과는 조금 다릅니다만, 그 좀비들이 성가신 존재라는 것은 맞을 테지요. 애초부터 부자연스러운 형태로 되살아난 거고요. 문제가 전혀 없다는 게 오히려 너무 유리하게 생각하는 걸 테죠."

에밀리아의 의견에 부끄러움을 느끼는 스바루를 무시하고 오토가 끼어들었다.

한동안 상황을 관망하던 그는 요새의 벽에 등을 기대며 천장을 올려다보았다.

"좀비는, 단순히 되살아났을 뿐인 존재가 아닐 겁니다. 이렇게까지 대규모의…… 일부는 한 여성이 대량으로 나타난 상황입니다만, 그 점을 무시해도 많은 좀비들을 봐 왔습니다. 그 전원이 생전부터 황제 각하를 원망하고 있을 것 같지는 않군요. 아무리 그래도."

"그렇지, 아무리 그래도."

"아무리 그래도 역시 아닌 것이야."

오토가 거론한 의문과 옹호에 간당간당하게 남은 신뢰감으로 스바루와 베아트리스가 고개를 끄덕였다.

아무리 아벨이 타인에게 방약무인하며 냉혈하기 짝이 없는 황제로 보인다 해도, 원망만 받는 게 아니라 존경받는 황제라는 사실은 틀림없다.

스바루도 여태까지 제국을 거니는 와중에 그 믿기 어려운 사실에 관해서는 실제로 보고 들었다.

즉——.

"빈센트 각하 및 볼라키아 제국에 대한 공격적인 의식은, 좀비로서 되살아나는 과정에서 심긴 것이거나, 증폭된 것이라고 추측해야 합니다."

"세뇌란 뜻인가……. 타당한 의견이라고 생각해."

"뒤에서 싸우고 있는 병사들에게 들었어. 같이 싸우던 병사가 당한 순간, 그 병사가 바로 좀비가 되어 덮쳐드는 일도 있었다고 하는 것이야."

"직전까지 아군으로서 말머리를 함께하던 이가, 좀비로 변하자마자 덮쳐든다라. 오토 님의 견해는 맞는 것 같군."

"네……."

좀비에 관한 사견을 읊은 오토가, 율리우스의 긍정적인 의견을 무뚝뚝하게 받았다. 벽이 느껴지는 대응에 스바루는 눈썹을 모았지만, 율리우스와 아나스타시아는 신경 쓰는 기색 없이 자연스럽게 받아들이고 있었다.

어쨌든——.

"오토의 의견 말이지만, 마침 너희가 오기 전에 재상님과 세리나와도 나누던 얘기였지. 그에 따르면…… 오토, 그렇게 싫은 내색 하지 말고."

"로즈월과 내정관의 관계는 나중에 더 파고들기로 하고, 재상님도 같은 의견이시더군. 그랬지?"

로즈월과 세리나, 둘이 화제를 돌리자 벨스테츠가 끄덕였다. 그는 두 손을 지팡이 위에 얹은 채로 시선을 읽기 어려운 실눈으로 회의의 참가자를 둘러보았다.

"라미아 각하의 인품을 고려하면, 두 번째 삶 따위 바라시지 않을 겁니다. 하물며 그걸로 첫 번째 삶의 죽음을 뒤집겠다고 꾀하실 리가 없지요."

"그럼 역시, 무지무지 신나서 덮치도록 세뇌당했다는 뜻이야?"

"그렇게 여겨야 할 것 같습니다. 물론, 되살아나서 거역할 수 없는 신세라면 현재의 제국이 존속할 가치가 있을지 시험하려고 구태여 손속에 사정을 두지 않았을 가능성은 있습니다만."

"그렇다면 볼라키아 황족이란 진짜……!"

"지금은 그런 기개를 발휘하지 말았으면 하는 것이야……."

정상이라면 하지 않았을 판단이라는 전제와 함께, 정상의 성분이 남아 있어도 비정상적인 판단을 내렸을 가능성을 부정할 수 없다는 벨스테츠는 왠지 자랑스러워 보였다.

어쨌든 간에 좀비의 사고가 정상이 아니라는 의견은 공유가 된 듯하다.

"되살아난 좀비는 예외 없이 우리와 적대한다. 그런 의미로도 에밀리아땅의 말대로 적의 좀비 어택은 1초라도 빨리 멈추고 싶어. 그러기 위해서 스피카의 힘은 필수야. 현실적으로 따져서 이건 양보할 수 없다고 봐."

"좀비가 그만큼 있는데요? 그것을 하나하나 다 먹어치울 때까지 품을 들이겠다고요? 현실적으로 따지겠다면 그것도 무시할 수 없다고 보는데요."

"필요하다면 그래야지. 나는 맛있는 부분만 뜯어먹고 나머지는 버리겠다는 각오로 얘의 손을 잡은 게 아니야."

스바루가 비유만이 아니라 실제로도 스피카의 손을 꼭 잡고서 오토에게 선언했다.

그런 스바루의 시선을 받은 오토가 속마음을 들여다보는 듯한 눈으로 스피카를 보았다. 차가운 의혹이 서린 눈. 스피카는 스바루의 손을 맞잡으며 그것을 마주 보고.

"아우아—우!"

힘차게, 자신이 가시밭길을 걸을 결심을 했음을 호소하듯 으르렁댔다.

스피카의 그 대답에 콧숨을 길게 뿜은 오토가 말했다.

"말해 두겠는데요, 저를 설득해도 소용없어요. 실제로 그 소녀를 작전에 편입시킬지 정하는 발언력까지는 없으니까요."

"회의에서 발언력은 없어도 네 존재감은 우리 안에서 크다고. 적어도 같은 식구를 설득하지 못하고서 남을 어떻게 설득하겠냐."

"그런가요. 그렇다면 조금 더 엄하게 채점해야 했으려나요."

못 말리겠다며 어깨를 으쓱이며 대답한 오토지만, 한 말을 취소할 뜻은 없는 모양이었다.

아마도 오토가 보자면 연환용차의 싸움으로 라미아에게 스피카의 『성식』을 쓰게 한 시점에서 같은 그물을 잡아당길 각오는 했던 것이리라.

그 점을 확인하지 않고 어영부영해 두기를 스바루가 싫어했던 것일 뿐이다.

"고로코롬 오토를 구워삶아도 아직 내를 설득 못했는디?"

"으극⋯⋯. 반대로 묻겠지만 아나스타시아 씨는 어떡해야 구워삶을 수 있어?"

"고래 내게 묻지 말고 스스로 생각해야제, 참 나."

스바루의 물음에 아나스타시아가 입술을 삐죽이며 게슴츠레한 눈으로 야단쳤다.

오토를 항복시켜서 한 식구의 컨센서스는 취했어도, 반쯤 한 식구라는 판정인 아나스타시아의 검정은 아직 통과하지 못했다. 플레아데스 감시탑부터 계속 제국에서도 같이 죽고 같이 사는 입장에 있어 주는 아나스타시아는 입을 시옷자로 구부린 스바루의 모습에 한숨을 지었다.

"뭐, 끙끙 앓으며 시간 허비하는 것보다는 낫나. ──솔직히 내 가장 큰 걱정거리가 해소되지 않으믄 나츠키 쪽 야기는 섣불리 못 받아준데이."

"가장 큰 걱정거리라면⋯⋯."

"쉽게 말해서, 그 아이, 누군가의 무언가를 펑펑 먹어재끼다가 원래대로 돌아가는 기 아이가?"

눈을 가늘게 뜨고 어조를 낮춘 아나스타시아의 말에 스바루는 눈을 부릅떴다.

"————."

아나스타시아의 지적이 실내의 긴장감을 고조시키고 스피카를 향한 주목을 불렀다. 눈을 돌리고 있던 것은 아니지만, 그것은 당연한 지적과 염려다.

──『폭식』의 권능이 가진 두려움은 다름 아닌 스바루 일행이 제일 잘 알고 있다.

이 방만 해도 스바루와 에밀리아, 율리우스가 한 번 피해를 입었으며 요새 안에는 렘도 있다. ──아니, '이름'을 먹히면 주위도 피해자를 잊는다는 영향을 받는다. 그리 생각하면 누구나 『폭식』의 피해자라고도 할 수 있으리라.

대저 스바루가 아는 대죄주교 중에서도 가장 광범위한 피해를 야기하는 것이 『폭식』이다.

"나츠키도 심하게 의심했다믄서. 내도 같은 의견인기라."

아나스타시아의 가차 없는 추궁에 스바루는 입을 다물 수밖에 없었다.

설득력이 없다고 타박만 받을 뿐이다. 입에 침이 마르기도 전에 근거 없이 믿는다는 감정론이 스피카를 옆에 두는 이유라고는 말을 꺼낼 수 없었다.

그렇다. 스바루는 그저 믿을 뿐이다.

그녀가 루이 아르네브가 아니라 스피카라는 새로운 이름으로 다르게 살아갈 거라고.

『기억』을 잃었기에 오히려, 어떤 의미로는 이 아이가 타고 났다고 해야 할 이 권능을 바르게 썼다고 긍정할 사람이 많아질 길로 갈 수 있을 거라고.

"가치도 무서움도 모르는 보물을 거래하러 가져가는 상인은 없어야. 하다못해 유창하게 선전할 문구가 나올 만큼은 보물에 대해 잘 알고 있어야제."

"하나부터 열까지 지당하신 말씀이네."

스바루는 두 손을 들고 아나스타시아의 정론을 정면으로 인정했다.

라미아와의 전투에서는 손맛이 있었다. 그 뒤의 습격도 없으니 스피카의 『성식』으로 라미아를 격파한 것은 아마 확실하다.

그러나 그것도 결국 스바루의 감각적인 이야기로, 아나스타시아가 바라는 답이 아니다. 오히려 설득의 여지를 보여 주는 만큼 아나스타시아가 양보해 주는 셈이다.

현재, 큰 문제점은 둘. ——스피카의 『성식』이 좀비 특효라는 확신의 부족과, 그 힘을 계속 사용함으로써 스피카에게 어떤 영향이 나타나느냐는 염려다.

적어도 전자만이라도 확정되면 모두의 매서운 눈초리도 조금은 풀리겠지만——.

"아쉽게도 검증을 위해 시간을 쪼갤 여유는 없다."

그때 끼어든 나지막한 목소리가, 스바루 열세인 분위기를 서슴없이 휘저었다.

목소리를 낸 장본인은 유유히 발소리를 내며 방을 가로질러 원탁의 공석으로. 워낙에 당당한 행동거지에 상대가 중심인물인 주제에 지각했다는 사실을 잊을 지경이다.

　물론 상대가 볼라키아 황제——아벨일지라도 지각은 지각이
지만.

　그러나 그는 자신에게 주목이 모인 것을 깨닫자 스바루를 마주
보고 눈썹을 찌푸렸다.

　"뭐냐, 얼빠진 낯짝으로."

　"미안한 내색 하나 없이 하도 당당하게 지각하기에 놀란 거야.
먼저 시작하라는 말은 들었는데 너는 뭐 하고 있었어?"

　"시급히 확인할 사항이 있었다. 성새도시로 용차를 급히 보낸
것도 그게 이유지. 둘도 없는 멍청이가 남긴 말의 진의를 판단해
야만 했다."

　아벨의 당당한 대답에 스바루는 추궁을 망설였다.

　그가 입에 담은 '둘도 없는 멍청이'라는 것이, 속임수 대결에
서 아벨을 누르고 죽을 작정이던 그를 살린 신하인 게 상상이 갔
기 때문이다.

　다만 그 점을 공제해도 아벨이 성새도시로 서두른 이유는 궁금
했다.

　"그리고, 어째선지 같이 데려갔던 것 같은 플롭 씨와 자말도."

　그렇게 말한 스바루는 입실한 아벨 뒤에 저마다 서 있는 플롭
과 자말 두 사람을 신경 썼다. 플롭은 부상자고 자말은 문제 병
사. 아벨이 데리고 다니기에는 공통점도 상식도 없는 것처럼 느
껴지는 구성이었다.

　"아아, 나는 몰라도 호위 군이 맡은 일은 황제 각하 군의 호위야.

많은 인원이 드나드는 요새다 보니 충분히 주의해 둬야 하니까!"

"그렇겠네. 하지만 더더욱 플롭 씨의 역할이 수수께끼야……!"

"그에 관해서는 내 입으로 나불나불 떠들면 황제 각하 군이 싫어할 것 같아."

쓴웃음 짓고 어깨를 으쓱인 플롭이 뒤로 빼자 일단 스바루는 끄덕이기만 했다. 그사이에 에밀리아가 지각했다는 죄책감이 전혀 없는 표정의 아벨에게 말을 건넸다.

"멍청이…… 아벨은 그 깜빡쟁이 분에게 무슨 말을 들어서 서둘러 이 도시에 온 거야?"

"깜빡이라니 맥 빠지는 표현이군. 애초에 그자에게 함부로 평가를 내리지 마라."

"미, 미안해. 하지만 아벨이 먼저 그렇게 말해놓고……."

부조리한 트집이 잡힌 에밀리아의 사랑스러운 얼굴이 시무룩해졌다. 그러나 아벨은 그녀의 표정도 아무 개의치 않는 기색으로 말을 이었다.

"물론 피난민의 수용에 가장 적합한 위치와 규모가 이 가클라였던 것도 사실이다. 녀석도 그 점을 예기했었기에 도시가 이 인원의 수용을 버틸 수 있게 대비해 두었더군."

"멍청한 분이라면서 엄—청 노력했었구나……."

"이 마당에 멍청이든 깜빡쟁이든 상관없지만도…… 번거롭게 돌려 말하지 말고 들려주그라. 아까 시간이 없다던 말은 무슨 뜻인 기고?"

아벨과 에밀리아의 대화에 개입한 아나스타시아가 본론으로 쑥 들어갔다.

아나스타시아가 던진 것은 스바루를 비롯한 전원이 품고 있는 의문이었다. 발언의 진의를 질문받은 아벨은 한쪽 눈을 감고 손가락으로 원탁을 두드렸다.

"짧게 말하지. 내가 이 성새도시에서 확인하려던 것은, 그저 거기에 있는 신역(神域)…… 섭리 밖의 사대(四大)에 오른 대정령, 『석괴(石塊)』의 소재지와 상태다."

"사대에 대정령이라면…… 그거, 사대정령이라는 거야?"

"그렇다."

갑자기 생각지도 못한 단어가 튀어나오자 스바루는 눈을 연거푸 깜박였다.

사대정령에 관해서는 이세계에 온 당초도 그렇고, 베아트리스와 계약을 맺고 정령술사가 되었을 때에도 재차 가르침을 받은 존재다.

이 세계에서, 가장 강한 힘을 가진 정령 중의 정령——. 이는 그 일각에 그 의뭉스러운 쥐색의 고양이가 섞여 있는 시점에서 신빙성이 미심쩍기는 하지만.

스바루가 그렇게 생각하는 옆에서 크게 반응을 보인 이가 있었다. ——율리우스다. 정령기사인 그는 눈을 부릅뜨고 몸을 앞으로 기울였다.

"그러면, 제국에서는 사대 중 일각, 『석괴』 무스펠의 소재지를 파악했던 것입니까!"

"그, 그거 그렇게 놀랄 만한 일이야?"

"당연하지. 도시국가의 『횡액』, 성왕국의 『영수(靈獸)』는 모두 각국에서 굳건한 신앙과 외경을 모으고 있어. 『석괴』도 같은 힘을 지닌 존재야."

"사대의 대정령과 협력 관계라도 맺으면 그야말로 국가의 중대사……. 말마따나 성새도시가 재건 중이라는 거짓말보다 훨씬 대단한 일이다카이."

율리우스와 아나스타시아에게 잇따라 설명받은 스바루는 그 열량에 얼떨떨해졌다.

하지만 누구도 둘의 설명에 끼어들지 않은 것과, 에밀리아와 베아트리스가 왠지 자랑스러운 듯한 게 귀여우니 그 인식이 옳은 것 같다.

"하지만, 그러면 대정령……『석괴』가 이 도시에 있다는 뜻입니까? 확실히 그 힘을 빌릴 수 있으면 싸움에서 큰 지원에 되겠습니다만……."

"그렇게 굉장한 정령이 있는 것치고는 아무것도 느껴지지 않는데."

애매한 율리우스의 말을, 스바루가 느껴지는 위화감을 구실로 받았다.

스바루의 발언에 율리우스도 "동감이야." 하고 끄덕였다.

"에밀리아땅은 어때? 대정령, 있는 것 같아?"

"아니, 팩이라면 내 마수정 안에서 코코 자고 있는데……."

"코코 자고 있다니 요즘 못 듣는 말일세……. 하지만 역시 그런 거구나."

스바루와 율리우스하고 마찬가지로, 에밀리아도 짚이는 데가 없다는 표정으로 고개를 가로저었다. 그렇다면 아벨의 발언이 거짓이었을 가능성을 억측하고 싶어지지만.

"아니아니, 황제 각하 군은 거짓말쟁이가 아니야. 그리고 일은 그렇게 단순하지가 않아서 말이지."

"플롭 씨?"

"황제 각하 군은 시간이 없다고 말했잖아?"

이야기가 본론에서 벗어나는 것을 꺼리듯이 플롭이 재촉하자 스바루는 놀랐다.

잡담도 뜬소리도 좋아하는 플롭이 딴 데 새지 않고, 미디엄과 같이 항상 밝은 그가 진지한 표정으로 말했기 때문이다.

그 태도로 보아 그는 스바루 일행보다 한발 앞서 아벨의 진의를 안 것 같았다. 그리고 플롭이 포장한 길을 나아가듯 아벨이 무거운 입을 뗐다.

"너희가 기대하는 『석괴』의 조력은 바랄 수 없다. 도리어 『석괴』의 존재는 그대로 상대의……『대재앙』의 이점이 되었다."

"무슨, 소리야? 대정령은——."

"적의 수중에 있다. 아마도 『대재앙』이 무진장하게 송장 인간을 무덤에서 일으키는 데에, 그 파격적인 마나가 이용되고 있겠지. 그 때문에 녀석들은 한없이 솟아나고 있다."

"————."

"그리고——."

최악의 보고에 눈을 부릅뜬 스바루 일행에게, 아벨은 계속 뒷

말을 이었다.

　그 정도로 최악의 소식이라니 생각이 짧다고 비웃듯이——.

　"한없다고 표현했지만 그 말은 정확하지 않군. 제아무리 『석
괴』가 보유한 마나가 파격적이라고 해도 언젠가는 바닥난다. 그
것이 바닥난 순간, 제국의 대지는 종언을 맞이한다. ——『석괴』
가 수호하는 신역, 볼라키아의 대지를 지탱하는 힘이 상실되어
붕괴를 피할 수 없기 때문이다."

　——진실로 제국을 멸하는 『대재앙』의 정체를 고하는, 흉보
그 자체였다.

3

　——『석괴』 무스펠.

　사대정령의 일각에 이름을 올렸으며 볼라키아 제국의 대지에
뿌리 내린 오래된 대정령.

　다른 나라의 『영수』 및 『흉액』, 『조정자』와 다르게 자발적인
행동 및 주장을 역사에 남긴 적이 없는 존재. 볼라키아에 있음은
알려졌어도 그 이상의 정보도 목격 사례도 부상하지 않은, 가장
정령다운 정령이라고 할 수 있을지도 모르는 존재.

　그것이, 그저 그곳에 있는 신역이라는 『석괴』 무스펠의 존재
방식이었다.

"이렇다고, 베아코가 귀엽게 설명해 주었는데 얘기가 다르지 않아?"

사대정령의 지식이 모자란 스바루를 위해 베아트리스가 이야기해 준 무스펠의 일화. 그것을 매우 흥미롭게 귀 기울여 들었지만, 그 내용은 실상과 크게 어긋난다.

그 거처도, 정체조차도 불명인 대정령. 그것이 무스펠이라고 들었는데——.

"그것을 상대에게 빼앗겼다는 확신이 있다면, 거처를 알고 있었다는 반증…… 그 말은 역시! 무스펠은 이 도시에 있던 거군?!"

"_____."

"맞아, 틀려?! 확실하게 대답을……."

"어이, 황제 각하께 건방지게 입을 놀리지 마라."

몸을 기울이며 아벨의 무뚝뚝한 얼굴에 삿대질하는 스바루.

삿대질하는 손가락 끄트머리, 손톱의 하얀 부분이 대뜸 깎이며 바람이 불었다. 바람과 손톱을 쓱 가른 칼날은 눈으로도 잡을 수 없는 속도로 뽑힌 장검의 일섬——.

"뜨와아악?! 손톱이 푹 깎였어!"

"꼬맹이가! 주제를 알아라, 주제를!"

"그건 내가 할 소리지! 느닷없이 어린애 손톱을 검으로 깊게 깎지 마!"

갑작스러운 폭거에 목소리가 뒤집힌 스바루가 흉행을 저지른 장본인—— 자말에게 침을 튀겼다.

방금 플롭의 설명으로는, 아무래도 자말은 아벨의 호위역으로 임명된 모양이지만 어린애 상대로 칼을 뽑는 것은 근무 첫날이라 쳐도 나쁜 의미로 지나치게 의욕적이었다.

"조금 나아진 줄 알았는데…… 역시 난 네가 싫어!"

"아앙? 나도 꼬맹이에게 호감 사고 싶은 생각 없어!"

토드의 부고를 카츄아에게 전했을 때, 이성적으로 대화를 나누었다고 여긴 게 짧은 생각이었다.

변함없는 폭력성에 스바루가 혀를 내밀자 자말은 나이 차이를 무시하고 노려보았지만, 원탁의 아벨이 "그만." 하고 손을 들어 만류했다.

"괜한 분쟁을 일으키지 마라. 비교적 다루기 쉬운 기물이라는 점이 내가 인정한 네 가치라는 사실을 자각하라. 지금 왕국과 다툴 시간은 없다."

"왕국과 다투다니…… 아."

아벨의 그 표현에 갸웃하려던 스바루는 등 뒤의 기척을 돌아보고—— 방금 자말의 폭거에 눈썹을 곤두세운 에밀리아와 베아트리스, 스피카가 있는 것을 보았다.

확실히 이대로 계속 으르렁대면 아벨의 발언도 과장이 아닐 수 있다.

"쳇, 목숨을 건졌구나, 꼬맹이."

"여기서 아직도 그런 말이 나오는 근성이 대단하다……. 지금 동맹이 파투나서 제국이 멸망할 위기였을지도 모르거든?"

스바루는 자기보다 더 분위기를 파악하지 못하는 자말의 존재에 전율하다가 아벨을 쳐다보았다. 그는 자말을 다루기 쉽다고 평했지만 도저히 그럴 것 같지 않았다.

"너, 부하 다루는 방식이나 심복 선택을 실수해서 깜빡 암살당하진 않을 거지?"

"실제로 내 목을 들고 투항하면 대우는 나쁘지 않을 거다만. 이자의 자세는 제국의 병사로서 지극히 평상적……. 살짝 생각이 짧지만 세실스만큼은 아니다."

"비교 대상으로 셋시를 꺼내는 건 치사하잖아……!"

아벨이 꺼낸, 어디 따지고 들 데 없는 사례에 스바루가 웃지 못할 농담이라고 분개했다. 그 반응을 무시한 아벨은 손짓으로 자 말을 물리고 다시 스바루를 바라보았다.

"방금 네가 콧김을 씩씩대던 의문 말이지만, 긍정하겠다. 『석괴』는 이 성새도시에 있었어. 잡아 두기 위한 수단을 이용해 이도시를 신역으로 만든 것이지."

"믿을 수 없는 것이야."

재차 원탁을 손가락으로 두드리는 딱딱한 소리와 함께 아벨이 사실을 밝혔다. 그 답변에 베아트리스가 무의식중에 침을 꿀꺽 삼켰다.

예쁘장한 그녀의 입술이 꾹 다물렸다가 열렸다.

"터무니없는 얘기야. 사대 중에서 가장 의사소통이 어려운 것이 『석괴』, 어머니께는 그렇게 들었던 것이야."

"사대정령 중에서, 가장……."

"참고로 사대 중에서 가장 말을 들어주지 않는 게 『영수』이고, 가장 말할 여지도 없는 것이 『횡액』. 가장 말해 봤자 헛수고인

게 『조정자』라고 해."

"죄다 그게 그거잖아! 팩, 돌아와 줘!"

노도 같은 정보 공개에 기겁한 스바루는 팩이 그리워져 무심코 부르짖었다.

『횡액』입네 『조정자』입네 하는 뒤숭숭한 이름과 비교해서 『석괴』입네 『영수』입네 하는 쪽이 인상으로 치면 부드럽게 들리는 것도 글러먹었다.

"『석괴』가 대화가 되지 않는다면 그나마 『영수』 쪽이 낫게 들리지만……."

"어머니는, 『영수』는 선의의 귀신이라고 말했던 것이야."

"이거 참, 이 세계의 랜드마크는 전부 보고 싶은 기분은 있지만, 만나고 싶은 유명인은 한 명도 없구만……. 오히려 굉장하지 않나?"

스바루도 이 세계에서 1년 이상 지냈기에 때때로 유명인의 이름이 귀에 들어올 때도 있지만, 하나같이 살벌한 별명을 보유다 보니 질릴 지경이었다.

왕선 후보자 및 『검성』 등, 긍정적인 유명인과는 이미 아는 사이라는 사실도 큰 이유일지 모르지만.

어쨌든――.

"『석괴』를 잡아 둔 것과 신역이라는 표현은 금시초문이네요. 아마도 볼라키아 독자적인 어휘다 싶습니다만, 무슨 의미가 있지요?"

"짧게 설명하자면 『석괴』는 땅 속성을 관장하는 대정령이다.

따라서 그것이 침상으로 삼은 땅은 자연히 그 특성의 비호를 받지. 결실이 풍요로운 흙을 만드는 데 더해, 그 토지에 사는 이들의 양생에도 효과를 발휘한다."

"과연. 생각하던 것보다 훨씬 중대한 역할이군요."

의문을 드러낸 오토가 아벨이 대답한 말을 듣고 입가에 손을 짚고 감탄했다.

요컨대 무스펠의 영향이 닿는 범위에서는 농업도 흥성하고 병들거나 다친 사람도 회복이 빨라진다는, 장점만 존재하는 온천 같은 효능이 있는 모양이다.

만약 그 무스펠을 자유롭게 배치할 수 있다면 그것은―.

"제국의 국력을 지탱하는 기둥 가운데 하나. 그야 외부인에게 함부로 통 크게 말 못할 비밀 맞구마이."

"그것을 우리에게 공개했다. 저는 황제 각하께서 그만한 각오가 있으시다고 받아들이겠습니다."

"지나치게 흉금을 털어놓으면 그게 도리어 위험하게 느껴지기도 하지만도…… 내분이 싫단 야기는 내도 동감인기라."

아나스타시아와 율리우스, 두 사람의 태도는 국외 세력으로서 자연스러운 것이었다.

물론 아나스타시아가 마지막에 덧붙였듯이 제국에게 불리한 정보를 지나치게 밝히는 속단이라는 인상도 없지는 않지만.

"그게 정말로 숨기고 싶은 일이라면, 아벨은 더 여러 가지 말로 얼버무리지 않았을까? 그러지 않았다는 말은, 그게 아니라는 뜻일 거야."

"에밀리아땅의 말이 맞아. 이 녀석은 성격이 고약하고 못된 꾀도 잘 돌아가. 로즈월이나 아나스타시아 씨도 속이려고 마음먹으면 속일 수 있을걸. 어울리지 않게 보여도 이것이 아벨이 최선을 다한 성의란 거야."

"하프엘프 소녀 쪽이 그나마 무례함이 느껴지지 않는다니 놀랍군. 네놈, 지금 세상에서 이런 평가는 좀처럼 받을 수 있는 게 아니다."

모처럼 두둔해 주었는데 그럴 보람이 없는 대꾸에 스바루는 입술을 삐죽였다.

아벨은 그런 스바루의 호소를 무시하고 다른 식자들의 얼굴을 둘러보았다.

"이 녀석들의 허튼소리는 무시해라. 당연히 공개할 정보와 그렇지 않은 정보는 분별하고 있다. 지금 이야기는, 덮어 두는 편이 우리 쪽의 타격이 될 거라 판단해서 밝힌 것에 불과하다."

"그러는 편이 저희도 고맙지요. 아나스타시아 님의 말씀대로 전면적인 아군이라며 다가붙어도 그에 부응할 수 없거든요."

"음. 오토, 방금 말투는 좋지 않았어."

"그렇긴 하군요. 실례했습니다."

표정이 엄해진 에밀리아의 꾸지람에 오토는 순순히 사과했다. 그리고 나서 예의를 갖추어 "황제 각하." 하고 아벨을 불렀다.

"밝힐 수 있는 범위에서 자세히 가르쳐 주십시오. 방금 말씀하신, 제국의 대지가 붕괴를 피할 수 없다는 건……."

"비유가 아니라 순수한 사실이다. 제국에서도 일부 인물밖에 모르는 일이지만."

"제국의 일부라면, 어느 정도…… 아, 고즈 씨, 몰랐던 것 같은 표정이네……."

"으그그그극……!"

오토의 질문에 답하고 첨언된 정보의 깊이를 물으려던 스바루는 경악한 표정을 짓고 있는 고즈의 모습에 『구신장』에게조차 숨겨 두고 있었음을 알아챘다.

실제로 고즈를 제외하면 합류하지 못한 요르나 이외의 『구신장』은 전원 인격적으로 문제가 있기에 그런 중대한 사실을 말하지 않는 게 정답일 것이다. 스바루는 오르바르트라면 역사에 이름을 남기기 위해서 대정령의 암살을 시도할지도 모르지 않느냐는 생각까지 들었다.

"카오스프레임에서 그토록 큰일을 벌인 동기가 동기니까 말이지……."

중얼거린 스바루는 '그러고 보니' 하고 『마도』 카오스프레임의 붕괴 이야기를 떠올렸다.

스바루가 탄자와 함께 『검노고도』로 날아간 시점을 전후하여 도시가 붕괴하는 봉변을 당했다고 하는 카오스프레임. 상황이 상황이다 보니 우선순위는 뒤로 미룰 수밖에 없었지만, 무슨 일이 있었는지 알고 싶어 하는 탄자를 위해서도 어디선가 물어보고 싶다.

어쨌든——.

"어라? 하지만 그런 비밀 얘기, 왜 플롭 씨에게 먼저 했던 거야? 설마 열 번째『구신장』같은 건 아니지?"

"호오오? 꽤 재미있는 칭호를 내려 주지 않나, 남편 군! 하지만 아쉽게도 틀렸어. 사실 황제 각하 군에게 신역…… 대정령의 이야기지. 이 정보를 전하라고 가짜 황제 군에게 부탁받은 게 나였던 거야."

"그럼 플롭 씨는 아벨의 가짜와 직접 얼굴을 맞댔던 건가."

"그렇지. 그 남자가 왜 가짜 황제로 위장했는지 나는 모르고, 의견을 낼 자격도 없지만…… 부탁은 부탁, 약속은 지키고 싶은 성미라서 말이야."

플롭이 부드러운 미소 속에 어렴풋이 애틋한 기색을 섞으며 대답했다.

순간, 약속은 지키고 싶다고 플롭이 말했을 때 에밀리아가 '스바루도 그래 주면 좋겠는데' 하고 말하고 싶은 눈빛이던 것 같았다.

"저기, 들었어? 스바루도 플롭 씨를 본받아서 그래 주면 좋겠는데."

"실제로 말했어! 노력은 열심히 하고 있습니다……!"

뻔뻔하게 굴었다는 자각은 없는데 스바루의 대꾸에 에밀리아는 볼을 부풀리며 불만을 표했다.

귀여운 항의를 받는 와중에 스바루는 플롭에게 아벨에게 전언을 맡긴 가짜 황제의 행동── 적이 꾸민,『석괴』를 이용한 제국 멸망의 구조를 폭로한 사실에 혀를 내둘렀다.

메신저로 플롭을 선택한 점조차 완벽한 인선이지 않은가.

아벨을 옥좌에서 내쫓고 대신 목숨을 잃은 남자의 진의는 추측할 수밖에 없으며, 그 답을 듣기란 영원히 불가능하다.

하지만 스바루는 속을 터놓고 대화하지 못한 것이 아쉽다고 진심으로 생각했다.

"그래서, 지금 들은 얘기라면 제국과 무스펠은 계약 관계에 있었다고 쳐도 되는 것이야?"

"네가 생각하는 계약이, 정령과 술사 사이에 맺는 것을 가리킨다면 부정하지. 『석괴』에게 그런 자의식은 없다. 이쪽이 우위, 혹은 대등한 계약은 제안할 방법도 없다."

"정령과의 계약에서 유불리 얘기를 꺼내는 게 볼라키아답단 말이지. 보라고, 나와 베아코의 깨끗하고 바르며 흐뭇한 관계를."

"보는 것이야."

"어린아이끼리 장난치는 것으로밖에 보이지 않는군."

베아트리스와 둘이서 가볍게 스텝을 밟자 나온 아벨의 감상. 나란히 토라진 둘을 무시한 아벨이 "잘 들어라." 하고 말을 이었다.

"『석괴』와 나눈 약속은 없다. 하지만 그것은 제국의 영토 내에 계속 머물렀다. 그 때문에 이용하는 관계였지만…… 동시에 그것은 제국의 지저를 이동하며 뿌리를 내렸다."

"뿌리를?"

"나무뿌리와 똑같다 생각해라. 수목의 굵고 긴 뿌리가 내린 대지는 강고하지만, 뒤집어 말해 그 수목이 뽑힌 뒤에 그 흙은 어떻게 되지?"

"구멍이 뻥뻥 뚫려 물러져서, 쿡 찌르기만 해도 무너지긋제."

아벨의 에두른 설명을 아나스타시아가 짧게 정리했다.

볼라키아의 대지에 풍요를 주던 무스펠은, 그 결실과 맞바꾸어 자신의 명운과 제국 자체를 이어 붙였다.

그리고——.

"아니, 그럼 무스펠이 죽으면 볼라키아는 종식이라는 건, 그 뜻 그대로 끝이란 거였냐! 어마어마하게 큰일이잖아!"

말하자면 제국 자체를 산산이 날려 버릴 폭탄의 존재를 밝힌 거나 같다.

이번만이 아니라 앞으로도 영원히 볼라키아가 감당해야 할, 숨겨야만 하는 국가 기밀. 그 사실에 드디어 스바루의 놀람이 식자들을 따라잡았다.

그러나——.

"멍청한 것, 당황하며 떠들지 마라."

"당황하지 않을 수 있겠냐! 헉! 설마, 너, 이게 전부 정리되면 비밀을 아는 우리 모두의 입을 막을 속셈으로……."

"그거야말로 얕잡아 보지 마라. 그럴 생각이 있으면 네놈들에게 그런 의심조차 줄 것 같으냐. 모략과 암투는 성왕국만의 특권이 아니다."

"그걸 자랑스럽게 말하는 제국도, 그걸로 유명한 성왕국도 망하는 게 낫지 않아?"

일이 크다 보니 호기롭게 국가 규모의 이야기가 튀어나오지만, 제국은 말할 필요도 없거니와 성왕국도 멀쩡한 곳이 아닌 듯하다. 스바루도 꽤 지독한 경험을 쌓아 왔다고 여기지만 그래도 루그니카 왕국은 까마득히 지내기 편한 나라임을 통감했다.

"뭐, 에밀리아땅과 다른 사람들하고 만날 수 있던 시점에서 이 세상의 지옥이라도 루그니카 왕국이 제일 천국인 것은 맞긴 한데."

"미안, 무슨 말 하는지 좀 모르겠어."

"됐어, 됐어, 혼잣말이야. 그래서, 아까 하던 얘기의 진의는 그쪽 얘기야."

갸우뚱한 에밀리아에게 웃어 준 스바루는 다시 이야기의 물꼬를 아벨 쪽으로 틀었다. 그 확인에 아벨은 조용히 한쪽 눈을 감고서 팔짱을 끼었다.

"이렇게나 훤히 보이는 나라의 심장을 남에게 맡기고 방치하는 통치자라면 미친 자다. 당연히 『석괴』의 뿌리를 떼어놓는 작업은 진행하고 있었지. 네 염려도 그것을 찾아내고서 생명을 빼앗는 게 얼마나 어려운지 모르기에 나올 수 있는 헛소리다. 붓을 들고 용(龍)에게 덤비는 것과 마찬가지로."

"과연! 그렇다면 안심이지! 이런 말이 나올 거라면야 아까 시간이 없다는 얘기하고 이어지지 않잖아. 실제로 분리 작업은 진행하고 있었을지도 모르지만 시간이 부족하니까 이번 상황……그 부분은 그런 것 아닌가?"

"……."

"불리해졌다고 입 다물지 말고!"

정곡을 찔려서 침묵한 아벨의 반응은 스바루의 의혹이 적중했다는 증거였다.

언젠가 볼라키아는 무스펠과의 생사를 함께하는 운명을 끊어낼지도 모른다. 그러나 그것은 지금이 아니고, 임박한 현재 상황의 타개책이 될 수도 없다.

"즉, 우리 제국민과 『석괴』의 명운은 여전히 이어진 상황. 그 송장 인간 무리가 우리를 쫓고 이를 아등바등 무찌르다 보면, 언젠가는 『석괴』의 마나가 바닥나 국토의 멸망은 피할 수 없단 뜻이다. 싸우다 순사한 병사들도 바로 되살아났다고 들었지. 다시 말해……."

"상대를 지나치게 많이 해치우는 것도, 우리 쪽의 사망자가 나오는 것도 바람직하지 않은 상황이로오─군."

"그렇게 되겠어. 철두철미 잔인하고 가슴 뛰는 부조리한 취향이란 말이지."

강제적으로 후수를 잡아야 하는 데다가 방위전의 조건조차 악랄하게 설정되었다.

어째서 세리나가 즐거운 내색인지 모르겠지만, 단순한 송장 인간의 우격다짐으로 그치지 않는 적의 집요한 계략은 제국을 확실하게 멸망시키기 위한 작위가 어른거렸으며──.

"그런데 스핑크스는 왜 이런 짓을 하는 걸까."

"응?"

문득 떠오른 의문을 에밀리아가 입에 담자 스바루는 눈을 깜빡였다.

망자들을 되살리고 제국을 멸망시키기 위한 『대재앙』을 일으키는 무시무시한 적──『마녀』 스핑크스의 정체와 계획은 꽤 구체적으로 밝혀졌다.

그러나 에밀리아가 의문으로 여긴 것은 동기였다. 『마녀』는 왜 제국을 멸하는가.

왕국과 악연이 있는 『마녀』라고는 들었지만, 그것이 왜 제국에서 난동을 부리기 시작했는가.

"그야 제국을 멸망시키고 싶기 때문인 게…… 나도 심정은 모르는 게 아니고, 그렇게 여길 이유가 한둘이 아닐 테니……."

"나츠키 씨의 본심이야 어쨌든, 그것은 에밀리아 님의 의문에 대한 답으로서는 불충분해요. 변경백과 베아트리스가 확인한 적의 정체가 정말로 과거 왕국에서 날뛰었던 『마녀』라고 한다면, 그 원망은 왕국을 겨눠야 맞습니다."

"그럼에도 불구하고 『마녀』는 제국에서 망자를 봉기시켰지. 확실히 납득이 가지 않아. 다만 조건에 맞는 게 제국이었을 가능성은 있겠군."

"조건, 이라고요?"

에밀리아가 품은 의문을 기점으로, 오토와 율리우스가 시선을 교차했다.

오토가 나머지 추론을 재촉하자 율리우스는 왼쪽 눈 아래의 흉터를 손가락으로 만지며 말했다.

"『불사왕의 비적』과 복원 마법을 혼합한, 좀비의 군세……. 이걸 실현하느라 규격 외의 마나를 보유한 사대정령의 존재는 불가결했다. 따라서 『마녀』는 제국에서 술식을 실현하고……."

율리우스는 거기서 한 박자 띄우고 회의실에 있는 모두의 얼굴을 둘러보았다.

"제국을 멸망시킨 다음에, 이어서 왕국으로 쳐들어갈 공산일지도 몰라."

"뭣……."

"웃기지 마라!!"

율리우스가 염려하는 가능성을 들은 스바루가 경악한 소리를 지르자, 그를 덧칠할 기세로 고즈가 노호를 터트렸다.

고즈는 어린아이 머리만 한 주먹을 단단히 움켜쥐고 원탁을 부수지 않을 최소한의 이성을 유지하며 이를 갈았다.

"만약 귀공의 생각이 옳다면! 우리의 볼라키아는 겸사겸사 멸망당하려는 상황이란 뜻인가!!"

"정확히는, 진짜 표적을 치려는 계획의 제1단계라는 걸 끼다. 아니, 『석괴』의 거처니 좀비의 사전 준비 등, 계획은 훨씬 더 전부터 움직이고 있었긋지만도."

"크, 으으으윽……!!"

위로와는 다른 아나스타시아의 말에 고즈는 더욱 분통한 표정으로 지진처럼 신음했다. 당연한 분노다. 누구라도 자기 고향의 위기를 겸사겸사라고 들으면 납득하지 못한다.

그 속내를 걱정하던 스바루는, 옆의 베아트리스의 표정을 문득 깨달았다.

"베아코?"

"율리우스의 생각은 이해가 되는 것이야. 다만…… 로즈월."

"그래, 네 우려는 알다마다. 과연 그 스핑크스에게 왕국에 보복하겠다는 인간다운 감정이 있기나 할지. 그야말로 기사 율리우스의 생각에서 절반만이 옳을 것 같은 느낌이 드는군."

"율리우스의 생각에서 절반이라면⋯⋯."

"제국에서는 조건이 맞았다. 그래서 했다. 그런 것이지."

노란 쪽 눈을 남기고 한쪽 눈을 감은 로즈월의 말에 스바루는 숨을 집어삼켰다. 옆에서 험악한 표정의 베아트리스가 아무 말도 하지 않는 것은 그녀도 같은 의견이기 때문이다.

율리우스의 생각이 옳으면 제국의 사건은 왕국도 남의 일이 아니다.

하지만 베아트리스와 로즈월의 생각이 정답이라면, 그쪽이 더 구원의 여지가 없다.

그리고——.

"어느 쪽이든 이미 『마녀』는 제국에 적의를 보였습니다. 황족분의 생명조차 능욕한 이상, 이미 적을 멸하는 것 외의 선택지는 없습니다. 이 사람의 말이 틀립니까?"

"꽤 뜨거운 혈기가 느껴지는 발언이군, 재상님. 역시 라미아 각하 일은 참을 수 없었나."

"네. 그것이 무슨 문제라도?"

야유할 심산이 있었을지도 모르지만, 그렇다면 세리나의 의도는 빗나갔다.

벨스테츠는 감정이 보이지 않는 실눈의 얼굴로, 그럼에도 뚜렷하게 느껴지는 적에 대한 분노를 드리우며 표면상의 태도만은 고요함을 유지했다.

벨스테츠의 말에 세리나는 얼굴에 있는 칼자국을 손으로 매만지며 대꾸했다.

"아니? 지금 재상님 쪽이 훨씬 내 취향의 남자야."

"무서우신 말씀을 하십니다."

"하하하! 흉터만 못 본 척해 주면 생긴 건 어디 빠지지 않는다고 생각하는데."

심경의 변화가 생긴 벨스테츠를 그리 평한 세리나가 호쾌하게 웃었다.

두 사람의 대화야 아무튼 내실은 벨스테츠의 말이 옳다. 송장인간 군세를 이끄는 스핑크스와는 자웅을 가리는 것 말고 다른 선택지가 없다.

설령 그 목적이 무엇이라 해도 말이다.

"그래서, 에밀리아땅은 괜찮겠어?"

"응. 열심히 생각해도 지금은 알 수 없는 문제니까. 직접 스핑크스에게 들을 기회가 있으면 좋겠지만……."

"마주친 것은 한순간이지만, 딱히 대화가 성립할 만한 느낌은 아니었지."

"베티도 스바루와 의견이 같아. 그것과의 대화는 어렵다고 생각하는 것이야."

자신의 생명을 이용하는 『사망도주』로 연환용차를 노린 스핑크스.

생명을 쓰고 버리는 전법도 그렇거니와 많지 않은 대화 중에 열의를 일절 느끼지 못했다. 감정이 움직이지 않는 상대는 도발에도 넘어오지 않는다. 스바루가 어려워하는 상대다.

그렇기에 설령 『사망귀환』이 있다고 해도 난적──.

 "이러는 중에도 상대는 좀비의 수를 착착 늘리고, 무스펠이라는 대정령의 여력을 조금씩 깎고 있어. 지구전은 오로지 우리 쪽만 불리해질 뿐."

 "그렇다 캐서 온 제국의 전력을 모아 제도로 재공격……하는 것도 몬하제. 대군끼리 충돌하는 기는 말마따나 생명의 소모전이라 안카나. 피해가 더더욱 커질 끼다."

 "이쪽에도 상대방에도 피해를 내지 않는 구속 조건……. 즉, 목전에 임박한 『대재앙』에게서 제국을 구하기 위한 작전은, 거의 하나뿐입니다."

 스바루와 아나스타시아, 그리고 오토가 말을 잇고 시선은 자연히 아벨에게 모였다.

 제국 백성 전원이 당사자라면, 그 정점에 선 남자야말로 의사 결정 권리를 지닌다.

 따라서 볼라키아 황제인 아벨은 당당히 끄덕이고──.

 "소수정예로 제도로 쳐들어가 수괴인 『마녀』의 신병을 확보한다. 그리하여 그놈이 면밀하게 깔아 둔 『대재앙』의 길을 해체하겠다."

 ──볼라키아 제국의 결전, 그 최종 국면인 『대재앙』을 막기 위한 작전을 또렷하게 선언했다.

4

원탁을 둘러싼 회의의 결론이 나와 일단락이 지어졌다.

세운 방침에 따라 앞으로는 전격전에 적합한 인원의 선정과, 제도 공격을 위한 작전을 검토하게 된다.

그러나 그 대화가 본격적으로 시작되기 전에──.

"『석괴』가 가클라에 배치되었을 줄은 몰랐습니다."

황제와 재상만이 남은 회의실에서, 벨스테츠가 그렇게 말을 꺼냈다.

왕국 사람들만이 아니라 세리나와 고즈 같은 제국 측 인물도 자리를 떠난 일막──. 호위 자말도 방 밖에 대기하고 있어 그야말로 제국 수뇌진만의 대화였다.

원래라면 수뇌진에는 한 명 더 빠트릴 수 없는 남자가 있어야 했겠지만.

"요컨대, 너도 치샤의 의도대로 감쪽같이 놀아났다는 뜻인가."

"그런 모양이군요. 예정대로라면 이 시기의 신역은 남서쪽의…… 『운해도시』 메조레이아 부근이어야 했습니다. 도대체 어느 시점에서 이 사람의 눈을 피했는지."

"감은 거나 다름없는 눈 아닌가. 피하기는 쉬웠을 테지."

"감은 것 같으면서도 감지 않았다. 그렇기에 방범의 효과가 있다……. 이런 말은 실제로 속은 다음에 말해 봤자 억지일 뿐이겠군요."

벨스테츠가 느릿느릿 고개를 가로젓고 자신의 실책을 한탄하듯이 중얼거렸다. 하지만 빈센트는 그 점을 벨스테츠의 실수라고 여기지 않았다.

　종종 있는 일이지만, 치샤가 빈센트와 벨스테츠의 의도를 웃돌았을 뿐이다.

　치샤는 황제와 재상 두 사람을 기만하는 것만이 아니라, 다가올 『대재앙』이 대체 무슨 짓을 해 올지 이를 판가름할 방도도 준비하고 있었다.

　"『석괴』가 이용되지 않았으면 성새도시를 거점으로 방비를 굳히면 된다. 『석괴』를 빼앗겼으면 그것은……."

　"곧, 『대재앙』의 속셈에 이용된다. 그 멍청한 것, 제국을 멸할 방법을 여럿 고안하고 머릿속에서 실행했던 모양이더군. 그래서 적중한 것이다."

　"찬탈을 꾀하는 자에 대한 대책이라면 몰라도 멸하는 것이 목적인 상대는 뜻밖이었습니다. 이후 엄중한 노력을 하겠습니다."

　"그러도록 하여라."

　벨스테츠가 '이후' 라고 장래의 전망을 입에 담자 빈센트는 살며시 허를 찔렸다.

　이 사건이 정리된 후, 벨스테츠는 재상 자리를 내놓고 라미아를 따라 목숨을 던지려는 가능성도 없지는 않다고 생각했었기 때문이다.

　"라미아 각하께선 그것을 거부하셨기에."

　그 한순간의 공백에서 의문을 포착한 벨스테츠가 자기 입으로 대답했다.

그 말에 빈센트는 아무 말 하지 않았다. 그저 작게 콧방귀를 뀌었을 뿐. 빈센트의 반응에 벨스테츠는 "그건 그렇고." 하고 말을 이었다.

"각하께서 『석괴』와 신역에 대해 설명하신 데에는 놀랐습니다. 『석괴』와 국토의 분리에 관해서도 전망이 섰다고는 말하기 어렵지요."

"이번 일이 결말을 맞이하는 대로 멈춰 둔 국책에 착수할 것이다. 왕국과의 불가침 조약이 끝나는 2년 후까지 성과를 내지 않으면 오늘을 넘어본들 내일이 없지."

"그렇겠지요. 그런데."

거기서 벨스테츠가 한 박자 띄우고 실눈을 살짝 벌렸다.

"아시리라 생각합니다만 『석괴』를 잡아 두는 법은 밝히지 마시길. 그것이 제국의 기밀이기 때문만이 아니라, 동맹자들에게 주는 인상 문제도 있으니까요."

"나츠키 스바루와 정령술사 하프엘프는 결벽증이 있을 테니 말이다. 죽을죄를 지은 죄인을 『석괴』의 계약자로 삼고 죽을 때까지 쓰고 버리는 걸 알면 귀찮아지겠지."

"각하."

섣불리 입에 올리지 말라는 벨스테츠의 거듭된 주의에 빈센트는 어깨를 으쓱였다.

회의 중에 에밀리아로부터 『석괴』와 제국이 계약 관계에 있느냐는 질문을 받은 빈센트는 그녀가 인식하는 계약 관계가 아니라고 대답했다.

그 말은 거짓이 아니라 사실을 둘러댔을 뿐이다.

『석괴』를 잡아 두려면, 정령과 인간 사이에 체결되는 계약이 가장 쉽고 빠르다.

단, 『석괴』에 자의식은 없으며 계약에 관해 교섭할 여지도 창구도 없다. 따라서 『석괴』와 계약했을 경우의 대가는 일률적으로 계약자에게 흘러드는 방대한 허무라는 압력이다.

의사소통 불가능한, 터무니없이 거대한 존재와 하루 종일 몸을 공유하는 감각은 쉽사리 인간의 정신을 부수고 원형이 남지 않는 상태로 몰아넣는다.

피할 수 없는 정신의 죽음과 맞바꾸어 『석괴』는 계약자의 현재지에 머무르는 성질을 갖고 있다.

따라서 제국에서는 신역이 필요한 토지에 『석괴』와 강제로 계약시킨 사형수를 눌러 앉히고, 신역의 은혜를 각지로 분배한다. 한 번 『석괴』의 거처를 놓치면 찾아내기란 지난한 일이기에 사형수의 보충은 가장 중요한 사항 중 하나다.

그리고 제도 결전이 시작되기 이전에, 황제로 위장한 치샤는 『석괴』를 성새도시 가클라로 옮겨 『대재앙』에 대비토록 했다.

하지만 도시에는 그 『석괴』와 계약한 사형수의 모습이 없었다.

"옮겨졌다면, 단서 없이 찾아내기란 불가능하겠습니다. 그렇다면 자세한 사정까지 설명해서 얻을 것은 동맹자의 불신뿐."

"굳이 입에 올리지 않아도 짐작한 자도 있었겠다마는."

회의 참가자들 중에 몇 명의 해당자를 떠올린 빈센트는 한쪽 눈을 감았다.

벨스테츠의 말대로 이 상황에 내부에 불화가 생기는 일은 피하고 싶다. 짐작했는데 거론하지 않은 이들도 필경 같은 심산일 것이다.

어쨌든 간에 성새도시에서 빼앗긴 시점에서 『석괴』는 쓸 수 있는 기물이 아니라, 이미 행방을 알 수 없는 멸망의 시한장치로 변했다.

스핑크스라는 『마녀』의 신병을 확보하는 것 이상의 해결법이 없다면 더더욱 그 존재를 염려해 봐야 의미는——.

"……."

"각하?"

별안간 침묵한 빈센트의 반응에 벨스테츠가 의아하게 황제를 불렀다.

그 부름에 빈센트는 "아니." 하고 고개를 가로저었다.

한순간, 어느 생각이 머리에 스쳤지만 이후의 작전에 포함하기에는 가능성이 지나치게 희박하다.

하물며 그것은 제국에서 가장 고삐를 잡을 수 없는 존재, 그 다음으로 다루기 어려운 존재이니——.

"『석괴』의 거처를 파악할 가능성이 있다면, 섭리를 벗어난 사냥감의 냄새를 잘 맡는 사냥개 정도겠지만, 그것은 과한 바람이겠지."

　　──같은 시간, 제도 루프가나의 어딘가.

　　"…………."

　　그것은 어둠 속, 딱딱하고 축축한 땅바닥에 철푸덕 누워 움직이지 않고 있었다.

　　깊은 상처를 입긴 했다. 심신 모두 소모한 것도 영향이 크다. 그러나 움직일 수 없는 가장 큰 이유는 마음보다 더 높은, 자신의 소중한 부분에 있는 것이 입은 상처── 영혼의 손상이다.

　　"…………."

　　내내 변함없이 믿으며 기도해 온 것이 부정되어 땅에 떨어졌다.

　　태어났을 때부터 오늘 이 순간까지 그보다 더 소중히 하던 것일랑 아무것도 없었는데, 다름 아닌 소중히 여기던 것 자체로부터 거절당했다.

　　"…………."

　　그것은, 살아갈 의미를, 이유를, 잃고 있었다.

　　자신의 가치를, 존재의의를, 할 수 있는 일을, 포기하고 말았다.

　　그것은 오로지 축축한 땅바닥에 널브러진 채로 호흡으로 가슴이 오르락내리락하는 와중에 중얼거렸다.

　　"공주님……."

　　자신의 의미를 부정한 상대에게로, 매달리는 듯, 기도하듯, 가냘픈 목소리로 중얼거렸다.

　　"공주님…… 공주님……."

그것은 힘없이 중얼거렸다. 계속, 중얼거렸다.

중얼거리다가, 그리고──.

"아……."

가슴속에 크게 뚫린 구멍, 그곳에 쏙 들어가는 크고 큰 무언가.

그것이 어둠의, 차가운 공기의, 흘러드는 물소리의, 안에서 느껴져서.

"공주님……."

그것은 아직 그곳에 있는 의미를 확인하는 것처럼 다시 한번 기도하듯이 중얼거렸다.

제2장 『변명하지 않으면 용서할 수 없다』

1

──『대재앙』이 야기하는 볼라키아 제국의 멸망. 이를 저지하려는 전격 작전.

끝없이 되살아나는 송장 인간의 군세와 정면으로 충돌하는 것이 멸망을 앞당기는 리스크에 불과함을 안 지금, 필요한 것은 속공을 통한 결전이었다.

대군끼리 부딪쳐 산 자와 죽은 자의 일대 결전을 할 수는 없는 이상, 소수정예로 적진에 쳐들어가는 미션이 채택되는 것은 자연스러운 흐름이었다.

문제가 있다면──.

"누가, 적 본진에 쳐들어가느냐는 얘기지."

방 한복판 바닥에 팔짱을 끼고 털썩 앉아 있는 스바루가 주위를 둘러보았다.

성새도시 가클라에 있는 대요새의 한 방. 많은 인원이 한 자리에 모이기에 딱 맞는 넓이의 방에, 제국의 관계자를 제외한 스바루의 아군이 주욱 참석해 있었다.

거기에는 부상자를 치료하느라 아까 회의에는 참석하지 않은 자들—— 람과 가필, 페트라와 프레데리카, 그리고 렘도 모여 있었다.

제국 관계자가 아니니 당연히 아나스타시아와 율리우스도 있지만——.

"하리벨 씨도 무사히 돌아와 주어서 다행이야."

"오, 걱정해 주다니 착하구마잉. 맞나, 아나 도령은 내한테 엄해서 그렇게 위로 받으믄 솔직하게 기쁘데이."

벽에 등을 기대고 곰방대를 문 하리벨이 스바루의 위로에 웃으며 대답했다.

도시국가 최강의 낭인족(狼人族)은, 그 연환용차의 싸움에서 송장 인간의 습격에 앞서 나타난 흑룡—— 드래곤 좀비를 붙들어 준, 승리의 공로자다.

그가 드래곤 좀비를 용차에 접근하지 못하게 막은 덕분에 피해는 최소한으로 국한되었다. 게다가 단독으로 살룡(殺龍)까지 달성했으니 어처구니없는 시노비다.

그런데 그런 하리벨의 한마디에 야유받은 아나스타시아가 불만스러운 표정을 지었다.

"와그라는데? 그런 식으로 말하믄 내가 피도 눈물도 읍는 고용주 같다 아이가. 일한 만큼의 보수는 제대로 내긋다 하지 않았나."

"본나, 이렇다카이. 뭐든 다 돈 계산으로 끝내려 하는 게 보소, 귀염성 없는 아로 커갖곤……. 리카드가 방임주의라서 요로코

롬 된 기 아이가?"

"흐아리이베엘."

"그래그래, 내가 진 셈 치자이."

두 사람의 카라라기 사투리 응수가 아나스타시아의 은근한 부름으로 끝났다.

옛날부터 알던 사이라고는 해도 스스럼없는 대화를 보면 친척 아저씨와 어린 소녀를 방불케 한다. 아나스타시아는 몸집이 작고 동안이지만, 어린아이다운 모습과는 대극적인 성격이기에 그녀에게 그런 인상을 품는 일은 드물다.

그런 스바루의 인상은 어쨌든 아나스타시아의 입심에 꺾인 하리벨이, "그래서 말인디." 하고 당한 채로 대화를 끝내지 않으며 말을 이어 갔다.

"붙어보고 안 거지만 볼라키아의 좀비, 카라라기의 좀비하고 쪼매 사정이 다르데이. 아마 내캉 무지 상성이 안 좋다."

"볼라키아와 카라라기에 따라 좀비가 다르다? 그거, 무슨 소리야? 설마 이 시기에 다른 원인으로 좀비 패닉이 일어났다는 말은 안 할 거지?"

"아무리 그래도 그럴 리 없을 끼다. 내 인상이지만도…… 제국의 좀비 쪽이 벅차데이. 일을 저지른 아가 제국의 대정령에게 못된 짓 했다고 그라카니 거리적인 문제일지도 모르제."

"거리……."

하리벨이 이에 문 곰방대를 까딱이며 소감을 밝혔다.

카라라기의 송장 인간을 모르는 스바루에게는 그 미묘한 뉘앙스 차이가 딱 와닿지 않는다. 그렇지만 하리벨만한 실력자의 느낌인 이상, 차이는 분명히 있을 것이다.

설마 정말로 같은 시기에 별개의 이유로 좀비가 이용되었다고는 생각하고 싶지 않지만.

"거리보다는 완성도의 문제라는 인상도 있더군."

"그거, 무슨 의미가? 율리우스."

"하리벨이 벅차다고 평한 이상, 제국에 나타난 좀비 쪽이 능력적으로 뛰어난 것은 사실이겠지요. 다만 시기를 보면 도시국가의 좀비 쪽 출현이 빠르지요. 즉, 여기서 추측할 수 있는 것은……."

"카라라기의 좀비는 연습대고, 볼라키아의 좀비는 실전용. 기사 율리우스가 하고 싶은 말은 그런 뜻이야?"

아나스타시아의 물음에 율리우스가 왼쪽 눈 아래의 흉터를 만지며 추론을 펼치자 람이 그렇게 물었다. 율리우스는 "그렇습니다." 하고 끄덕이며 말을 이었다.

"지금 생각이 옳으면, 하리벨이 받은 인상도 설명이 됩니다. 그리고 하리벨, 네가 제국의 좀비와 상성이 나쁘다고 생각한 이유를 물어도 되겠나?"

"나는 직접 보지 못했는데, 용차에 나온 좀비 아는 늘어났다믄서? 그거랑 비슷한 일, 그 검은 용도 했던 기라. 그 왜, 내 공격은 맞으면 끝장인 주살(呪殺)이 장점이니까 죽어도 안 끝나는 상대와 상성 최악 아이가."

"…………."

"어라? 뭐꼬, 이 침묵."

"아니, 하리벨 씨가 선뜻 주살이 장점이라고 말하니까 깜짝 놀란 거야."

하리벨이 자기 손패를 선선히 폭로하자 스바루도 귀를 의심하고 말았다. 하지만 그는 스바루의 지적에 "아아." 하고 납득한 기색으로 끄덕였다.

"딱히 안다고 어떻게 될 것도 아니니까네. 알고 있어도 나한테 한 방도 안 맞을 수 있는 사람 쪽이 적지 않겠나?"

"으—음, 겸허한 것 같으면서도 겸허하지 않네. 라인하르트나 셋시도 그렇지만 각국 최강이란 그런 점이 공통 사항인 느낌이 들어……."

당당한 하리벨의 강자 발언에 스바루는 절절히 감탄했다.

승인 욕구의 화신인 세실스는 말할 것도 없거니와 겸허와 성실이 옷을 입고 걸어 다니는 것 같은 라인하르트도 자신의 역량에는 절대적인 자신감이 있었다.

실제로 그 정도로 강한데 '나 따위는' 같은 소리나 해도 아무 설득력이 없기에, 그에 관해서는 당당한 편이 훨씬 호감도가 높지만.

어쨌든——.

"하리벨 씨가 『좀비』와 별로 잘 싸우지 못하는 건 알겠지만…… 그래도 그러면 어떻게 해? 누가 제도에 쳐들어가는 게 좋을까?"

"카라라기 최강답지 않은 약한 소리지만 그래도 하리벨의 실력이 좋은 건 내가 보증한데이. 응석 받아주지 말고 돌입조에 넣어야 한다 생각한데야."

"마, 울고불며 싫단 소린 안 하긋지만도?"

입씨름하지 않아도 엄한 아나스타시아의 말에 하리벨이 쓴웃음 지었다.

실제로 주살 특공이 좀비에게 효과가 없어도, 하리벨이 단독으로 흑룡과 싸울 수 있는 전력인 것은 확실하다. 그를 돌입조에 넣는 것은 확정이라 쳐도 되리라 생각하는 와중에 스바루는 본론으로 들어가야겠다고 "잠깐 괜찮을까?" 하고 거수했다.

그리고——.

"먼저 말해 두자면, 나는 돌입조에 참가할 거야."

스바루는 다른 사람이 나서기 전에 자신의 입장을 주장했다.

"우선 스피카의 권능이 좀비 특효…… 소생을 무효화하는 힘이 있는 것은 다들 알았을 거야. 다만 현재로선 그걸 쓰는데 보호자인 내가 따라가는 게 필수야. 하리벨 씨도 적의 부활이 고생스럽다고 하니 공략하는 데 스피카는 반드시 필요해."

『독희』 라미아 고드윈의 격파에 스피카의 『성식』이 있던 것은 주지의 사실이다.

그녀가 『폭식』의 권능을 활용할 수 있으면 무한히 되살아나는 송장 인간의 『사망도주』를 끊을 수 있다. 스핑크스를 격파하는 데에 스피카보다 효과적인 패는 없을 것이다.

"나도 스피카도, 대체할 수 없는 역할이야……. 그러니까 필연적으로, 베아코는 나랑 같이 제도까지 가 줘야겠지만."

"베티는 바라는 바야. 더는 스바루와 헤어지기 싫은 것이야."

"미안해. 덕분에 살았어."

거수한 스바루 옆에 다소곳이 앉아 있는 베아트리스. 스바루는 그녀의 대답을 든든히 여기며 작전의 핵심이 되는 스피카와 그녀가 안고 있는 렘을 바라보았다.

허리에 팔을 두르고 안겨 든 스피카의 어깨를 부축하고 있는 렘이 스바루의 시선을 받고 말했다.

"어째서, 그렇게 흠칫거리는 눈으로 저를 보는 건가요."

"아니, 또 위험한 곳에 스피카를 데리고 가는 꼴이고, 그거 때문에 렘에게 미움받으면 내 마음이 조각조각 깨지니까……."

"왜요. 에밀리아 씨에게 위로받으면 되잖아요."

"응?"

스바루의 기죽은 대답에 렘이 불만스럽게 시선을 피하며 중얼거렸다.

그 말의 뜻을 영 알아먹지 못하던 스바루를 무시하며, 렘의 옆에 선 람이 "렘." 하고 연홍빛 눈을 가늘게 떴다.

"어떻게 할래? 바루스를 갈가리 찢을래?"

"갑자기 살벌한 소리 꺼내지 마, 언니분!"

"농담이야. 지금 갈가리 찢어 봤자 되살아날 거잖아? 시체에다가 늘어나는 바루스…… 악몽이네. 끔찍스러워."

"멋대로 죽이고서 늘린 다음 끔찍해하지 마!"

람의 너무나 람다운 발언. 그런 언니의 말에 렘이 쓴웃음 짓고 고개를 가로저었다. 그대로 렘은 "고맙습니다." 하고 언니에게 감사를 표했다.

"언니의 배려는 기뻐요. 하지만 언니의 말씀대로 지금은 무엇을 해도 되살아날 테니까 나중으로 미루죠. 그보다도……."

"우?"

"스피카, 저 사람하고 같이 힘낼 수 있겠어요?"

쓴웃음의 기색을 지운 렘이 자신에게 안겨든 스피카를 내려다 보고 물었다. 그 물음에 스피카는 파란 눈을 동그랗게 뜨더니.

"아—우!"

힘차게 끄덕였다.

스피카의 대답에 렘은 서운한 기분과 분한 기분이 뒤섞인 표정을 짓더니 말했다.

"원래라면, 저도 따라가고 싶어요. ……하지만 지금의 제가 따라가도 발목만 잡을 뿐인 것은 알고 있어요. 그래도……."

"그거라면 걱정하지 않아도 괜찮아, 렘."

절실한 마음이 담긴 렘의 호소가 믿음직한 목소리에 막혔다.

렘이 무심결에 "네?" 하고 연청빛 눈을 크게 뜨자, 그런 그녀 앞에서 에밀리아가 자기 가슴을 쿵 두드리고 의욕에 찬 눈빛과 함께 렘에게 끄덕였다.

"그 아이하고, 같이 가는 스바루가 걱정되는 기분은 나도 엄— 청 잘 알아. 그러니까 무슨 일이 있어도 괜찮게 내가 지킬 거야!"

"에밀리아, 씨……."

"맡겨 줘. 나, 이래 봬도 엄—청 힘이 장사거든."

에밀리아가 불끈 알통을 만들고 렘에게 웃어 보였다.

그, 너무나도 믿음직한 에밀리아의 말에 렘은 무슨 말을 하면 될지 당황하며 시선이 흔들렸다.

그러나——.

"아니아니아니! 무슨 말씀을 하세요, 에밀리아 님! 에밀리아 님이 가다니, 그런 걸 허락할 수 있을 리 없잖습니까!"

"어어?! 어째서?!"

"어째서고 자시고, 꼭 들어야 아신답니까?!"

눈을 동그랗게 뜨고 화들짝 놀라는 에밀리아의 모습에 오토가 그 이상으로 대경실색했다.

제국에서 합류한 이후로, 거의 내내 찌푸린 낯이라는 인상이 있는 오토지만 드디어 그답게 허둥대는 얼굴을 볼 수 있었다—— 하고, 웃을 수는 없으리라.

실제로 이번에는 에밀리아보다 오토의 의견 쪽이 정당했다.

"아무리 그래도 이 제국에서 가장 위험한 곳으로 쳐들어가는 작전이라고요? 그런 곳에 잘 다녀오시라고 에밀리아 님을 보낼 수 없어요."

"그래도 말이야, 오토 형. 위험한 곳이란 소릴 할 거면 애초에 볼라키아에 온 시점에서 새삼스러운 거 아냐?"

"부정하기 어렵지만 그래도 위험이 크고 작은 걸 따질 수는 있죠. 나츠키 씨의 말대로 제도는 적의 본진…… 본거지와 전략적 가치가 없는 마을의 수비가 같은 수준일 리가 없습니다. 제도는 틀림없이 으뜸가는 위험지대예요."

"뭐, 그거야 그런데."

정당한 의문을 정당한 정론으로 받아치자 가필도 반박을 거두었다.

그 기세를 쫓아 오토는 시선을 스바루와 베아트리스 쪽으로 돌렸다.

"솔직하게 말하면, 나츠키 씨가 가는 것도 저는 반대예요. 이건 어디까지나 제국의 문제이고 다른 나라를 위해서 목숨을 거는 건 도리에 맞지 않으니까요."

"이런 솔직한 자식. 근데 말이야, 몇 번씩 말하지만……."

"알고 있어요. 왕국이든 제국이든, 어디서 일어났는지는 문제가 아니란 얘기잖아요. 『마녀』의 노림수가 루그니카일 우려가 있는 이상, 그 점은 저도 같은 의견입니다. 저도 고향이 어지럽혀질 바에는 제국이 황야가 되는 편이 훨씬 낫죠."

"너도 노골적으로 같은 편 아끼기를 숨기지 않게 됐구나!"

오토에게는 원래부터 냉정한 일면이 있었지만, 볼라키아 제국의 문제에 관계하는 것은 메리트와 디메리트가 머릿속에서 합치되지 않는 것이리라. 그렇기에 계속 내키지 않는 기색이다.

하지만 오토가 이해를 표한 대로, 스바루에게는 토지의 문제가 아니다.

스바루도 볼라키아 제국은 싫지만, 싫어하는 제국에도 스바루가 좋아하게 된 사람들이 있다. 그들을 위해서 할 수 있는 일은 전부 하고 싶다.

그러기 위해서도——.

"스피카만이 아니라 내가 제도에 있을 필요가 있어."

돌입조에 스바루가 지원하는 것은 물론 스피카의 권능을 충분히 발휘하기 위한 보호자로서 동행하는 의미도 있다.

그러나 가장 큰 목적은 제국 최고의 격전지가 될 제도———. 거기서 기다리는, 피할 수 없는 누군가의 『죽음』을 뒤집고 이 손으로 운명을 뒤바꾸기 위함이다.

스바루는 『검노고도』에서 모든 검노를 같은 편으로 만들기 위해 상당히 무모한 짓을 했다.

하지만 그럴 보람은 있었다. 보수가 약속된다면 스바루는 그러기를 머뭇대지 않는다.

"스바루가 위험한 짓을 하게 두고 싶지 않은 것은 베티도 마찬가지야."

거기서 스바루를 대신해 베아트리스가 오토와 시선을 맞추었다. 베아트리스가 특징적인 무늬가 떠오른 파란 눈동자를 일렁이며 스피카를 손으로 가리켰다.

"하지만 상대의 『불사왕의 비적』을 해체하는 데에 저 아이의 힘은 유용한 것이야. 그리고 만에 하나, 스핑크스를 봉인할 필요가 있으면 베티의 힘이 분명히 필요해."

"봉인, 이라고요."

"스피카의 권능이 통하지 않았을 경우, 스핑크스의 폭거를 막을 방법은 봉인하는 수밖에 없는 것이야. 자살해서 도망치기라도 했다간 끝나지 않는 술래잡기의 시작이지. 그걸 막기 위해서 베티의 마법이 나서야 하는 것이야."

베아트리스가 한 손은 스바루의 손을 잡고, 비어 있는 다른 손을 내밀었다.

어린 소녀 특유의 온기를 손으로 느낀 스바루의 뇌리———. 플레아데스 감시탑에서 신병 확보에 성공한, 『폭식』의 로이 알파르드의 전말이 갑자기 되살아났다.

온몸이 음 마법으로 밀랍처럼 굳혀져 운신도 사고도 봉인된 로이의 말로가.

"분명히 『질투의 마녀』도 그거랑 같은 봉인으로 붙잡았다고 했던가……."

"맞아. 신뢰와 실적이 있는 『마녀』 봉인인 것이야. 사태 수습에 스핑크스의 봉인이 필수라면 너와 페트라에게는 미안하지만 베티와 스바루는 빠질 수 없어."

마법적인 관점에서 나온 베아트리스의 지원에 스바루는 오토와 그 너머로 프레데리카와 나란히 서 있는 페트라의 눈치를 살폈다.

못 보던 사이에 믿음직하고 장래 유망한 자질이 더더욱 성장한 감이 있는 페트라는, 당연하지만 작아진 몸으로 제도에 쳐들어가겠다는 스바루를 환영하지 않는 표정이었다.

다만 총명한 페트라는 베아트리스가 낸 의견의 타당성과 여기서 송장 인간 군세를 막지 못하면 피해가 지수함수적으로 증대할 것을 이해할 수밖에 없었다.

그 때문에 그녀는 아주 못마땅하게 한숨을 쉬고 말했다.

"역시, 이렇게 되는구나."

"페트라……."

"렘 씨와 똑같이, 나도 따라갈 수 있는 입장이 아닌걸. ……적어도 베아트리스가 감시역으로 따라가 주는 게 위안이지만."

말귀가 지나치게 밝은 소녀가 품은 불안의 원인이 자신임을 아는 스바루도 가슴이 아프다. 그런 페트라의 신뢰에 베아트리스는 방금 에밀리아처럼 자기 가슴을 두드렸다.

"페트라의 마음은 잘 알고 있는 것이야. 베티가 있는 한, 스바루가 위험에 처하게 하지 않겠어."

"응, 고마워, 베아트리스."

"그러네. 베아트리스가 스바루와 같이 있으면 안심할 수 있고 나도 기뻐. 하지만 그 둘과 내가 함께라면 더 안심을⋯⋯."

"에밀리아 님⋯⋯."

"으으⋯⋯."

베아트리스와 페트라의 아름다운 우정에 이어 에밀리아가 전혀 교묘하지 않은 방법으로 물고 늘어지려다가, 오토의 엄한 눈총을 사고 격추당했다.

다만 앞서 언급했다시피 이 일에 관해서는 스바루도 오토의 의견이 정론이라 여기고 있다.

가능하면 에밀리아의 소원은 무엇이든 이루어 주고 싶은 스바루지만 이것을 이루어 주면 그대로 에밀리아를 제국에서 가장 위험한 곳에 데려가는 꼴이 된다.

그러나 한편으로, 아까는 거두었던 가필의 주장에도 일리가 있었다.

애초에 제국까지 온 시점에서 뻔히 위험한 것이고 설령 가클라에 남는다 해도 신변의 안전이 보장되는 게 아니긴 하다.

그런 의미로는, 알고 있는 사람 전원을 스바루 옆에 두는 것이 이상적인데——.

"나는, 제도 돌입조에 에밀리아 님을 넣는 데에 찬성하—지."

"주인어른?!"

하지만 거기서, 갑자기 그 전까지와 180도 다른 의견이 튀어나왔다.

그 의견에 하도 놀라서 귀를 의심한 표정으로 프레데리카가 소리쳤다. 하지만 그것은 처음에 소리를 친 게 프레데리카라는 것뿐이지 그 자리에 있던 거의 모든 사람이 그 의견—— 로즈월의 발언에 놀람을 숨기지 못했다.

놀람이 지배하는 가운데, 아나스타시아의 회복은 비교적 빨랐다. 그녀는 여우 목도리를 매만지며 눈썹을 찌푸리고 말했다.

"건 또 뜻밖의 의견이구마. 틀림없이 에밀리아 씨네는 에밀리아 씨 말고 만장일치로 에밀리아 씨에게 반대할 끼라 생각했는디."

"진영의 대표인 에밀리아 님, 그 의견이 받아들여지지 않는 것은 너무 딱하시다……는 것은 농담이지이—요. 저도 장난삼아 반대 주장을 한 게 아닙니이—다."

"말씀해 보시지요."

오토가 감정을 억누른 목소리와 표정으로 뒷말을 촉구하자 스바루도 지원받은 에밀리아도 마른침을 삼키고 로즈월의 답변을 기다렸다.

그런 기대와 반감 사이에 낀 로즈월은 쓴웃음 지으며 어깨를 으쓱였다.

"어려운 얘기가 아아—니야. 제국과의 동맹관계에서, 에밀리아 님의 실력은 우리 쪽에서 상대에게 제안할 수 있는 유력한 내용이지. 만약에 아나스타시아 님이 간다고 말을 꺼내면 다 같이 말려야 하겠지만, 에밀리아 님은 그으—렇지 않아. 그건 실제로 좀비가 나타나기 전의 대전에 에밀리아 님을 참가시킨 시점에서 모두가 인정한 부분이지."

"응, 맞아! 왜 있잖아, 그때도 마델린이나 메조레이아와도 부딪쳤지만, 끄떡없이 잘 돌아왔으니까."

"상황이 달라요. 필요한 것은 소수정예의 기습 공격이고, 에밀리아 님의 장점…… 대담한 전투법이 적합하다고는 도저히 생각할 수가 없죠."

"충분히 메꿀 수 있는 범위야. 그리고 에밀리아 님이 계시면, 만약에 작전이 실패해도 그 재정비를 작전에 포함할 수 있지. 도시 절반 정도는 얼음에 가둘 수 있지 않습니까?"

손가락을 하나 세운 로즈월의 터무니없는 발언이지만, 이것이 의외로 무리한 요구도 아니다.

에밀리아의 대체 불가능한 유닛 성능 중에, 자력으로 충당할 수 있는 터무니없는 마나의 양과 그것을 구사한 초범위 공격이라는 스킬이 있다.

쉽게 말해 에밀리아는 혼자서 전장을 설경으로 바꾸고 극한(極寒) 속에서 귀엽고 활기차게 뛰어다닐 수 있는 것이다. 그 압도적으로 높은 전투 지속 능력을 최대한 살리겠다고 스바루가 고안한 것이 『아이스브랜드 아츠』이며, 로즈월도 높이 평가하는 부분이다.

실제로 에밀리아가 진영 내 최고 전력 중 하나임은 의심할 여지가 없다.

여태껏 실컷, 플레아데스 감시탑에도 제도 결전에도 참가시켜 놓고 에밀리아가 위험하니까 보낼 수 없다는 말은 설득력이 없는 의견이기는 했다.

그에 더해 로즈월에게는 그만이 지닌 확신이 있다.

그것은——.

"스바루도, 에밀리아 님이 계시는 편이 분발할 수 있지이—?"

"너……."

악의밖에 없는 웃음을 머금은 로즈월의 말에 스바루는 무심코 입술을 깨물었다.

그 아슬아슬한 표현은 로즈월만 알고 있는 스바루의 권능——『사망귀환』을 야유하는 것임을 명백했다.

로즈월은 스바루가 시간역행하기 위한 트리거가 '죽음'인 줄 모르지만, 스바루에게 그런 비장의 수가 있음은 알고 있다.

에밀리아를 위해서라면, 그 비장의 수를 아끼지 않을 거라는 확신도 있는 것이다.

로즈월의 추측은 옳다.

다른 누구에게 무슨 일이 있어도 『사망귀환』을 하겠지만, 에밀리아가 왔을 때 스바루의 필사적인 노력은 로즈월이 바라는 것이거나 그 이상이 되리라.

단, 그런 사정으로 설득될 수 있는 것은 로즈월 정도뿐이다.

"주인어른, 저도 오토 님과 마찬가지로 에밀리아 님께서 가시는 데에는 반대합니다."

실제로 그런 로즈월의 의견을 들어도 반대파의 감정은 흔들리지 않았다.

진영 내에서는 비교적 로즈월 편을 들 때가 많은 프레데리카라도 상황의 위험성을 중시하여 에밀리아의 돌입조 참가를 반대했다.

그러나——.

"물론 에밀리아 님이 저나 오토 님이 범접하지 못할 만큼 강하신 것은 알고 있습니다만 그래도 귀한 몸을……."

"내가 동행하겠다. 그렇게 말해도오—?"

"네?"

역시 수긍할 수 없다고 항변하던 프레데리카가 눈을 크게 떴다.

짧은, 그러나 잘못 들을 리 없는 로즈월의 단언. 그는 들어 올린 좌우의 손을 모두에게 보여 주듯 휘저으며 말했다.

"제도 돌입조, 나도 에밀리아 님과 함께 동행하아—도록 하지. 다행히 정체를 숨길 필요가 없어진 지금, 내 큰 기술도 작은 기술도 넉넉히 발휘해 보겠어."

"어, 로즈월이 와 주게? 아니지, 같이 가 주게?"

"놀라셨습니까?"

"그야, 로즈월은 늘 저택에서 노닥거리는 인상이 있었으니까."

순진하게 놀라는 에밀리아의 반응에 로즈월이 쓴웃음 지었다.

노닥거린다는 말은 다소 에밀리아다운 표현이지만 로즈월이 문제를 해결하는 상황에 없는 패턴이 많은 것은, 문제의 원인이 로즈월일 때가 많으며 애초에 그가 신뢰하지 못할 아군이라는 이유가 크다.

단, 상황적으로 여기서 로즈월이 신뢰를 배신해도 의미가 없다.

제국에서 로즈월이 모종의 암약을 할 가능성도 없음을 감안하면, 어떻게 보아 왕국에 있을 때보다 훨씬 로즈월을 신뢰할 수 있는 상황이라고 할 수 있었다.

"딴 나라에 있을 때 쪽이 신용할 수 있는 아군이란 게 대체 뭐냐는 생각도 들지만……."

스바루는 로즈월의 동행이라 듣고 보기 흉한 표정을 지은 베아트리스를 제외하면 그 제안에 메리트밖에 없는 것처럼 느껴졌다.

진영 내 최고 전력 이야기를 하자면 틀림없이 로즈월 또한 그중 하나에 속한다.

"저도——."

순간, 오토가 갑자기 무슨 말을 하려 했다.

그러나 하려다가 중단한 오토가 깊이 숨을 들이마셨다가 내뱉고는, 외쳤다.

"가필! 나츠키 씨 일행에 동행해 주세요."

"괜찮겠어? 『삼기사가 간다』는 듯이 강한 놈이 몽땅 출장하는 꼴이 되는데."

"여기까지 오면 어중간하게 투입하는 쪽이 우책이에요. 그것도 변경백의 손아귀 안일까요?"

"오토는 이따금 나를 과대평가하는구운—."

로즈월의 여유로운 웃음에 오토가 이마에 손을 짚었다. 그런 형님의 고뇌를 씹어 부수듯이 가필이 용맹하게 가슴 앞에서 주먹을 맞부딪쳤다.

"좋지. 오토 형의 걱정도 페트라의 걱정도, 하는 김에 누님의 걱정도 싹 모아다가 이 어르신이 가져가겠어."

"가프, 람의 걱정이 빠져 있어."

"니가 로즈월을 걱정하는 기분 따위 가져가고 싶지 않아."

"바보구나. 로즈월 님을 걱정할 필요가 어디 있다고. 가프의 걱정이야."

기분 좋게 결단한 가필이 람의 일격을 맞고 "크릉." 하고 기세가 죽었다.

그렇게 죄 많은 여자답게 군 람은 돌입조에 입후보한 로즈월을 바라보고 말했다.

"부디 내키실 대로. 로즈월 님의 힘을 제국에 보여 주세요."

"그래야 하겠군. 제국은 마법을 지나치게 경시하니까—아 말이야."

그런 로즈월의 웃음에 람이 여행복의 치마를 잡고 커티시.

과잉하지도 과소하지도 않은 신뢰를 나누는 대화를 보고, 대화 흐름에 따라가지 못하고 방치된 에밀리아가 눈을 끔뻑였다.

"으음, 결국 로즈월과 가필도 같이 가고, 나도 스바루랑 같이 제도에 쳐들어간다……고 생각하면, 되는 거지?"

"응, 그렇게 생각하면 될 거야. 오토가 말한 것처럼 최고 전력이네."

에밀리아 진영의 최고 전력 세 사람. 에밀리아와 가필과 로즈월이 같이 가는 것이니까 동맹자로서 최고의 퍼포먼스를 발휘한다고 말할 수 있으리라.

스바루와 베아트리스, 거기에 스피카 셋이 발목을 잡지 않을까 걱정이다.

"거기에 하리벨 씨가 참가한단 말이지. 그 밖에는······."

"스바루."

틀림없는 최강 멤버라고 장담하고 싶은 차에 부르는 소리에 스바루가 돌아보았다.

스바루를 부른 것은 방금 이름이 거론된 멤버에 포함되지 않은 남자. 그리고 최강 멤버만을 모은다면 확실하게 넣고 싶은 인물이었다.

그러나 카라라기 전통복을 입은 남자는 다부진 생김새 속에 늠름한 눈빛으로 단언했다.

"나는, 아나스타시아 님 곁에 남겠다. 적의 눈을 성새도시로 유인하는 것이 너희의 돌입을 거드는 셈도 되겠지."

"······."

"물론 황제 각하가 믿음을 두는 이가 도시의 방위를 맡게 되겠지만, 나도 조력할 생각이야. 무엇보다······."

거기서 한 말을 끊은 남자——율리우스는 옆에 있는 아나스타시아를 쳐다보았다.

사라진 스바루 일행을 찾기 위해 무리해 가며 볼라키아로 달려와 준 아나스타시아. 그녀에게는 감사하는 마음밖에 없다. 그리고 기필코 무사히 돌려보낼 필요가 있다.

그 때문에 율리우스는 분명하게 선언했다.

"나는, 아나스타시아 님의 첫째 기사니까."

그 떳떳할 정도로 자임하는 말에 스바루는 조용히 숨을 집어삼켰다.

그것이 율리우스가 자신의 위치를 표명한 발언임과 동시에 같은 입장인 스바루를 독려하는 말이기도 한 것을 이해했기 때문이다.

──율리우스가 아나스타시아를 지키듯이 스바루도 에밀리아를 지키라고.

"말해 두지만 여기에 남는다고 편한 게 아니거든. 긴장 풀고 있다간 레이드 때의 굴욕을 또 맛보게 될걸."

"그건 무섭군. 지금도 거울을 통해 얼굴의 흉터를 볼 때마다 떨고 있어서 말이야."

"잘도 말하네!"

율리우스의 넉살에 웃어넘긴 스바루는 그 자리에서 힘차게 일어섰다.

일동을 둘러보고서 다시금 확인한다.

"가는 것은 나와 베아코, 그리고 스피카. 거기에 에밀리아땅과 가필과 로즈월이 있고, 하리벨 씨도 멤버에 포함이야."

"응, 힘내자. 남아 주는 람과 렘도, 아나스타시아 씨 쪽도 『좀비』는 충분히 조심해야 해."

"그 본진에 쳐들어가는 에밀리아 씨가 고래 말하믄 엉망이구마이. 하지만 여기가 얼마나 요란하게 손님을 끌 수 있느냐에 따라 에밀리아 씨 쪽의 난이도가 바뀌제. 실력을 보여 줄 때 아이가."

상인 정신을 자극받았다는 양 아나스타시아가 심술궂은 웃음과 함께 대답했다.

스바루는 그 반응을 든든하게 느끼며 눈앞에 닥쳐든 제국의 결전에 주먹을 굳게 쥐었다.

무슨 수를 써서든 『대재앙』을 저지하기 위해서 최선을 다한다.

그러기 위해서도 제도로 서두를 필요가 있었다.

왜냐하면──.

"지금도 두고 온 셋시가 깜빡해서 천인 베기나 만인 베기를 하는 바람에 대정령의 마나가 바닥나서 제국이 멸망하면 차마 눈 뜨고 볼 수가 없어."

그 경우, 세실스를 데려온 스바루 탓인지, 오늘까지 세실스를 방치해 온 제국의 업보인지도 구분할 수가 없으니까.

2

──『검노고도』 기눈하이브 총독, 구스타프 모렐로.

위대한 신성 볼라키아 제국의 황제로부터 그 지위를 수여받았다는 의미는 무겁다.

평시부터 '제국인은 정강하여라'는 가르침이 숨 쉬는 볼라키아에서, 고도에서 개최되는 검노를 이용한 흥행에 기대하는 역할은 생각보다 크다.

그것은 단순한 오락을 위해서가 아니라 내분이라는 불씨조차 작은 일로 진화하는 현 황제의 치세에서, 인심을 '투쟁'에서 떼어놓지 않고 제국인의 송곳니가 무뎌지지 않기 위함이다.

또렷하게 명언을 들은 것은 아니지만 그것이 구스타프가 황제인 빈센트 볼라키아로부터 총독 자리에 임명되었을 때, 자신이 완수해야 할 직무라고 파악한 내용이다.

실제로 그에 따라 구스타프는 고도의 총독을 역대 어느 전임자보다 바르게 완수해 왔다. ——오늘 이 순간까지는.

"구스타프 모렐로, 기눈하이브의 검노를 대동하여 합류했습니다."

정면에서 내려다보는 황제, 빈센트 볼라키아 앞에서 구스타프는 다완족인 자신의 네 팔을 전부 땅에 짚고 무릎 꿇은 채 말했다.

——제국 전토를 뒤흔드는 거대한 내란은 망자들의 간섭으로 그 전제가 완전히 무너졌다.

날뛰는 송장 인간의 군세로부터 도망치고자 제도와 그 주변의 주민이 일제 피난을 시작하고 전사들은 정규군과 반란군 구별 없이 멸망에 저항하려는 협력을 해야만 했다.

지나치게 많은 피난민의 분산 퇴각도 진행되는 가운데, 그럼에도 성새도시 가클라에는 피난민의 총수 절반 이상이 수용되었다. 그 대인원의 피난 지원에 참가하고 자신들도 가클라에 들어온 직후, 구스타프는 빈센트와의 알현 기회를 얻었다.

"……."

대요새의 한 방, 무릎 꿇은 구스타프 옆에는 황망한 안색의 이드라 미상가가 있었다.

무법자 집단인 검노 일파는 『플레아데스 전단』이라 이름을 고치고 나츠키 슈바르츠가 우두머리를, 구스타프가 참모역을 맡는 모양새로 뭉쳐 있었다. 그 참모역인 구스타프가 날뛰는 것 말고 다른 업무의 보좌로 고른 사람이 이드라였다.

슈바르츠와 유독 관계가 깊은 검노 중에 적절한 사려와 침착함을 갖춘 이드라는 난폭자들뿐인 전단 중에서는 매우 중요시된다.

그렇긴 해도 갑자기 황제 각하 앞에서는 그 침착함도 선보일 여지가 없었다.

"너희의 활약에 관해서는 지크르 오스만으로부터 보고를 받았다. 그자…… 나츠키 슈바르츠도 뺙뺙대며 공적을 과시하긴 하더군."

"하, 하하하, 뺙뺙…… 아."

워낙 긴장했는지 무심코 그런 말을 입에 올린 이드라의 안면이 창백해졌다.

가늘게 뜬 검은 눈으로 번뜩 노려본 빈센트는 우아하고 섬세한 용모와 정반대로 매서운 성미로 유명하다. 황제를 소문으로밖에 알지 못하는 제국민이 보자면, 그의 의식이 자신에게 쏠린 것만으로도 죽음을 각오하는 것도 이해할 수는 있다.

그러나. 구스타프는 무릎 꿇은 채 빈센트를 올려다보며 말했다.

"황제 각하, 이자는 이드라 미상가. 검노 중 한 명입니다만 다른 자는 할 수 없는 귀중한 활약으로 본직을 보좌하고 있습니다. 부디 이번 쟁란이 마무리되는 대로, 은사를……."

"웬일로 말수가 많구나, 구스타프 모렐로. 하나."

"으……."

"네가 귀중하다고 하는 이상 그럴 테지. 열심히 애쓰도록 하라. 전후에 대해 논할 거라면 전후에 논할 만한 성과와 생명을 남겨라."

"예, 옙! 황공합니다!"

이드라가 기세가 넘쳐 이마를 바닥에 찧을 정도로 힘껏 엎드려 조아렸다.

이드라는 목숨을 건졌다는 감개 때문에 주위를 보지 못했지만, 일개 제분소 후계자였던 그는 자신이 빈센트로부터 파격적인 말을 들은 줄 깨닫지 못했다.

물론 구스타프는 그럴 만한 공헌도가 그에게 있다고 생각하지만, 동시에 느낀 것은 빈센트의 변화——그, 타인을 향한 관용이었다.

빈센트는 원래부터 똑똑한 황제이며, 지나치게 현명한 황제이기도 했다.

그 때문에 워낙에 넓은 황제의 시야를 공유하지 못하는 상대에게는 냉담한 면이 있었다. 그렇기 때문에 그 주위 사람들은 황제가 보는 경관을 이해하려고 목숨을 걸고 노력할 필요에 쫓겼었다.

그것을 바람직하다 여긴 황제지만, 이제 그것만이 다는 아니라는 느낌도 받았다.

"그나저나 과감한 짓을 다 했더구나."

불현듯 구스타프의 사유를 끊어내듯이 빈센트가 말했다.

황제의 그 한마디에 구스타프는 무릎 꿇은 채로 미처 집어넣지 못한 송곳니가 삐져나온 입을 다물고 이어질 빈센트의 말을 기다렸다.

구스타프가 침묵하자, 빈센트는 검은 눈을 가늘게 뜨고 말을 이었다.

"내가 너에게 명령한 것은, 『검노고도』의 총독 임무였을 터. 이 유사시에 그것을 방기한 끝에 섬의 검노를 이끌고 머나먼 동쪽의 제도까지 밀려올 줄이야⋯⋯. 저자가 떠는 것도 당연한 황제 앞에 용케 하나밖에 없는 목을 내밀었어."

커다란 의자에 앉아 팔걸이에 턱을 괸 빈센트의 말에 옆에서 이드라가 희미하게 목을 꿀꺽이는 소리가 들렸다.

황제에 대한 불경의 극치라고, 제국민이라면 목숨을 버렸다고 비관할 상황.

"몇 가지, 변명해도 되겠습니까?"

"허락하마. 하지만 말을 신중하게 골라라. 설령 팔을 두 개 잘라내도, 너라면 아직 평범한 인간과 다름없이 활동할 수 있을 테지?"

하지만 구스타프는 비관에 젖지 않고 감히 황제에게 말대꾸했다. 빈센트는 그 행동을 가학적으로도 도발적으로도 볼 수 있는 눈빛으로 허락했다.

그 앞에서 구스타프는 본인도 놀랄 만큼 평정을 지키고 있었다. 어쩌면 그것은 누구보다 호담하고 두려움을 모르는 소년의 영향일지도 모른다.

"황제 각하께선, 본직이 총독 임무를 유기했다고 말씀하시지만, 그것은 사실이 아닙니다. 그리고 또 하나, 검노를 이끌고 있는 것은 본직이 아니라…….."

"네가 아니라?"

"황제 각하의 아드님이십니다."

그렇게 고한 순간의 빈센트가 보인 반응을 구스타프는 평생 잊지 못하리라.

"…………."

그 순간, 빈센트는 검은 눈을 동그랗게 뜨고 독기가 싹 빠진 표정을 지었다.

그것은 그야말로 허를 찔렸다는 것 말고 표현할 길 없는 반응. 이 반응은 빈센트에게 발화자와 내용 양쪽 모두 상정 외였다는 증거다.

빈센트는 손으로 입가를 가려서 찰나의 표정을 바로 지우더니 말했다.

"나는 너에게서, 직무에 충실하고 융통성이 없는 점을 높이 사고 있었다."

"본직도 동감합니다. 다만 황제 각하와 본직이 생각한 대로 있었더라면 제국의 중대사를 서쪽 끝에서 가만히 지켜볼 수밖에 없었지요."

만약 슈바르츠가 『검노고도』를 점거하는 폭거를 일으키지 않았으면 구스타프는 이 제국의 중대사에도 고도에 남은 채로 검노를 관리하는 역할에 몰두했을 것이다.

설령 제도에서 빈센트에게 무슨 일이 있더라도 자신은 명령받은 직무에 순종적이었을 뿐이라고, 평가할 자가 없는 실적을 전별이라고 간주했을까.

그렇게 되지 않아도 되어서, 그런 자신을 남기지 않아도 되어서 진심으로 안도한다.

이것이 슈바르츠에게 교사받아 황제가 내린 명령을 자기 중심적으로 해석—— '유사시'의 자기 판단을 최대한 악용해 제도로 달려온 결과여도 말이다.

"그래서 제도와 함께 황제가 죽었어도 그자라면 너희를 잘 써먹겠다만."

"황제 각하?"

자신의 판단이 옳았는지야 어쨌든, 스스로 긍정은 할 수 있다고 생각하던 구스타프와 정반대로 빈센트가 뇌까린 말은 다른 의도를 띤 듯 들렸다.

하지만 빈센트는 그 뿌연 의도를 언급하려고 하지 않았다.

대신에 빈센트는 고개를 가로젓고 말했다.

"좋다. 네 말주변에 넘어가 주지. 이 제국의 존망을 다투는 상황 속에, 멋지게 너 자신의 진퇴와 검노들의 은사를 쟁취해 보아라. 물러가라."

"예. 본직의 실력이 닿는 대로 분골쇄신하겠습니다."

구스타프와 빈센트 사이에 '유사시' 라는 지시의 취급이 합의에 이르렀다.

구스타프가 『검노고도』의 총독 직무를 일탈한 행위를 했는지는, 이다음의 구스타프 본인과 플레아데스 전단의 활약으로 증명하게 된다.

반드시 성취할 수 있다는 확신이 있는 것은 아니다. 하지만 이 시점에서 구스타프는 적어도 슈바르츠에게 교사받은 것을 후회하지 않아도 되겠다고 생각했다.

그렇게, 구스타프가 살짝 입 끝을 실룩이며 황제 앞에서 물러나려던 순간이었다.

"화, 황송하지만 황제 각하께 여쭙고 싶은 것이……."

바닥에 이마를 붙인 채로 갑자기 입을 연 이드라의 말에 구스타프가 무심코 숨을 집어삼켰다.

떨리는 목소리로, 감히 빈센트에게 그렇게 말한 이드라는 조아린 상태로 재주 좋게 목을 위로 젖혀 당장에라도 울먹일 듯한 눈으로 황제를 보고 있었다.

고도에서 벌인 『스파르카』에서도 오기를 보인 이드라의 담력은 훌륭하지만, 물러나라고 명령한 황제에게 물고 늘어지는 것은 아무래도 목숨 아까운 줄 모르는 폭거일 뿐이었다.

그러나──.

"뭐냐……."

생각지도 못한 빈센트의 응답에 구스타프는 또다시 경악했다.

그 빈틈을, 호기에 망설임 없이 손을 뻗을 줄 아는 이드라는 놓치지 않았다. 검노다운, 생명의 갈림길에 작용하는 직감을 움직여 메마른 입술을 달싹이고 재촉받은 물음을 던졌다.

"각하께서는 이 싸움 뒤에, 아드님을…… 슈바르츠 황자를 어찌 하실 생각이십니까?"

"미상가?!"

제국에서 가장 용감한 인간만이 물을 수 있는, 자리에 맞지 않고 때도 적절치 않은 질문이었다.

각지에서 일어선 『흑발의 황태자』의 소문은 산 자와 죽은 자의 싸움으로 사정이 덧칠되기 이전의, 제국사에 남을 거대한 내란과 떼려야 뗄 수 없다.

원래 플레아데스 전단이 일어선 경위도 슈바르츠가 빈센트와 격돌할 의사를 표한 것이 계기이므로, 전단의 큰 목표는 바로 그것이다.

따라서 이드라가 그 답을 빈센트에게 바라는 것은 자연스럽다.

문제는 이드라가 긴장한 나머지 그것이 목숨을 위협할지도 모르는 불경의 궁극형이라는 것을 자각하지 못하고 있다는 점이었지만.

"…………."

발생한 침묵에 구스타프는 좀처럼 느끼지 못하던 동요감을 자각했다.

돌이켜 보면, 요 근래 느끼던 동요는 모두 슈바르츠나 세실스 때문이어서 거기에 이드라가 추가된 것은 세상을 비관할 만한 사태였다.

구스타프조차 그렇게 무심결에 눈앞의 상황에서 현실도피하려던 때——.

"——이드라 미상가."

빈센트의 입술이 이드라의 이름을 불렀다.

그 말에 이드라만이 아니라 구스타프도 휘둥그레진 눈으로 침을 삼켰다. 그러는 두 사람 앞에서 황제는 긴 다리를 바꿔 꼬고 말을 이었다.

"그자의 진퇴 여부는 내가 관여할 바가 아니다."

빈센트의 답변은 의미가 통한다고 말할 수 없는 내용이었다.

이 제국의 정점에 선 빈센트가 슈바르츠의 진퇴에 대해 결정할 권리가 없다니, 그렇게 말을 해도 납득할 만한 게 아니다.

하지만 이드라가 그 이상 물고 늘어지게 할 수도 없었다.

"그 목과 몸통이 붙어 있는 중에 물러가라. 이 이상은 불경이 될 것이다."

여기까지는 넘어가 주겠다고 황제가 그은 일선을 명시한 것을 계기로, 구스타프는 급히 이드라를 잡아 일으켜 두 팔로 그를 들어 올리고 다른 두 팔로 입을 막았다.

아마도 이 성새도시에서, 혹은 제국에서 오늘 밤 가장 운이 좋았을 이드라를 안아 든 상태로 구스타프는 빈센트에게 깊이 고개를 숙였다.

그리고——.

"슈바르츠 황자의 입장, 모쪼록 용서해 주시길 바랍니다."

이드라의 그 행운에 기대어 편승한 구스타프의 한마디를 끝으로, 『검노고도』를 떠난 일에 대한 변명이 마무리되었다.

3

"구스타프 모렐로가 저런 말까지 하게 하나. 갈수록 파악하기 어려운 남자로군."

죄인처럼 이드라를 안고 마지막에 하지 않아도 될 한마디를 덧붙이고 떠난 구스타프. 그 등을 지켜보던 빈센트는 조용히 한숨지었다.

생각지도 못하게 『검노고도』로 날아갔을 뿐만이 아니라, 거기에 있던 검노 전원과 그 직무에 우직할 정도로 충실한 구스타프의 생각을 꺾은 사실은 경탄할 만하다.

솔직히 본인이 아무리 부정해도 『별점쟁이』가 아닌 쪽이 조리에 맞지 않다 싶을 정도로.

어쨌든──.

"저자들이 도시의 방비에 참가한다고 한들 반석이라기엔 멀지. 제도를 칠 일원의 선정도 허투루 할 수 없지만……."

어떻게 배치해야 할지 빈센트가 고려할 부분은 많다.

동맹관계인 왕국 측의 인원 선정은 그쪽의 식자에게 맡긴다 치고, 제국 측도 그만한 패를 뒤집어야 말이 된다. 벨스테츠와 세리나를 성새도시에 남기고, 용병술에 관해서도 고즈가 있으면 충분하고도 남게 기능하긴 할 것이다.

단순한 전력이라는 의미로 돌입조에 포함할 인원이 부족한 상황은 타격이지만——.

"대규모 용병술이 특기인 인재는 대체할 수 없지. 그 점은 세실스 놈이 열 명 남는 것보다 가치가 있을 거다. ……그놈이 열 명이라니 악몽일 뿐이지만 아직도 합류하지 않는 이유는 제도에서 호기심이 동한 것을 보아서인가. 그놈에게 나라가 망하는 꼴은 피하고 싶군."

『석괴』의 위험성과 세실스의 인간성을 아는 사람 전원이 공통적으로 품는 우려. 그것이 세실스가 벌이는 송장 인간의 대학살과 그에 따른 대정령의 마나 고갈이다.

연환용차에서 흑룡을 막아낸 하리벨과 마찬가지로 설령 팔다리가 짧아졌다 한들 세실스가 송장 인간에게 밀린다고는 생각할 수 없지만, 밀리지 않는다는 게 문제였다.

"가령 그 때문에 나라가 망하면, 그날 그놈을 주운 치샤 놈의 잘못이겠지. 녀석의 의도가 빗나가는 것 자체는 고소하기는 하지만……."

그걸 유쾌하다고 웃을 만큼 별종은 아니고, 유쾌하다고 웃을 정도의 여유가 있을지도 불명하다.

그렇게 빈센트가 내면에서 서두를 이유를 재확인했을 때——.

"잠깐만, 기다려 줘! 들여보내면 안 된다는 지시를 받았다고, 황비님!"

"그—러—니—까! 나는 아직 그거 하겠다는 말 안 했어!"

느닷없이 큰 목소리가 문 너머로 들려서 빈센트의 사유에 불순물이 섞였다.

시끄럽게 울리는 걸걸한 목소리와 새된 노성. 그 소리에 고개를 든 빈센트 앞에서 방문이 반대편에서 활짝 열렸다.

"아벨찡! 잠깐 얼굴 좀 봐!"

"안 보여 준다."

긴 금발을 휘날리는 장신의 여자가 문을 발로 때려 부술 기세로 쳐들어왔다.

두 자루의 만도를 허리에 묶은 상태로 황제 앞으로 나서는, 제정신으로 할 수 없는 폭거를 당당히 저지른 미디엄 오코넬이었다.

미디엄 뒤에서 문 앞에 세워 두었던 자말 오렐리가 처량한 얼굴을 내밀고 있어서 빈센트는 싸늘한 시선으로 꿰뚫었다.

"내가 들여보내라는 자만 들여보내라고 명령했을 텐데?"

"네, 넵, 그거야 그렇습니다만…… 상대가 황비님이라면 저 같은 말단 병사는 어떻게 해야 할지 알 수가 없어져서…… ."

"그렇다면 네놈보다 지위가 높은 『장』이 반기를 들고 나타나도 네놈은 무력한가?"

"아닙니다! 각하와 『장』이라면 각하 쪽이 반드시 높다고 생각하기에. 다만 황비님은 위치를 잘 모르겠어서……요!"

곳곳에 조야한 티를 내면서도 신중하게 말을 골라낸 자말. 그 대답에 빈센트는 일단 단념하고 앞에 떡 버티고 선 미디엄을 쳐다보았다.

콧김을 씩씩대며 쳐들어온 미디엄은 듣던 이야기와는 꽤 다른 인상이었다.

"방에 틀어박혀 훌쩍훌쩍 울고 있다고 들었다만."

"훌쩍훌쩍 울다니 누가 그랬어! 그런 건 전혀 나답지 않잖아! 그야 조금은…… 조금은 울었을지도 모르지만……!"

"네 오라비, 플롭 오코넬이다."

"오빠! 오빠! 왜 그런 말 하고 그래~?!"

"그건 간단하지, 동생아. 당연히 다가올 황비님 쟁탈전을 향해 황제 각하 군이 미디엄에게 강한 관심과 비호 욕구를 가지라고 한 것이야!"

힘차게 뒤돌아본 미디엄이 던진 말에 시침 뚝 뗀 표정의 플롭이 자신의 계획을 아낌없이 자백했다.

플롭도 그냥 들여보낸 자말에게는 더 이상 아무 말도 안 하겠지만, 여기서 둘이 남매 싸움을 시작해도 받아줄 여유란 없다.

"자말찡에게도 말했지만 나, 그거 납득하지 않았다니까! 아벨찡은 싫지 않지만 황비님이라니 뭐 하는지 알지도 못하는데!"

"오호라, 그래. 하지만 동생아. 너는 내 동생이지만 동생이 무엇을 해야 하는지 알고서 동생이 되었어? 딱히 아무것도 몰라도 동생이 될 수 있었지……. 내 말이 틀릴까?"

"응? 어라, 듣고 보니 그럴지도……."

"그렇다면 무언가가 되는 데에 아느냐 마느냐는 중요한 게 아니지. 중요한 것은 그것이 되겠다는 마음과 주위의 환경이야. 동생도 황비님도 뿌리는 똑같고말고!"

"오오~! 그렇구나, 굉장하네, 오빠…… 안 속거든, 오빠야?!"

한순간 넘어갈 뻔하던 미디엄이 사납게 대들자 플롭이 "역시 이

건 안 통하나~." 하고 피식 꺼진 표정으로 이마에 손을 짚었다.

봐서는 남매 싸움이 발생한 것이 아닌 듯하지만.

"너희 사이에서 정리되지 않은 이야기를 내 앞에 가져오지 마라. 나는 바쁘다. 자말, 이 녀석들 끌고 나가라."

"아, 잠깐잠깐! 내가 황비님인지 아닌지 지금은 넘어가! 아벨찡의 얼굴을 보고 싶었던 것은 그게 아니라……."

"뭐냐."

"나도 제도에 데려가줬으면 해!"

미디엄이 가슴을 손으로 짝 두드리고 분명하게 요구를 밝혔다.

그 요구 내용에 빈센트는 눈썹을 찌푸렸다. 그러자 용감한 표정을 지은 미디엄 옆에서 플롭이 "알겠어?" 하고 손가락을 하나 세우며 끼어들었다.

"갑작스러운 말이라 놀랐겠지만 동생이 이런 말을 꺼낸 것은 충동적인 생각이 아니야. 이 도시에 도착하기 직전, 그 용차에서 마지막에 본 건데."

"발로이 테메글리프인가."

"응, 맞아."

놀라지 않고 끄덕인 플롭의 말에 빈센트는 연환용차의 마지막 공방을 떠올렸다.

스바루가 스피카라고 부르게 된 소녀에게 무슨 짓을 시킨 결과, 송장 인간이 된 라미아의 소생이 불완전해진 순간 빈센트는 자신의 손으로 칼을 꽂았다.

그리고 다시금 죽어 가는 동생을 데리고 떠난 것이 죽은 비롱을 조종하는 『마탄의 사수』 발로이 테메글리프였다.

거기서 발로이를 목격한 미디엄은 분명하게 말했다.

"발 오빠……."

힘없고 가냘픈 미디엄의 중얼거림.

그녀는 쉰 목소리로 멀어지는 발로이를 몇 번이고 그렇게 불렀었다.

"나와 미디엄은 발로이와 옛날부터 알던 사이거든. 이전에는 드라쿨로이 상급백 댁에 신세를 졌었지. 발로이와는 거기에서……. 설마 그런 모습으로 재회할 줄은 상상도 못했지만."

"그것을 재회라고 부르는 것은 다소 지나치게 얄궂겠지."

빈센트의 말에 플롭도 "그러게." 하고 웬일로 침울한 목소리로 대답했다.

미디엄과 플롭, 둘이 송장 인간으로 변한 발로이에게 품은 복잡한 감정, 친한 관계의 상대가 생전 모습과 크게 달라져서 나타나면 마음에 깊은 상처를 입는 것은 이해가 되었다.

"……."

하지만 빈센트는 그 심정을 헤아리고도 남는다는 소리를 입이 찢어져도 하지 않는다.

적어도 자신은 되살아난 여동생을 이 손으로 저승에 인도했으니까.

"그래서 너희 남매와 발로이의 관계가 방금 요청과 어떻게 이어지지?"

"아벨찡은 머리가 좋으니까 내가 하고 싶은 말 잘 알잖아? 그런

데 그렇게 말하면 엄청 싫은 느낌이니까 안 그러는 게 나아."

"……."

"나는, 발 오빠와 만나서 얘기하고 싶어. 그런 식이 되고서 무슨 생각을 하는지 전혀 모르겠어도 얘기를 하고 싶어. 왜냐면."

처음에는 힘차게, 그러나 서서히 더듬거리며 속내를 정확히 전하려 말을 고르던 미디엄이 일단 말을 끊었다.

가장 중요한 말을, 가장 정확히 고르고자 진지하게 생각하고

──.

"왜냐면, 나는 발 오빠의 신부가 되고 싶었으니까."

"감정론에 불과하군."

눈물 어린 미디엄의 호소에 그리 대꾸한 빈센트는 플롭 쪽을 보았다.

당장에라도 울음을 터트릴 것 같은 미디엄을 황비 중 하나로 추천한 것은 플롭이다. 그 진의는 야심보다 미디엄의 신변을 염려했다는 이유 쪽이 더 크리라.

"그런 동생이 사지로 가려는 것을 말리지 않아도 너는 괜찮나?"

"어이쿠야, 황제 각하 군, 나와 동생이 평소부터 얼마나 대화를 중요시하는지 모르나 본데. 물론 여기에 오기 전까지 실컷 말리려다가 힘으로 뿌리쳐서 붕대를 다시 감은 참이지!"

"요컨대 힘으로 밀려났나. 오라비의 제언을 무시하다니 뜻밖이군."

"오빠는 정말 사랑하고 오빠가 하는 말은 항상 거의 다 옳아. 하지만 나와 오빠는 다른 사람이니까, 다른 일을 하고 싶을 때도

있어. 지금이 그래."

미디엄이 힘으로도 말로도 멈추지 않겠다며 재차 목소리에서 힘을 되찾았다.

그 힘찬 호소에 빈센트는 잠시 생각에 잠겼다.

단순한, 실력이라는 의미로는 미디엄의 역량은 제국의 일반병보다 살짝 나은 수준이다.

간단한 지시도 지키지 못하는 자말 쪽이 무력으로 치면 더 우위에 있으리라. 데려가 봤자 극적으로 전황에 공헌하리라고는 생각하기 어렵다.

그러나 그것은 반대로 말하면, 그녀의 존재는 전국을 좌우하지 않는다는 뜻이다.

"——마음대로 해라."

"! 그래도 돼? 아벨찡."

"자신의 요구가 수용되었는데 의심하지 마라. 네 존재 유무는 상황에 영향을 주지 않는다. 하지만 그렇기에 부담을 지게 될 거다."

"그건……."

대답에 놀란 미디엄이 이어진 빈센트의 말에 눈을 끔뻑거렸다. 미디엄의 그 모습에 플롭이 "즉." 하고 끼어들었다.

"자기 몸은 자기가 지켜라. 미디엄을 지키기 위해서 쪼갤 여력은 없다는 뜻이군."

"그렇다. 그 각오 없이 싸움 한복판에 뛰어드는 것은……."

"뭐야, 그렇다면 괜찮아! 자기는 자기가 지켜야 하는 것은 나와 오빠의 여행 중에 늘 하던 일인걸."

"......."

황비 후보라는 구실로 보호받을 작정이라면 잘못 찾아왔다고 이르려 했으나, 빈센트의 의도는 미디엄 본인이 곧바로 꺾었다.

무슨 말을 들을지 불안했다는 듯한 미디엄은 마치 가벼운 조건을 제시받은 것처럼 안도하며 가슴을 쓸어내렸다.

"참 내~ 무슨 말을 할지 조마조마했잖아~ 하지만 아벨찡이 겁내던 것보다 훨씬 심술궂지 않아서 다행이야."

생각했던 것과 거의 같은 말을 들어서 빈센트는 살짝 뚱한 표정을 지었다.

어쨌든 간에 미디엄은 자기 요구를 말로 표현하고, 그랬을 경우의 위험도 수용하겠다고 선언했다.

그렇다면 빈센트가 덧붙일 말은 딱히 없다.

"내일 아침이다."

"응?"

"내일 아침, 선발된 인원으로 제도로 간다. 준비는 마쳐 둬라."

짤막하게 고한 뒤 빈센트는 플롭 쪽을 보았다.

"설마 너까지 동행하겠다는 말은 안 하겠지? 말해 두지만 자기 몸을 자기가 지키지 못하는 자살 지원자의 가부까지 논의할 생각은 없다."

"염려해 줘서 고마워. 아무리 그래도 나도 자기 발로 죽으러 갈 생각은 없어. 동생의 짐이 되고 싶지도 않고…… 발로이에 관해선, 미디엄에게 맡길 거야."

"오빠……."

"만날 수 있다는 확신이 있는 것도 아니다만."

플롭의 결단에는 다른 말 없이 빈센트는 소망이 성취되지 않을 가능성을 언급했다.

그러나 그 말에 플롭은 웃음을 지었다.

"걱정 마, 꼭 만날 수 있어."

"왜 그렇게 생각하지?"

"운명을 믿고 있거든. 심보는 나쁘지만, 촌스럽게 굴진 않을 거라고."

근거가 없는 그 말은 미디엄의 감정론하고 설득력 면에서 별 차이가 없었다.

하지만 빈센트는 그 부분을 이래저래 따지고 들기를 피했다. 무슨 말을 하면 이 남매는 각자 곱절로 빈센트에게 말대답할 수도 있다고 여겼기 때문이다.

그리고 말하지 않아도 알 거라는 생각도 있었고.

"그럼 아벨찡, 내일 보자! 잘 자지 않으면 눈에 까만 거 생겨!"

미디엄이 손을 큼직하게 흔들고 바람같이 뒤돌아섰다.

곧게 쭉 뻗은 등에는 방금까지 눈물짓고 있던 여운은 털끝만치도 없었다. 거짓으로 운 게 아니라면 감정 한번 바쁘게 움직이는 소녀라고 새삼 느낄 뿐.

그렇게 나가는 미디엄 뒤를 따라가야 했을 플롭이 문득 발길을 멈추고 말했다.

"황제 각하 군, 고마워."

"무엇에 대한 감사지?"

"미디엄의…… 아니, 우리의 마음을 참작해 준 것 말이야. 그리고 발로이를 좋아한다던 미디엄의 말을 탓하지 않은 것도. 황비님 후보인데 말이지."

눈꼬리를 내리고 머리에 손을 짚은 플롭이 그런 소리를 했다. 그 발언에 빈센트는 무슨 말을 하느냐며 콧방귀를 뀌었다.

미디엄이 발로이와 만나고 싶어 하는 것을 탓하지 않았다. 거기에 감사하다니.

"사랑을 벌하라고? 그렇게 흥취 없는 행위, 하는 쪽이 비참하지 않으냐."

그 답변에 플롭이 유난히 기쁘게 웃은 것이 빈센트의 눈에는 거슬렸다.

4

──제도 루프가나를 향해 출발하는 아침이 다가왔다.

성새도시 가클라의 입구에는 오늘 아침도 속속 제도 및 그 주변에서 오는 피난민이 도착하여 대인원을 수용 가능한 도시조차 모두 감당하지 못하는 숫자로 붙고 있었다.

그쪽의 대처와 대응에도 모두가 눈코 뜰 새 없이 바쁜 상황이지만, 아쉽게도 제국의 관계자가 아닌 사람에게는 거들지도 말 참견하지도 못할 문제였다.

그렇기 때문에 자신들은 맡은 일을 착실히 해내야만 한다.

착실하게, 해내야만──.

"아주, 아주 괴롭지 말입니다……. 하지만 저는 쓸모가 없는 것입니다."

작은 어깨를 꼭 오므리며 분해하는 분홍 머리 소년이 맛보는 괴로움이 고스란히 느껴지는 것 같아서 에밀리아는 주먹을 움켜쥐었다.

자신의 힘이 부족해서 하고 싶은 일을 하지 못하는 괴로움은 에밀리아도 잘 알고 있다.

하물며 이 소년── 슐트는 어린아이다. 에밀리아도 자신이 어렸을 적에 소중한 사람 곁에 있을 수 없었던 때가 있다.

그렇기에 슐트의 마음은 쓰라릴 만큼 알 수 있었다.

"에밀리 님, 부디 부탁드리지 말입니다. 프리실라 님과 알 님, 하인켈 님을 구해 주셨으면 합니다."

슐트가 동그란 눈을 눈물로 가득 채우며 에밀리아에게 간청했다.

이렇게 조그만 아이가 눈물을 참으며 좋아하는 사람들을 구해 달라고 누군가에게 부탁해야만 하다니, 큰 용기가 필요한 일이다.

에밀리아는 할 수 없었던 일이다. 그렇기에 슐트의 용기를 존경한다.

그리고 그때의 에밀리아와 다른 결말을 가지고 슐트에게 돌아올 것이다.

"응, 맡겨 줘. 부탁해 줘서 고마워."

"에밀리 님……."

"왜냐면 이걸로 프리실라가 무슨 말로 나를 떼어놓으려 해도, 분명히 부탁을 받았다고 반박할 수 있는걸!"

에밀리아가 가슴을 쿵 치고 슐트를 안심시키기 위해 장담했다.

그 말을 들은 슐트가 동그란 눈을 더욱 동그랗게 떴다가 밝은 얼굴로 외쳤다.

"알겠지 말입니다! 프리실라 님은 솔직하지 못한 면이 계시니 반박해 주셨으면 합니다!"

억지로 일으킨 기운이라도 목소리에 힘을 되찾은 슐트. 에밀리아는 그 말대로 하자고 "응!" 하고 딱 부러지게 끄덕였다.

"에, 믿음직하다. 하지만 위태로워. 베가 잘 보고 있는 게 좋아."

"네가 말하지 않아도 그럴 작정인 것이야."

그렇게 대화하는 에밀리아와 슐트 옆에서 키가 작은 두 소녀가 말을 주고받았다.

에밀리아를 수행하는 베아트리스와 슐트를 수행하는 우타카타. 둘은 에밀리아와 슐트의 대화를 만족스럽게 지켜보다가 서로 시선을 나누고 입을 열었다.

"이쪽도 아마 전혀 안심할 게 아니야. 슐트 녀석과 같이 들키지 않게 머리를 감싸 안고 웅크리는 게 상책인 것이야."

"여차하면 우가 슈 지키며 싸운다. 베는 스 일행하고 열심히 하고 와."

"거참, 믿음직스럽긴."

외모와 다르게 내면의 나이 차이가 나는 둘도 서로의 건투를 맹세하고 볼라키아 제국의 명운을 점치는 싸움에 뛰어들 각오를 나누고 있었다.

5

"그럼 다녀올게, 오빠! 세리 언니!"

발랄하고 높은 목소리로 외친 미디엄이 배웅하는 두 사람에게 용감한 웃음을 보냈다.

제도 돌입조에 참가하는 미디엄을 배웅하는 것은 당연히 오빠 플롭과, 그리고 전장에서 재회한 그리운 대은인, 세리나 드라쿨로이였다.

플롭과 미디엄이 어리던 시절부터 오래도록 신세를 졌던 세리나는 얼굴의 하얀 흉터도 포함해 아름다운 용모 그대로 전장으로 가는 미디엄을 배웅해 주었다.

5년 이상이나 전, 플롭과 미디엄 남매가 그녀의 손을 떠나 독립이라는 모양새로 여행을 떠났을 때와 똑같이.

"설마 그 미디엄이 내 키를 추월할 뿐만 아니라 지위까지 추월하려 들 줄이야. 무사히 각하의 황비 자리를 차지하면 은혜를 듬뿍 입게 해 다오."

"참 내~ 지금은 그 생각 하지 않으려는 중이라고! 나, 지금부터 발 오빠랑 만나러 갈 건데 아벨찡 생각은 할 엄두도 낼 수 없어."

"그렇지. 너는 그다지 요령 좋은 아이가 아니지. 그러니까."

슬쩍 걸어간 세리나가 미디엄의 뺨에 손을 얹었다.

세리나도 여성치고는 장신이지만 미디엄은 그보다도 더욱 키가 크다. 그러나 이렇게 만지는 그녀 앞에서 미디엄은 소녀였던 시절의 기분으로 돌아갔다.

예전에 여행을 떠나던 날에도 세리나는 이렇게 미디엄의 얼굴을 만졌다. 자신의, 하얀 칼자국이 있는 곳과 같은 부위를 만지며 손가락으로 살며시 쓸었다.

"고민 없이, 그것과의 대화를 바랄 수 있는 네가 나는 부럽다."

"세리 언니……."

"발로이와도 마일즈와도, 나는 최후의 말을 미처 나누지 못했어. 아마 이번에도 나는 발로이와 대화할 기회를 얻지 못하려나 보다……. 그 사실이 괴로운지, 안도되는지, 나 자신도 모르겠군. 무언가를 두려워한 적은 그다지 없다마는."

겁이 없다는 게 미디엄이 세리나에게 품은 인상이다.

실제로 자신의 부친으로부터 가주 자리를 빼앗을 때, 원망을 외친 아버지에게 평생 지워지지 않을 상처가 얼굴에 났어도 세리나는 얼굴색 하나 바꾸지 않았다고 들었다.

"그건 거짓말이야. 아프긴 아팠고 아버지의 말은 괴롭기도 했어. 눈물 대신에 피가 흘렀을 뿐이지."

"으응? 그건 글쎄. 정말로 괴로울 때는 피가 흘러도 눈물도 같이 흐르기 마련이지 않을까. 그렇게 치면 드라쿨로이 백작은 울지 않았다는 뜻이 되는데……."

"시끄럽다, 닥쳐."

세리나는 고개를 갸우뚱한 플롭의 입을 싸늘한 목소리로 틀어막고, 눈을 희미하게 뜨더니 미디엄의 얼굴을 만지며 사랑스럽게 바라보았다.

"내 얼굴의 상처는, 내가 다시 태어나기 위해서 얻어야만 했던 것이야. 네 얼굴에 같은 상처가 나는 일은 바라지 않지만, 네가 무언가를 얻기를 바라마."

"응. 세리 언니, 뭔가 발 오빠에게 전하고 싶은 거 있어? 나, 그 말 꼭 전할게."

"그렇군."

미디엄의 결의, 전언하겠다는 각오에 세리나는 한순간 침묵하며 생각에 잠겼다. 하지만 영특한 그녀는 곧 미디엄의 질문에도 답을 돌려주었다.

그녀가 발로이에게 전하고 싶은 것은──.

"냉큼 잠들어라. 네가 없어서 지루하다고 마일즈가 푸념하고 있다."

참으로 세리나다운, 매섭지만 사랑이 있는, 부하라고도 아우라고도 할 수 없는 상대에게 보내는 마음이 담긴 전언이었다.

6

"슈바르츠. 최악의 경우 돌아오지 않아도 탓하지 않아."

"이거 왜 이래."

진지한 표정의 이드라가 하는 말에 스바루는 무심코 눈을 동그랗게 떴다.

이런 타이밍에 웬 농담이냐며 반사적으로 받아칠 뻔했지만,

이드라의 진지한 표정이 무너지지 않기에 결국 받아칠 틈을 놓쳤다.

그런 스바루를 대신해 히아인이 "멍청한 소리 하지 마!" 하고 언성을 높였다.

석척인인 히아인은 의외로 동그란 눈을 끔뻑이며 이드라를 노려보았다.

"야야, 너, 뭔 소릴 하고 있어! 돌아오지 않아도 된다니 무슨 뜻이야! 설마 형제더러 죽으란 말은 아니겠지!"

"오해를 무릅쓰고 말하자면, 맞아."

"어엉?! 오해도 뭣도 아니잖아?! 배신자다! 같은 편에 배신자가 나왔어! 형제, 이게 뭔 일이야, 큰일 났어!"

"잠깐잠깐잠깐, 진정해 봐, 히아인. 갑자기 이드라가 이런 말을 꺼내다니 이상하잖아. 말도 안 되지."

트집 잡은 히아인에게 고개를 숙인 이드라. 무지무지 심각한 분위기인 히아인에게는 미안하지만 그 말을 고스란히 믿을 만큼 스바루도 머리가 비지 않았다.

그렇다기보다 이드라와의 관계가 그런 수준이 아닌 것이다.

"그래서, 왜 그런 소리를 꺼낸 거야? 이유를 말해, 이유를."

"구스타프 총독과 함께 황제 각하를 알현했어. 그때 물었지. 황제 각하께, 슈바르츠를 어떻게 할 생각이냐고."

주먹을 불끈 쥔 이드라가 씁쓸하게 꺼낸 말에 스바루는 "오오우." 하게 되었다.

어젯밤, 구스타프가 아벨과 대화를 나눈다는 이야기는 들었지만 거기에 이드라가 동석했다는 사실과 그 이드라가 상당한 폭탄을 투하했다는 말은 처음 듣는다.

그러나 이드라가 그 자리에 동석했다면 그것은 자연스러운 질문이기는 했다.

원래 『플레아데스 전단』의 단원들은 스바루를 중심으로 황제인 빈센트 볼라키아의 안면을 후려치겠다는 목적으로 만들어진 집단이다.

좀비 패닉 때문에 그 부분이 흐지부지되었지만, 문제가 해결된 뒤 다시 내란을 결판 지어야만 한다.

그렇다고 해서 아벨에게 직접 그걸 캐묻는 건 너무나도 배짱 두둑했다.

"지, 진짜냐……. 그래서 황제는 형제를 어쩌겠다고 했는데?"

"황제 각하는, 슈바르츠가 사는 것도 죽는 것도 그 활약 나름이라고……."

"까, 까불고 앉았어……! 그런 건 황제 마음이잖아!"

이드라가 갖고 돌아온 이야기를 들은 분노로 히아인이 목소리를 떨었다.

스바루의 뇌리에는 그 말을 내뱉은 아벨의 모습도, 그 의도도 얼추 짐작이 가지만 아벨의 사람됨을 모르는 이들에게는 전후에 구실을 달아서 스바루를 처분하기 위한 핑계로도 들릴 것이다.

"그래서, 나더러 죽으라고 말한 거냐."

"엉? 너, 즉 그 말은 형제를 배신하고 황제 편에……."

"그게 아니고, 그런 셈 치고 도망치란 거지?"

지나치게 곧이곧대로 받아들이는 히아인을 가로막은 스바루의 말에 이드라가 끄덕였다.

이드라는 분한 듯 눈을 내리깔고 말했다.

"망자가 줄줄이 되살아나고 혼란이 퍼지는 와중에 제국민을 규합한 것은 황제 각하야. 내란에 이른 불만의 씨앗도 이 사태가 제압되면 뿌리째 말라붙겠지……. 살아남기만 하면 빈센트 황제의 제위는 무탈해."

"혀, 형제가 어마어마한 성과를 올리면 어때?! 그거야말로 적의 두목을 팍 잡아 버리는 공훈을……."

"그래도 어려울걸. 황제 각하에게 훈공을 인정받고 사육당한 끝에 열기가 식었을 즈음에 어디선가 암살당할지도 몰라."

"다시 봐도 너무 지독하구만, 볼라키아 제국……."

이드라와 히아인의 발상이 지나친 생각이 아니라는 점이 제국의 국풍이다.

적어도 이후 아벨의 통치가 다소 부드러워지는 데에 기대하고 싶지만, 현 시점에서 두 사람의 인식을 휙 바꾸기란 어려우리라.

단지 마음을 써 준 이드라와 타개책을 찾고 있는 히아인에게는 미안하지만.

"죽은 척은 안 해. 물론 실제로 죽는 것도 안 하고. 제대로 돌아올 거야. 그러고 나서 모두에게 해야만 하는 얘기도 있으니까."

"슈바르츠……."

"그렇게 심각한 표정 짓지 마. 다 원만히 수습……되는 결과가 될지는 모르겠지만, 그래도 최악의 사태는 피할 거니까."

어쨌든 간에 두 사람이 제일 걱정하는 '제위 다툼'에 관해서는, 애초에 전제부터 무너지게 된다.

　그 후, 전단의 동료들과의 관계가 어떻게 될지는 우려되지만 그 부분은 스바루가 성심성의껏 진심에서 나온 사죄를 전할 수밖에 없으리라.

　"제대로 돌아올 거야. 그러니까 용차에 숨어드는 건 그만두자, 바이츠."

　"윽……."

　그렇게 스바루가 말을 걸자 억눌린 목소리가 들렸다.

　그 소리가 어디서 들려온 것이냐고 이드라와 히아인이 주변을 두리번거리고 있었기에 스바루는 한숨을 쉬고 쭈그려 앉았다.

　세 사람이 대화하고 있는 곳의 배후, 그곳에 돌입조를 태우고 출발할 예정인 용차가 있다.

　그 용차 바로 아래, 달리는 차바퀴의 샤프트 부분에 매달린 문신 남자의 모습이 있었다. 그 몸에 해골풍의 그림을 새긴 바이츠가 못마땅하게 그곳에서 모습을 드러냈다.

　"아무리 『바람막이의 가호』로 진동 같은 게 잔잔해져도 그런 곳에 하루 종일 매달려 있으면 당연히 떨어져서 죽잖아."

　"내 목숨은 너에게 맡겼다……. 너를 위해서 죽는 거라면 바라는 바지……."

　"남모르게 떨어져서 죽으면 나를 위해서 죽었다고는 못 해!"

　동료 의식이 잘못된 방향으로 출력된 바이츠가 스바루의 지적에 "으극……." 하고 침묵했다. 거기서 히아인과 이드라도 앞으로 나서며 말했다.

"너 말이다. 얌전히 형제가 돌아올 곳을 지키겠다고 약속했잖아! 어딜 감히 새치기하려고 해, 배신자 자식아!"

"닥쳐, 나를 거기 밉상인 수염 남자와 같이 보지 마라……!"

"나를 배신자 취급하는 건 그만해! 그게 아닌 줄 알잖아!"

"에잇, 진정해! 소란피우지 마! 사이좋게 지내!"

평소 하듯이 언쟁을 시작하는 셋에게 호통 친 스바루가 허리에 손을 짚었다.

그렇다. 이것이 평소라고 느껴질 정도로 친숙해진 멤버다. 하지만 그들은 성새도시에 남아서 다가올 좀비 무리와의 싸움에 대비해 줘야 한다.

강하고 튼튼, 그 죽음에 대한 저항력은 현재 제국에서 으뜸가는 집단——. 죽여도 안 되고 죽어도 안 되는 좀비와의 싸움에서 플레아데스 전단만큼 믿음직한 전력은 없다.

"이곳에 있는 모두를 부탁할게. 내 소중한 동료도 많이 있어. 너희와 다르게 싸울 수 없는…… 비교적 싸울 수 없는 동료가."

"말할 거면 딱 부러지게 해라!"

머릿속에 도시에 남는 렘과 람 등을 떠올리고 전혀 싸울 수 없다는 말도 거짓이고 그렇다고 해서 싸움에 아무 걱정할 필요 없다고는 말할 수 없는 멤버라고 생각한 스바루의 대답이 애매해졌다.

그 말에 히아인이 소리를 빽 지르고, 스바루는 쓴웃음 지었다.

"그렇지. 싸울 수 있느냐 없느냐가 아니라, 싸우게 하고 싶지 않은 사람들이야. 그 점에서 너희는 다르다고. 마음껏 싸워 줘!"

"그건 솔직한 신뢰라고 받아들여도 되는 거겠군."

"그래. 바이츠도 그걸로 납득해 줘."

"……."

히아인과 이드라, 그리고 마지막으로 바이츠에게 시선을 맞추고 말을 건넨다. 바이츠는 팔짱을 끼고 해골 문신과 어우러져 인상이 강렬한 얼굴의 눈을 감고 있었다.

그렇게 묵고한 뒤에, 바이츠가 천천히 팔짱을 풀고는 입을 열었다.

"알……알, 알았…… 알았……."

"납득해 줘!"

"알았다……."

고뇌 어린 결단이란 티를 진득하게 내며 바이츠 또한 스바루의 작전에 찬동했다.

거기에다 바이츠는 천천히 손을 스바루 쪽으로 뻗어 어깨에 올렸다.

그리고 어울리지 않을 만큼 부드러운 목소리로 말했다.

"말한 이상 돌아와라, 형제……!"

스바루는 "오." 하고 놀라고 말았지만, 금방 웃음을 띠고 끄덕였다.

"알았어, 형제."

뻗은 손만이 아니라 신뢰에도 부응하고 싶었다.

그 말에 바이츠가 만족스럽게 웃음을 지었다. 그러나――,

"야, 인마, 내 호칭을 흉내 내면 안 되지, 도둑놈아!"

"너는 멋대로 부르고 있을 뿐이지 않나……. 나는 슈바르츠에게 같은 말을 들었다……."

"시답잖은 말다툼은 하지 말자! 뭉쳐야 할 때이지 않나?!"

"에잇, 그만해! 형제들!!"

또다시 다른 이유로 왁왁대며 언쟁이 시작되자 호통을 친 스바루가 손이 많이 가는 형제들과의 한때의 이별을 아쉬워했다.

7

"네가 완수해야 할 역할은 알고 있을 테지. 그 생명을 전후에도 부지할 수 있을지, 그것은 활약하기에 달렸음을 결코 잊지 마라."

"아우아우."

진지한 표정, 아마도 그럴 의도인 표정으로 소녀가 끄덕이자 빈센트는 한쪽 눈을 감았다.

나츠키 스바루가 데리고 다니던 대죄주교, 터무니없는 선전이 따라붙은 이 소녀가 가진 힘이야말로 잇따라 솟아나는 송장 인간에 대한 특효약이다.

설령 그것이 사실이라도 대죄주교의 협력을 작전에 포함시켜 움직이다니, 다른 나라로부터 상궤를 벗어났다는 말을 듣는 볼라키아 제국이라도 있을 수 없는 사건이다.

애초에 대죄주교의 협력을 끌어낼 수 있는 상황이라는 것이 있을 수 없는 전제지만.

"각하! 용차의 준비가 갖춰졌습니다! 만사 지체 없이 진행되면 연환용차가 아니어도 제도까지는 그리 오래지 않을 것이라 사료됩니다!!"

그 소녀―― 스피카와 마주 보는 빈센트에게로 산 너머에서도 들릴 법한 고즈의 목소리가 들렸다. 물론 그는 산 너머가 아니라 빈센트의 옆에 있었기에, 그 성량은 과도하기 그지없는 수준이었다.

어쨌든――.

"도착할 때에 이미 『석괴』의 여력이 동나선 말이 되지 않는다. 네 쪽에서도 엄명을 내려라. 함부로 송장 인간의 목숨을 빼앗지 말라고."

"죽지 않고 죽이지 않는 전쟁이라는 것은 워낙에 미지수입니다만, 전 장병들에게 각하의 명령이 닿도록 힘쓰겠습니다! 하지만……."

거기서 말을 끊은 고즈가 어린아이 머리만 한 주먹을 움켜쥐었다. 그 옆얼굴을 보지 않아도 그가 얼굴에 난 칼자국을 일그러뜨리며 분해하는 것은 손에 잡힐 듯이 알 수 있었다.

아니나 다를까 고즈는 땅울림 같은 엄숙한 목소리로 분하게 떨며 외쳤다.

"저의 동행은 절대 불가능한 것입니까!!"

"아웃."

쥐어 짜낸 것 치고는 너무나 기세가 넘치는 고즈의 호소에 스피카가 바람에 휩쓸린 양 몸을 젖혔다. 빈센트도 소리가 떨리는 감각을 피부로 느꼈을 정도다.

애용하는 망치창으로 날뛸 때뿐만이 아니라, 망치창이 없어도 고즈의 성량은 세계를 진동시켰다.

"하지만 아무리 한탄하든 결정은 번복하지 않는다."

"각하!"

"너를 제외하면 지휘관 역할을 맡을 수 있는 것은 상급백 드라쿨로이거나 이장 지크르 오스만이지. 둘 다 전장 하나는 맡길 수 있어도 대전은 또 다른 문제다."

"그건……."

"치샤 놈이 없는 지금, 너 말고 총사령은 맡길 수 없다. 그 의미를 받아들이도록."

빈센트의 발언에 눈을 부릅뜬 고즈의 온몸이 굳었다.

벨스테츠는 문관이며 세리나도 상급백으로서는 유능하지만 군인이 아니다. 지크르도 이만한 대군을 지휘한 경험이 없기에, 고즈 말고 총지휘를 맡을 수 있는 인재는 없다. 그것은 빈센트의 에누리 없는 평가다.

"너에게 장병 전부를 맡기겠다. 그 완강한 어깨에 제국의 존망이 얹혀 있음을 알라."

고즈를 똑바로 응시한 빈센트의 한마디.

그 말에 고즈는 눈을 세게 감는다. 그 한 번의 동작으로 망설임을 뿌리쳤다.

고즈가 『사자기사』라고 불리기에 마땅한 용맹함을 눈에 드리우며 가슴 앞에 주먹과 손바닥을 맞대고 빈센트에 맹세를 세웠다.

"고즈 랄폰, 각하의 지시에 따르겠습니다!"

"수고하라."

"옙!!"

빈센트가 짧게 말하고 끄덕이자 고즈가 깊이 고개를 숙였다.

빈센트와 동행해 자신의 강건한 팔을 휘둘러 호위를 맡고 싶은 마음은 있으리라. 그러나 고즈는 그 심경을 꾹 참고, 대신——.

"잘 부탁하마, 오렐리 삼장! 각하의 몸을 반드시 지켜라!"

"오오, 맡겨 주쇼, 랄폰 일장! 모처럼 뽑힌 이상, 역할을 확실하게 완수해 보이겠수다!"

고즈의 당부에 힘차게 자말이 가슴을 두드렸다.

빈센트에게 호위역으로 지명되고 고즈에게도 소임을 의탁받은 자말은 콧김을 씩씩대며 조야한 웃음을 띠었다.

일단 오렐리 가문은 하급백 집안이지만 그런 귀족 계급의 품위는 일절 존재하지 않았다.

하지만——.

"좋은 대답이다! 그래야 볼라키아 제국의 장병이지!!"

고즈가 다부진 가슴을 펴고 그리 배웅하듯 이 자세야말로 볼라키아의 방식.

그리 생각하면 역시 다루기 어렵던 스바루나 왕국인들은 이해 및 공감은 할 수 있어도 부리기에는 부적절한 인재라고 할 수밖에 없다.

"다시 말하지만 너는 중요 국면에서 써먹지 못할 도구가 되지 마라."

"우— 아우."

큰소리로 대화를 나누는 고즈와 자말을 흘깃 보았던 빈센트는 귀를 막고 있는 스피카 쪽으로 눈을 돌리고 말했다.

그 말에 스피카는 우거지상으로 입술을 삐죽거렸다.

어째선지 그것이 어젯밤에 미디엄이 빈센트의 언동에 주의를 주었을 때의 표정과 겹친 느낌이 들어서 빈센트는 탄식했다.

그리고——.

8

——출발하는 용차는 세 대, 그것은 성새도시에 수차(獸車) 및 도보로 들어오는 사람들과 비교해 한참 적게 느껴지는 진용.

그러나 틀림없이 그것이 볼라키아 제국을 덮친 『대재앙』——아니, 지금부터 제국을 멸할 『대재앙』을 막기 위해 날아가는 희망의 화살이었다.

저마다 각자 굳은 각오와 많은 이들의 희망을 짊어지고 송장 인간의 도시로 화한 제도로 되돌아가, 거기서 이번 일의 수괴인 스핑크스라는 『마녀』를 토벌한다.

그 일에——.

"오빠가 그 일원으로 들어갔다니, 거짓말 같아."

창가로 바퀴 의자를 밀어 눈 아래의 광경을 바라보던 카츄아의 중얼거림. 그 말을 듣고 그녀 옆에 있던 렘은 눈꼬리를 내렸다.

카츄아의 오빠, 자말은 아벨의 호위로서 제도로 가는 인원 중한 명이다.

렘에게 그와 마주친 기억은 별로 좋은 것이 아니었지만, 카츄아의 오빠이다 보니 과도하게 거리낄 수도 없어서 대응하기 골치 아픈 상대이기는 했다.

그렇지만 최종 국면에 측근으로 뽑을 정도이기에, 아벨에게는 신용받고 있는 모양이다.

"오빠는 단순하니까. 다루기 쉽다거나 버리는 패로 삼기 쉽다는, 그런 이유일걸."

"아무리 아벨 씨라도 그렇게까지 냉혹하지는…… 않을 거라 생각하는데요."

"글쎄. 적어도 오빠는 그럴 각오고…… 어, 어제, 오빠가 무슨 말을 하고 갔는지 너도 들었잖아?"

"으음, 그건…… 네."

물끄러미 렘을 바라보는 카츄아의 물음에 렘은 발뺌하지 못하고 끄덕였다.

어젯밤, 카츄아를 찾아온 자말은 자신이 아벨의 측근으로 뽑혀 제도로 동행한다고 보고한 뒤에, 웃으며 카츄아에게 말했다.

'안심하고 있어, 카츄아. 각하께 도움이 되고 화려하게 죽고 오마! 그러면 토드 자식이 없어도 은상으로 네가 생활하는 데 고생할 일 없어!'

"악의는, 전혀 없어 보였죠."

"아, 악의가 없어도 나쁜 일은 있잖아……. 왜 오빠도 토드도 그런 식으로, 귀한 목숨인데, 멋대로, 진짜……."

아마도 자말 딴에 오빠로서 동생인 카츄아의 생활을 염려해서 나온 말이겠지만, 생활보다 카츄아의 마음을 감안해 주기를 절실히 바란다.

약혼자였던 토드를 잃고 거기에 친오빠인 자말까지 잃으면, 카츄아는 진정한 의미로 외톨이가 되고 만다.

그것은 설령 렘이 친구로서 곁에 있어도 메울 수 없는 부분이다.

"저도 언니와 재회…… 재회하고, 그렇게 생각했으니까요."

'기억'이 없기에 람과의 재회는 지금의 렘에게 첫 만남이었다.

하지만 '기억'은 없어도 '영혼'이 기억하고 있던 람의 존재는 렘에게 자신이 이 세상에 혼자가 아님을 분명히 깨우쳐 주었다.

카츄아에게 자말 또한 그런 존재일 것이다.

그런데 자말의 사고방식이 그런 것은 이미 제국이라는 풍토의 문제였다.

"아벨 씨가 어떤 황제라도 저는 제국을 별로 좋아하지 못하겠네요……."

"희한한 일도 다 있네……. 나도 그래. 딱히 좋아하는 나라나 장소는 없지만."

"현 시점에서는 저도 그러네요."

스바루와 람의 말로는, 렘의 고향은 이웃 나라 루그니카 왕국이라는 곳 같다.

스바루가 종종 그토록 제국을 헐뜯는 것을 보니 왕국은 제국과 비교하면 그나마 살기 편한 곳이리라.

"이 싸움이 끝나면."

자신은, 그 왕국에 가게 될까.

람과는 떨어지기 어렵고 왕국이 고향이라는 이야기도 의심하지는 않았다. 그러나 지금의 렘에게는 왕국보다도 제국 쪽이 아는 것도 사람도 많다.

낯선 왕국에 있는 자신이 잘 상상이 되지 않았다.

"렘, 출발하나 봐."

생각에 빠진 렘에게 문득 카츄아가 말을 건넸다.

그 말에 똑같이 창밖을 보자, 제도로 가는 세 대의 용차가 출발하는 참이었다.

저기에 스피카도 아벨도, 스바루도 타고 있다.

"너, 배웅은 분명히 했어?"

"아침 식사 때에, 얘기했어요. 카츄아 씨야말로 오빠에게……."

"나는 하고 싶은 말 다 했어. 화내 봤자 소용없지만 화도 확실히 냈고."

고개를 돌린 카츄아가 자말과 벌인 언쟁을 떠올리고 쓸쓸한 표정을 지었다.

다만 그녀 나름대로 위험한 곳으로 가는 오빠에게 건넬 말은 다 건넸다고 여기는 것이리라. 그래서 그렇다는 듯이 카츄아가 시선만 렘 쪽으로 돌리고 물었다.

"너는, 하고 싶은 말 분명히 했어?"

"제가 하고 싶은 말이요?"

"왠지 불퉁해 보여서."

아주 뜻밖의 평가에 렘은 눈을 끔뻑였다.

불퉁하다. 어린아이가 토라졌다는 투의 표현이다. 애당초 렘은 카츄아가 말하듯이 토라진 모습은 보이지 않았다.

"토라질 이유도, 딱히⋯⋯."

"진짜라면 상관없겠지만."

렘은 유난히 꼬집고 든다고 카츄아의 말에 입술을 다물었다.

말투를 보면 렘이 마치 거짓말을 하고 있는 것 같다. 토라지지는 않았고 딱히 렘이 이보다 더 말을 할 필요도 없을 것이다.

스바루에게는 에밀리아도, 베아트리스도 붙어 있으니까.

스피카와 아벨도, 그 아주 강한 낭인족 하리벨도 동행한다. 믿음직한 사람들에게 둘러싸여서 아주 안심했을 게 뻔하다.

그러니까——.

"나는, 후회하고 있어."

고개를 돌린 채 시선만을 렘에게 돌린 카츄아가 주저하며 입술을 움직였다.

그것이 무엇을 의미하고 어떤 마음으로 이어지는지 들을 필요도 없었다.

렘은 눈을 꼭 감고, 카츄아와 둘이서 아래 광경에 눈길을 보내던 창문으로 손을 뻗더니 힘껏 바깥쪽으로 열었다.

그 즉시 아침의 선선한 바람이 요새의 방에 흘러들어 렘의 파란 머리카락을 어루만지고 지나갔다.

그 바람 속에 섞인, 청량하다고는 말하기 어려운 냄새. 그 발단이 되는 곳으로 지금부터 떠나는 용차를 향해서——.

"꼭 돌아와서 변명해 주세요!!"

렘은 목청 높여 멀어지려는 용차에게 소원을 던졌다.

무사히 돌아와 달라는 말은 할 수 없다. 건투를 빌겠다는 생각도 할 수 없다. 그럼에도 카츄아에게 등을 떠밀린 이상, 아무 말도 전하지 않겠다는 선택은 택할 수 없다.

그런 번뇌에 시달리는 렘의 속내를 고스란히 목소리로 내뱉은 것이 그 말이었다.

나츠키 스바루는, 렘에게 대체 어떤 사람인가.

그토록 렘을 위해서 필사적이고, 그럼에도 에밀리아와 베아트리스가 있으며, 제국을 위해서 목숨을 걸고, 스피카를 위해서 모두의 눈총을 사서, 대체 무엇인가.

"그 얘기를 해 줄 때까지, 용서하지 않겠어요."

코가 삐뚤어질 것 같은, 사악한 냄새를 풍겨서가 아니다.

'기억'이 없는 렘의, 새롭게 형성된 '기억' 어디에도 있는 당신을 무슨 수식을 붙여 기억해 두면 될지 그 답을 원하기 때문이다.

렘의 커다란 목소리는 바람에 삼켜져서 제대로 닿았는지도 알 수 없다.

다만 출발하는 용차 세 대의 최후미, 열려 있는 창문에서 작은 손이, 어린아이의 작은 손이 흔들어 대답하는 게 보였다.

"바보 같아. 기쁜 표정이나 짓긴."

——그 광경을 본 렘의 옆에서 카츄아가 쉬는 한숨 소리가 들린 기분이 들었다.

제3장 『송장 도시 루프가나』

1

"뭐? 지금, 뭐라고 했어?"

"세 번 말하지는 않겠다. 내가 황제 자리에 앉은 뒤로 파악할 수 있는 범위의 제국민이라면, 전원의 얼굴과 이름은 일치한다."

"바보 아니냐, 너?!"

팔짱을 끼고 차분한 표정을 지은 아벨의 어처구니없는 답변에 스바루의 목소리가 뒤집혔다.

장소는 용차 안, 성새도시 가클라에서 떠나 현재 송장 인간의 본거지로 탈바꿈한 제도 루프가나로 가는 도중이던 차내다.

대충 왕국 관계자와 제국 관계자, 그리고 필요한 화물 등을 각각 실은 세 대의 용차에 나누어 탑승한 돌입조――'볼라키아 제국을 멸망에서 구원하는 부대'지만, 현재 스바루는 그 구분 속에서 구태여 제국 관계자 쪽 용차에 타고 있다.

그 이유는 왕국을 배신해서가 아니라 꼭 듣고 싶은 것―― 황제인 아벨이 돌입조에 참가한 이유를 알고 싶었기 때문이다.

물론 볼라키아의 존망을 다투는 중요한 승부이므로 입장상 아벨이 주전장에 서는 것은 자연스럽다고도 할 수 있다. 하지만 여태까지 수없이 아벨과 함께 바라지 않는 위기를 극복해 온 경험자로서 말하자면, 아벨에게 지혜는 있어도 무력은 없다.

　앞으로 제도에서 필요할 순수한 전력 면에 그가 동행할 필요성은 전무하다.

　설마 아벨까지 머리통이 볼라키아라고 생각하진 않으므로 따라오는 이상 그 점을 번복할 이유가 있을 터. 단, 왕국 사람 앞에서는 말하고 싶지 않을 패턴도 있을 수 있기에 일부러 스바루가 이쪽 용차에 탄 것이었다.

　그리고 빙빙 돌리지 않으며 "너는 어디에 쓸모가 있어?" 하고 물었을 때──.

　"국민 전원의 얼굴과 이름이 일치하고 있다니⋯⋯."

　워낙에 어처구니없고 규격 외의 발언에, 스바루는 벌린 입을 다물지 못했다. 그러자 매도당한 아벨 본인은 불쾌하게 눈썹을 모으고 말했다.

　"제국민 전부가 아니다. 『슈드라크의 민족』처럼 외부 노출이 없는 이들의 내력은 확보할 방법이 없지. 따라서 제국민 전부를 파악하기란 불가능하다."

　"어느 부분에서 화내는 거야, 충분히 바보지! 그도 그럴 게 너, 그 말은 즉 자기 부하인 제국병은 전부 기억하고 있단 소리잖아?"

　"필요한 일이다."

　차갑게 한마디 하지만 평범한 인간의 사고방식이 아니다.

물론 아벨이 평범한 인간이라고는 생각하지 않고, 제국 사람 전원의 얼굴과 이름을 일치시킨 사실은 현재 상황에서 아주 의미가 크다.

　왜냐하면——.

　"저 소녀가 송장 인간의 멍에를 풀려면, 이름이 필요할 텐데."

　담담한 아벨의 말에 스바루는 용차 구석 자리에 앉아 있는 스피카를 신경 썼다.

　입장상 방치해 둘 수는 없는 스피카이기에 그녀도 스바루와 같이 이쪽 용차에 타고 있다. 지금은 미디엄과 스바루 옆을 떨어질 수 없는 베아트리스가 사이에 두고 얼러서 얌전히 있는 중이다.

　그런 스피카가 지닌 권능——『성식』의 힘을 발휘하는 데에 아벨의 비정상적인 기억력이 쓸모 있다.

　불명료한 점이 많은 스피카의 힘이지만 '이름'도 '기억'도 아닌 무언가를 먹는 그 힘에는 상대의 얼굴과 '이름'의 일치가 필요하다는 감촉이 라미아 때에 있었다.

　검증할 기회가 없는 이상, 지금은 한 번 잘 먹힌 방법을 되풀이할 수밖에 없다.

　"하지만 그걸 위해서 너의 바보 같기 짝이 없는 기억력이 쓸모가 있는 건 열 받아……."

　"슈바르츠 님, 역시 그 말은 생트집이지 않을까요? 아무리 상대 분이 요르나 님을 종종 차갑게 대하시는 비정한 황제 각하라고 하셔도요."

　"그것은 이놈에게 보내는 조언인가? 아니면 그 껍데기를 쓴 나에 대한 불만인가?"

"물론, 슈바르츠 님께 올리는 충고입니다만?"

기모노를 입은 소녀, 탄자가 천연덕스럽게 대답하고 아벨의 시선에 얼굴을 돌렸다.

돌입조로서 동행하는 일원에 참가한 그녀는 이 싸움에 임하는 가장 큰 이유인 요르나를 둘러싸고 아벨에게 감정이 있는 입장 같다.

들은 이야기로는, 아벨은 요르나의 구혼을 무조건 거절했다니까 마도에 대한 냉대도 포함해서 탄자가 아벨을 좋게 여길 이유는 제로, 오히려 마이너스일 것이다.

"말해 두겠지만 요르나 미시구레 놈이 흠모하던 것은 내가 아니라 과거의 황제다."

"어, 그런 거야? 네 아버지라거나?"

"더 멀지. 자세히 알고 싶으면 본인에게 직접 캐묻도록. 적어도 그럴 기회는 아직 남아 있다. 그렇지 않나, 소녀."

"네. 지금도 요르나 님의 힘을 느끼고 있기에."

아벨의 말에 한쪽 눈에 살며시 손을 짚은 탄자가 조용히 대답했다.

그것은 희망적 관측이 아니라 탄자에게 빌려준 요르나의 힘이 내린 은혜에 근거한 뚜렷한 확신이다. 그 확신이 있는 이상 요르나의 생존은 확약되었다.

단, 제도에서 어떤 상황에 있는지는 알 수 없기에 그 점이 답답하다.

요르나만이 아니라 위치를 알 수 없는 프리실라와 이를 구하겠다고 남은 알, 멋대로 무리에서 떨어진 세실스의 동향도 걱정되어 마음이 급할 뿐이었다.

"그나저나 그렇게 생각하면 뭐 하네……. 역시 전력이 한쪽에 너무 쏠리지 않았어?"

조급해지는 기분을 억누르는 중인 스바루는 새삼 '멸망에서 구원하는 부대'의 내역을 떠올리고 해야 할지 망설이던 말을 입에 담았다.

그 내용에 아벨은 한쪽 눈을 감고, 대신에 탄자가 갸우뚱했다.

"전력의 편중이라고요?"

"그래. 그도 그럴 게 우리 쪽은 나와 베아코와 에밀리아땅, 스피카와 로즈월하고, 우리의 기대되는 젊은 호프, 가필이잖아?"

"지금 베티 자랑을 한 것이야?"

"응, 했어. 러블리 베아코, 사랑해."

"베티도 사랑해."

도중에 끼어든 베아트리스와 사랑을 확인한 스바루가 손가락을 하나 세웠다.

이 용차 밖, 뒤에서 달리는 용차 쪽에 에밀리아 일행이 같이 타고 있다.

"저쪽에 있는 하리벨 씨도 아나스타시아 씨가 보내 준 비밀 병기야. 제국을 위한 싸움이라는데 다 외부 협력자들뿐이잖아."

물론 돌입조에 제국 사람이 전혀 편성되지 않은 것은 아니다.

하지만 그 필두는 머리만 괴물급으로 굵다는 사실이 새삼 밝혀진 아벨과, 그와 직접 담판지어 동행자로 참가했다는 미디엄. 그리고 무슨 영문인지 『장』으로 승격했을 뿐더러 호위역으로 발탁되어 의기양양하게 차부를 맡고 있는 자말 같은 이들이다.

미디엄과 자말 둘이 제국인 중에서도 전투력이 높은 편으로 분류되는 거야 맞겠지만, 그래도 가필보다 강하다고는 할 수 없으리라.

"탄자도 내 거니까 실질적으로 우리 편 같은 거잖아?"

"_____."

"어라? 곧장 화내서 맞을 줄 알았는데 김새네……. 시간 차 공격!"

"멋대로 아무 말이나 하지 말아 주세요."

각오하고 말한 넉살의 대가로 각오 이상의 위력으로 얻어맞은 스바루가 비명 질렀다. 무심코 눈물을 글썽이며 쭈그렸으나 탄자는 심히 싸늘한 눈빛으로 내려다볼 뿐이었다.

말이 과하긴 했지만 아무리 그래도 지나치게 화낸 게 아닐까.

"카카캇카! 한 소리 들었어, 각하. 제국의 진지함이 잘 안 보인다는데. 이건 그런 말 들어도 할 수 없지 않나?"

"그래그래, 그런 말을 들어도 할 수 없지…… 우히악?!"

"스바루?! 왜 그러는 것이야?!"

갑자기 들린 쉰 목소리에 끄덕이려던 스바루가 목청껏 절규했다.

당황해서 달려온 베아트리스에게 굴러가듯 펄쩍 물러선 스바루가 매달렸다. 베아트리스와 얼싸안은 스바루의 시야에 허리가 굽은 작은 그림자가 서 있었다.

어디서 나타났는지 신출귀몰한, 『악랄옹』 오르바르트 덩클켄
——.

"스바루, 진정해. 갑자기 나타났을 뿐인 조그만 노인인 것이
야."

"조그만 노인이 갑자기 나타나면 그건 오르바르트 씨거나 일
본식 호러 영화라고! 공통점은 양쪽 다 무섭다는 거! 위험해! 미
쳤시유!"

"입심 좋구먼, 이 꼬마. 여전히 쬐맨하지만 잘 지내고 있었냐."

"누구 때문에 조그매졌는데! 잘 지냈어! 그쪽은 어때!"

"나도 잘 지내고 있었다. 오른손은 좀 없어졌지만."

그렇게 말하고 소매가 꺼진 오른손을 휘휘 흔드는 오르바르
트. 펄럭이는 소매를 본 스바루도 섣부른 말을 할 수 없어서 입을
다물고 말았다.

황당무계한 영감인데 다친 티를 내서 동정을 사다니 치사한 수
법이다.

"그런데도 수작에 넘어가는 나……!"

"네 갈등은 나중으로 미뤄라. 자세한 사정은 들었겠지, 오르바
르트 덩클켄."

감싸 쥔 머리를 베아트리스가 쓰다듬어 주는 와중에 고뇌하
는 스바루를 무시하고, 아벨이 오르바르트를 불렀다. 괴노인은
"뭐 그렇지." 하고 끄덕였다.

"죽은 사람 조종하는 술자가 제도에 있으니까 그 녀석을 죽이

러 가는 거지? 각하가 두고 간 고즈 녀석이 엉엉 우는 게 눈에 선해. 불쌍하지 않아?"

"그자에게는 그자만이 할 역할이 있다. 물론 너도 그렇지."

"난 아흔 넘은 노인네라고? 그걸 또 혹사하겠다니 인정이 부족하지 않나."

"은퇴 상담이라면 이 괴변을 정리한 뒤에 요망하도록. 그리고 말해 두겠지만."

황제인 아벨 상대로도 표표한 태도를 고수하는 오르바르트. 그 괴노인의 불경하기 그지없는 태도를 못 본 척하며 마지막으로 아벨이 덧붙였다.

그렇게 운을 떼자 "응?" 하고 눈썹을 세운 오르바르트에게 다음 말이 닿았다.

"앞으로, 네 나쁜 버릇이 얼굴을 내밀 상황은 수명이 다할 때까지 없을 줄 알라."

"……."

"그렇기에 명하겠다. 객기를 부리지 말고 자신의 소임을 다하도록, 오르바르트 덩클켄."

짧지만 명료한 의도가 담긴 아벨의 말에 오르바르트가 입술을 다물었다.

그것은 스바루가 오르바르트에게 품은, 꽤 커다란 우려에 대한 언급이며, 그것을 선수 쳐서 견제하는 도박이기도 했다. 여기서 만약 오르바르트가 격분하는 일이 생기면 이쪽 용차에는 막을 수 있는 인재가 없다.

그러나 오르바르트는 잠시 침묵하다가 남은 왼손으로 자신의 허리를 툭툭 치고 말했다.

"나 원 참, 젊은 놈들이란 성장할 여지가 있으니까 좋아질 수가 없어. 설마 각하까지 이렇다니, 세상 참 노인네에게 친절하지도 않구먼."

"나는 관대하다."

"카카캇카!"

금세기 최고의 농담을 들은 것처럼 오르바르트가 웃었다.

그것이 아벨과 오르바르트 사이의 조용한 결투의 결판이었음을 감지하고 그제야 비로소 스바루의 어깨에서도 불필요한 힘이 빠졌다.

아벨의 농담이 재미있는지는 둘째 치고 두 사람의 일촉즉발은 회피한 것이다.

"그러면, 오르바르트 님도 제도로 같이 가시는 건가요?"

탄자도 스바루와 같은 긴장을 했던 모양이다. 살짝 목소리가 굳은 그녀의 물음에 오르바르트가 풍성한 눈썹 아래의 눈을 가늘게 뜨고 대답했다.

"각하의 요청이고, 꼬마가 하는 소릴 고분고분 듣고만 있기도 열 받지. 자기 나라가 위험할 때에 패도 꺼내지 못하는 나라는 웃음거리도 못 되니 말이야. 게다가."

"게다가?"

"제국에는 다른 놈들도 있잖아. 적어도 모그로와 세시 자식은."

"요르나 님도, 계세요."

마도에서 맺은 일시적인 협력 관계── 자세히는 모르지만 스바루 일행을 『유아화』시킨 오르바르트와 이해가 일치해 움직이던 탄자다.

　관계가 복잡한 두 사람이지만 그 응어리는 일단 치워 둔 대화였다.

　스바루는 이름이 거론된 이들 중 모그로라는 인물을 모르지만, 요르나는 실력상으로도 인격상으로도 신뢰가 되고 세실스도 인격면을 메꾸고 남을 정도로 실력이 뛰어나다.

　거기에 오르바르트를 더하면 확실히 제국 측의 전력도 충분히 충실하다고 할 수 있으리라.

　"하지만 이쪽도 하리벨 씨가 있으니까 셋시나 다른 사람이 있어도 우리가 살짝 우세…… 아니 애초에 셋시도 내 동료거든."

　"그자에게 목줄을 채울 수 있다고? 그렇다면 너의 그자에 대한 이해도 뻔한 수준이군."

　"아─ 하리벨 녀석이 와 있었단 말이지. 그 녀석, 이 세상에서 유일하게 나보다 강한 시노비니까 진짜로 밉상이야."

　수중에 있는 패 중에 최강인 둘에게 제각기 하고 싶은 말을 다 한다.

　어쨌든 아벨이 따라온 이유와 입장, 제국 측이 기대할 만한 전력에 관해서는 오르바르트의 합류로 전망이 섰다. 스바루의 의문도 거의── 아직 미디엄이 황비 후보가 되었다는 이야기 등 파고들고 싶은 부분도 있지만, 일단 해소되었다.

　"미디엄 씨 얘기는 돌아간 뒤에 즐길 거리라 치겠어. ──렘에게도 말을 들었으니."

그렇게 말하고 출발할 때 렘의 배웅을 돌아보는 스바루. 대요새 안에서 렘이 걸어 준 말은 스바루의 무사함을 기도해 주었다고 최대한 해석할 수 있는 것이었다.

"돌아갔을 때에 엄청난 기세로 욕먹을지도 모르지만 실제로 그렇게 될 때까지는 렘이 걱정해 주는 거라고 긍정적으로 받아들이련다."

"그, 그렇게 비굴하게 여기지 않아도 걱정해 주는 게 맞다고 생각하는걸?"

"저도 그렇게 받아들였는데요······."

"후우, 어쩔 수 없는 일이지만 둘 다 렘에 대해 잘 모르네. 그야 렘은 착하니까 조금은 그렇겠지만 대부분은 나에 대한 분노······ 아니지, 아냐, 긍정적, 긍정적······!"

자칫 자신에게 건 암시가 풀릴 뻔해서 긍정의 마법을 고쳐 거는 스바루.

그런 스바루를 베아트리스와 탄자가 딱하게 보고 있지만, 마법을 고쳐 건 스바루에게 둘의 시선에 서린 기색은 통하지 않는다. 탱 하고 튕겨냈다.

"각하, 곧 중계 지점에 도착하니 일단 용차를 세우겠습니다."

스바루가 멘탈을 재무장하고 있을 때 용차의 작은 창이 열리고 차부석에서 차내를 들여다본 자말의 보고가 날아들었다.

주행하는 용차 주위를 경계하고 있는 자말은 보고에 끄덕이는 아벨 옆에 있을 리 없는 오르바르트를 발견하고 흠칫 놀랐다.

그 반응에 오르바르트는 흐뭇하게 손을 흔들고 있는 게 악취미스럽기 그지없었다.

어쨌든 보고받은 중계지점에 도착하면 의문이 해소된 스바루는 에밀리아 일행이 있는 왕국 측 용차로 돌아갈 생각이다. 다만 그 전에 마침 기회가 생겼다고 작은 창 너머에 있는 자말에게 "이봐." 하고 말을 붙였다.

"언뜻 주워들은 얘기인데, 너, 카츄아 씨를 위해서 죽는다고 말했다며?"

"아앙? 그게 왜, 꼬맹아."

"아니, 이상하지 않느냐고. 카츄아 씨는 약혼자가 없어져서 엄청 슬퍼하고 있는데 그 와중에 가족까지 죽으면 어떻게 생각할지 상상이 안 돼?"

용감하고 당당하게 죽겠다고 카츄아에게 선언했다고 들은 스바루는 자말의 이성을 의심했고, 볼라키아식 사고방식의 심각성에 현기증이 일었을 정도다.

그렇기에 그런 자말의 발언을 취소시키고 싶었고, 반드시 카츄아에게 살아서 돌아간다고 다시 맹세시켜서──.

"이것 봐, 꼬맹아. 시시한 소리 하지 마라."

그러나 자말은 그런 스바루의 말에 불쾌한 듯이 내뱉었다.

"시시하다고? 야, 뭐가 시시한데."

"내가 죽어서 카츄아가 운다? 그딴 건 아무래도 좋잖아. 중요한 건 내가 얼마나 각하와 나라에 도움이 되고 죽어서, 은상이 나오느냐 마느냐야."

"너희는 그런 식으로 명예니 어쩌니 목숨을 가볍게 보고……."

"못 알아먹는 꼬마구만! 서지도 못하고 아이도 못 낳는 여자라고! 토드 녀석이 없으면 받아줄 남자도 없어! 카츄아가 살아가려면 돈이 필요하단 말이야!"

"윽……."

"지금 나는 삼장이다. 여기서 각하께 도움이 되고 죽으면 이장 대우도 기대할 수 있어서 카츄아도 안심이지. 나는 살아 있는 것보다 죽는 편이 카츄아의 오빠다운 짓을 할 수 있는 거야!"

제국인의 논리로 무장한 자말의 발언에 스바루는 숨을 집어삼켰다.

스바루는 생각이 얕았다고 부끄러워했다. 자말이 아무 생각 없이 그저 제국인의 논리에 따라 죽네 사네 목숨을 경솔히 다루고 있는 줄로만 알았다.

"스바루찡……."

침묵한 스바루를 걱정스럽게 바라보는 미디엄. 그러나 마음 착한 그녀조차 자말의 논리가 틀렸다고는 말하지 않았다. 아벨도, 오르바르트도 그렇다.

자말의 의견은 조리에 맞았다. 적어도 제국에서는 올바른 논리다.

다만──.

"베티는 곁에 있는 것이야."

"우아우."

옆의 베아트리스와, 다가온 스피카 둘은 스바루와 함께해 주었다.

"결심했다, 자말."

자말의 논리는 올바르다고 제국에서는 보증된다. 하지만 스바루는 싫다.

죽어서 은상이 나온다면, 살아남은 후 출세해서 급료를 왕창 받아 카츄아를 부양하면 된다. 그것이 올바른, 스바루가 믿고 싶은 논리다.

그렇기에──.

"네 장래 설계는 내가 무조건 저지하겠어. 절대로 못 죽을걸, 너는."

스바루는 어금니를 질끈 깨물고 도전하듯이 선언했다.

그 말을 들은 주위, 아벨이 작게 콧방귀를 뀌고 오르바르트가 유쾌한 듯 이를 드러내며 낮게 웃었다. 탄자가 자신의 팔을 꼭 안고, 미디엄이 눈을 동그랗게 떴다가 끄덕였다.

그리고 베아트리스와 스피카 둘은 스바루와 나란히 자말을 응시했다.

그, 나란히 모인 세 아이들의 시선에 자말은 안대를 차지 않은 왼쪽 눈을 가늘게 뜨고 내뱉었다.

"기분 나쁜 꼬맹이야, 너."

"네 친구에게도 들은 소리지. 관두지 않을 거지만."

작은 창이 닫히기 전, 마지막으로 그런 대화를 나누고서 자말이 중계지점에 용차를 세우기 위해 주위를 경계하는 임무로 돌아갔다.

그 모습을 지켜보던 스바루는 눈을 감고 자신의 마음과 솔직하게 마주했다.

"죽어서 누군가를 구하겠다니, 그런 건……."

그런 것은, 그 아벨조차도 견디지 못할 만큼 괴로운 수단에 불과하다.

그렇기에 나츠키 스바루는 그 방법을 어떻게 해서든 계속 부정해야만 한다.

서두르는 용차의 속도와는 정반대로 문제의 제도는 멀어서 답답하다. 거기서 일어나는 일을 생각하면 빨리 가야 한다며 애간장이 끓는다.

빨리 가야 한다고 스바루의 마음은 여전히 애간장이 끓고 있는 것이다.

2

──장면은 뒤바뀌어 같은 하늘 아래, 온건하다고는 할 수 없는 상황으로 교체된다.

먹구름이 끼어 멸망으로 나아가는 제국의 앞날을 암시하는 듯한 날씨.

파괴된 물막이 벽 너머에서 흘러나온 어마어마한 양의 물에 잠겨 성형방벽 내부에 있던 많은 산 자가 달아나고 송장 인간의 도시가 된 제도 루프가나.

되살아 배회하는 망자들과, 숨을 죽이고 발견될 공포와 싸우고 있는 생존자——. 개중에는 숨어 있는 것만이 아니라 싸워서 삶을 쟁취하려는 강자도 있다.

　그러나 무기를 든 많은 이들은 안이한 결단을 후회하는 처지가 되었다.

　한 번 시작된 싸움은 끝없이 소생을 반복하는 송장 인간과의 끝없는 경쟁을 의미하며, 이미 생명력이 다한 자들과 생명력을 비교해서 승산이 있을 턱이 없다.

　얄궂게도 용감한 이부터 목숨을 잃고 송장 인간의 대열에 참가해 다음 산 자를 찾는다.

　제도는 현재 송장 인간이 송장 인간을 부르는 죽음이 소용돌이치는 나선의 도시로 전락하여 이 세상의 절망을 압축한 지옥의 현현으로 변모해 있었다.

　하지만——.

　"좀처럼 구경하지 못할 사태이긴 했습니다만 눈에 익고 보니 그다지 재미있는 것은 아닌 게 골치네요. 최소한 조금 더 붙어 볼 보람이 있는 분이 다시 한번 무대로 돌아왔다! 라는 거라면 약간의 볼 만한 부분을 기대할 수도 있겠습니다만."

　그렇게 말하며 묶은 파란 머리카락을 쉰 냄새가 나는 습한 바람에 나부끼는 소년.

　카라라기식 전통복에 짚신이 눈에 띄는 풍모의 소년은, 눈가에 손으로 만든 차양을 드리우며 주위를 빙 둘러보고 그런 감상을 중얼거렸다.

피가 흐르는 피부와 파란 눈동자는, 송장 인간의 가장 알기 쉬운 특징과는 거리가 멀다. 산 자의 증거다.

그러나 변모한 제도에서 아비규환의 광경을 내려다보며 내린 감상은, 어떻게 보면 웬만한 송장 인간 이상으로 산 자와 거리가 먼 의견이기도 했다.

어쩌면 사람에 따라서는, 진정한 초월자란 산 자나 죽은 자 같은 구분조차 무의미할지도 모르는 방자함이 허락된 존재라고 정의했을지도 모른다.

어쨌든 간에 소년의 눈에는 밝고 명랑한 흉성――. 이 상황에 공포를 일절 품지 않기에 흉성이란 것이 아니다.

태어난 뒤로 한 번도 공포를 품은 적이 없기에 흉성이라고 할 수 있는 빛이 깃들어 있었다.

"자, 이대로 눈에 띄는 적을 닥치는 대로 척척 베고 혼자서 전장을 바꿔 버리는 것도 저밖에 할 수 없는 위업에 패업에 레전더리라고는 생각하는데요……."

그렇듯, 도리어 다른 사람에게 공포를 주는 눈빛을 띤 소년이 손을 내리고 먼 곳을 바라보는 행위를 그만두며 고개를 삐딱하게 기울였다.

"왜 이런담? 그게 좋은 전개로 이어질 느낌이 그다지 없어!"

소년은 두 손 들었다며 실제로도 두 손을 하늘로 뻗고 자신이 느낀 바에 솔직해졌다.

소년의 역량이라면 과장 없이, 이 제도에서 득실대는 송장 인간 태반을 홀로 거꾸러뜨릴 수 있으리라. 하지만 소년은 그러지 않는다. 그리고 그러지 않는 이유가 마음속에서 잘 언어화되지 않아 고뇌하고 있었다.

그것은 이 제도에서 고통받고 있는 많은 사람들이 보자면 사치는커녕 화병으로 죽을 수도 있을, 옆길로 빠진 고민이었다. 소년이 아니라면 이해도 할 수 없고 소년이 아니라면 의미가 없는, 그렇지만 소년에게는 중대한 고민.

그에 대해서 끙끙 앓던 소년은 난감한 기색으로 한숨을 쉰 뒤에 물었다.

"잘 설명하지 못하겠네요. 그 부분에 대해 당신은 어떻게 생각해요?"

"잘, 모르겠, 지만……."

"네."

"그거, 날 끌어 올린 다음에 하면 안 되는 얘기냐……?"

그 자리에 쭈그려 앉고 아래를 들여다본 소년.

소년의 시야에 날아든 것은 잠시 머무를 곳으로 고른, 높은 건물의 옥상 테두리를 붙들고 간당간당 안 떨어지려 애쓰고 있는 쇠투구를 쓴 남자였다.

한 손으로 자신의 모든 체중을 지탱하고 있는 남자지만 그것도 어쩔 수 없는 일이다. 여하튼 그는 외팔이라 두 손으로 자신을 지탱할 수도 없는 입장이기 때문이다.

어쨌든 소년──세실스는 그런 위기 상황에 처한 남자를 내려다보며 웃었다.

"안 되죠, 알 씨. 여하튼 당신이 무엇인지 조금도 알 수 없는 이

상 앞으로 있을 제 히스토리에 같이 가게 해도 될지 답이 나오지
않아서요!"

활짝 웃는 세실스 밑에 매달린 남자── 알의 목이 가냘프게
울렸다.

제도 루프가나는 현재 송장 인간이 송장 인간을 부르는 죽음의
나선이 소용돌이치는 지옥으로 변모해 있었지만──.

"아아, 젠장, 진짜로 최악이야……."

적어도 이 순간 이 장면만큼은, 다투지 않아도 될 산 자와 산 자
끼리 생명이 있을 곳을 캐묻는 상황으로 전락해 있었다.

3

──송장 인간에게 점거된 제도 루프가나.

현재 제도라고 부르기보다도 송장 도시라고 부르는 편이 적절
한 땅이 된 루프가나에서, 알은 행방을 알 수 없어진 프리실라를
찾아 고군분투 중이었다.

그렇지만 주인의 수색은 순조롭다고 하기 어려웠다.

여하튼 인명 수색의 기본이라면 목격 증언을 탐문하는 것이지
만, 결정적인 증언은커녕 쓸모가 없는 뜬소문조차도 여기서는
들을 상대가 존재하지 않는다.

있는 것은 모두 산 자를 보면 뒤숭숭한 목적으로 다가오는 송
장 인간이거나, 아니면 머리를 감싸 쥐고 숨을 죽이며 아무 액션
도 일으키지 않는 방법으로 살아남은 생존자뿐.

그 어느 쪽이든 알의 목적에 도움이 되지 않는 상대였다.

물론——.

"살아 있는 상대와 만났다고 해서 알 씨의 목적이 긍정적으로 진척을 보이느냐면 그런 것도 아닌 게 세상의 부조리란 말이죠."

세상의 부조리 그 자체인 세실스가 낯짝 두껍게 떠들었다.

그 의견에는 전적으로 동감이지만, 그 말투에 이러니저러니 논의를 거듭할 여지는 지금의 알에게는 없었다. ——5층 건물 옥상 테두리에 매달려 있는 알에게는.

"빌어먹을."

쇠투구 안에서 욕설을 뇌까린 알은 세실스의 히죽대는 낯짝에서 시선을 뗐다.

이 상황에 세실스에게 무슨 말을 하든 헛수고다. 애초에 이렇게 알이 매달리게 된 원인은 다름 아닌 세실스가 옥상에서 발로 찼기 때문이다. 심지어 구태여 옥상 끄트머리로 불러내서 먼 곳에 뭐가 있는 척하며 뒤에서 찬 것이다.

그것이 해칠 의사의 표명이 아니고 무엇이겠는가.

"테스트라고 할지 체크라고 할지 어느 쪽이든 목적은 판단에 있어요. 거꾸로 떨어지지 않는 점에서 반응은 보스보다 좋은 것 같긴 하네요."

"그려, 냐. 뭔 소린지 모르겠네."

"몰라도 괜찮습니다! 제 생각과 소원은 제가 파악하고 있으니까요. 그리고 전해드리겠지만 제가 알 씨를 도와 끌어올려 줄 일은 없어요."

세실스가 상대의 의문에 바라지 않는 답을 덤덤하게 돌려주며 손뼉을 쳤다.

들을 때까지 이해할 수 없었던 흉행의 원인이지만, 답을 들어도 이해 못할 이유였다. 애당초 적의나 살의에 관해 말하자면 알은 세실스와 별다른 대화를 나누지도 않았다.

강력한 송장 인간과 싸우다 도움받고 가볍게 서로 자기소개를 나누고서, 지금까지 했던 일과 이후의 목적을 알이 설명했는데, 그랬더니 옥상에서 발로 밀어 버린 것이다.

그야말로 마주친 게 운이 다한 거라고밖에 표현할 길이 없는 존재지만, 세실스의 답변에 알이 특별히 낙담하지는 않는다.

왜냐면——.

"몇 번이고 들었으니까 기대 안 해."

그렇게 대꾸한 알은 스스로 테두리를 붙들던 손을 놓고 자유낙하에 몸을 맡겼다.

"어라." 하는 세실스의 뜻밖이라는 목소리가 멀어지고, 부유감 속에서 알은 사고를 굴렸다.

지상까지 남은 거리는 약 15미터, 초인들이라면 어려움 없이 착지할 수 있는 높이지만, 놀랍게도 알은 범인(凡人)이기에 당연히 죽는다. 터진 토메토의 완성이다.

다가오는 지면은 젖은 포석, 물의 양은 낙하의 충격이 누그러질 만한 수준이 아니고, 질퍽해진 흙이 쿠션이 되어 주지도 않는 너무나 혹독한 사양.

따라서 살기 위해서는 떨어지는 것 이외의 액션이 필요했다.

"오오아아!"

알은 목구멍에서 소리를 터트리며 굽힌 무릎을 펴며 힘껏 벽을 박찼다.

수직으로 떨어져야 했던 알의 몸이 비스듬한 추진력을 얻어 잡고 있던 건물 맞은편, 같은 높이의 건물 쪽으로 거리를 좁혔다. 박차는 타이밍은 떨어지기 시작한 뒤로 1초와 2초 사이, 빨라도 느려도 벽에 부딪혀 머리를 다치고 터진 토메토 신세는 피할 수 없다.

하지만 이 타이밍이라면——. 찰나, 알의 몸이 건물의 창문을 깨트렸다.

깨진 창문 유리와 함께 알의 몸이 등 쪽으로 어수선한 실내로 굴러 들어갔다. 어깨와 등이 유리에 베이고 바닥에 찧어 심대한 대미지.

"그래도 살아남았다고……."

미끄러진 실내에서 후방 회전하여 튕기듯 일어난 알은 자신의 생존을 확인. 이어서 치명적인 상처나 팔다리의 골절이 없는지를 확인하고, 그 과정을 패스하자 비로소 살아남았다는 선언을 인정할 수 있었다.

이 시점에서 돌이킬 수 없는 부상이 있으면, 돌이켜야만 한다.

"우어우, 왼손이 없어?! 아니, 그건 20년 가까이 전부터 없었나……."

늘 하는 농담을 섞고 한 박자 띄우고는, 곧바로 복도에 인접한 문 옆에 숨고 허리 뒤의 청룡도를 날렵하게 뽑았다.

추락사는 모면했다. 하지만 그러려고 요란한 소리를 내고 선물에 뛰어들고 말았다.

당연히 그 소리는 주위의 이목을 끌고──.

"여기냐!"

"오냐, 맞다!!"

부산한 발소리와 함께 문을 부수고 송장 인간이 방에 돌입한다.

기세 서린 송장 인간의 돌격이지만 그 창백한 옆얼굴이 눈앞을 통과하는 순간에 맞추어 알이 청룡도를 휘둘러 상대의 목을 날렸다.

선봉을 즉사시키고 목 없는 몸을 방패 삼고서 달려온 적의 수효를 확인. 부서진 문 너머에 둘, 계단을 올라오는 발소리가 하나로 합계 3명── 처음 한 명의 시체 너머로 놀란 표정에서 회복한 차봉이 들고 있던 단창을 내지른다.

회복이 빠르다. 진저리가 난다.

그렇게 생각하며 상대가 지른 창의 궤도에 목 없는 시체를 끼어넣고──.

"실수했다."

치명상을 입은 송장 인간의 몸은 곧장 의욕이 없어진 도기처럼 바스라졌다.

그래서 자주 쓰던 시체를 방패 삼는 전법은 통하지 않았었다고, 알은 자신의 가슴에 적의 단창이 치명적으로 파고드는 것을 맛본 뒤에나 기억해 냈다.

× × ×

"여기냐!"

"오냐, 맞다!!"

부산한 발소리와 함께 문을 걷어차 부순 송장 인간의 목을 날린다.

알은 그대로 거추장스러운 목 없는 시체를 옆으로 차 버리고, 뒤로 뛰어서 방 깊숙이. 그것을 좇아 차봉이 들고 있던 단창을 내지르며 쳐들어온다.

"도나!"

그 단창이, 바닥에서 솟구친 흙벽에 앞부분이 삼켜져서 억지로 포획되었다.

그것이 상대의 주의를 끌었다고 보자마자 알은 흙벽에 발바닥을 붙였다.

"도나! 도나! 도나!"

발을 붙인 흙벽에서 횡방향으로 흙기둥이 튀어나와 건너편에 있던 송장 인간을 정면으로 가격해 뒤로 날려 버렸다.

흙기둥이 차봉과 그 뒤에 따라오던 중견을 한꺼번에 밀어내고 기둥 끝부분에서 다음 흙기둥이, 다시 그 끝부분에서 다음 흙기둥이 발사되어 다단식 로켓 같은 기세로 두 송장 인간을 한꺼번에 스탬프, 통로 벽 사이에 끼워 압살했다.

"나머지 한 명······!"

기둥과 벽 사이에서 커다란 도기가 깨지는 소리가 들린다. 세

명까지 단숨에 정리했다고 판단한 알은 흙벽에 발을 붙인 채로 적의 동향을 경계했다.

선봉을 기습으로, 차봉과 중견을 잔재주로 쓰러뜨렸다. 나머지는 부장인지 대장인지가 상황이 불리하다고 물러나 주면 알로서는 안심이겠지만——.

"뭐, 그렇게 잘 풀리지 않겠지!!"

입구를 막은 흙기둥이 벽째로 분쇄되고 마지막 송장 인간이 막무가내식 수단으로 방에 침입했다.

그것은 거대한 전투 도끼를 들고 얼굴 중앙에 금빛 거안(巨眼)이 박힌 단안족의 송장 인간이었다.

한눈에 그것이, 그 전까지 돌입한 세 명과 실력 차이가 역력한 강적이라고 판단. 알은 뒤돌아서 무아몽중으로 방의 창문을 향해——.

"시간이 되겠냐!!"

시간이 되어 봤자 그게 그거라는 기세로 외치는 등짝째로, 옆으로 휘두른 전투 도끼의 파괴력을 정통으로 맞은 알은 쏟아지는 내장으로 건물의 실내 장식을 그로테스크하게 리모델링하는 처지가 되었다.

×　×　×

"여기냐!"

"오냐, 맞다!!"

부산한 발소리와 함께 문을 걷어차 부순 송장 인간의 목을 날린다.

다음으로 통로에 두 명, 계단을 올라오는 최악의 적이 한 명 있는 걸 알고 있다. 이를 감안하고 알은 크게 뒤로 뛰고서——.

"도나!"

——눈앞의 차봉과 중견에 대처하고 마지막 괴물의 공략법을 찾아내어 혈로를 열어야만 했다.

4

"와아, 굉장해, 굉장해! 마지막에 뛰어든 단안족은 알 씨가 절대로 이길 수 없는 상대라고 생각했는데, 이걸 해내네요."

"망할 자식……."

"어이쿠야, 대단한 난적인 것은 맞겠지만 격전을 펼친 상대를 그렇게 까는 건 호감을 살 태도가 아니에요. 물론 지저분한 말이나 욕설은 인상적이기 십상이지만 악명도 무명보다 낫다는 사고 방식은 제가 좋아하지 않는단 말이죠!"

"나는 너한테 말한 거야……."

온몸에 어마어마한 상처를 입고 어깨를 들썩거리며 건물에서 나온 순간 마중받은 알은 벽에 몸을 기대고 주르륵 주저앉았다.

그러자 마중과 동시에 알에게 힐난받은 세실스는 눈을 동그랗게 뜨고 있었다.

"왜 그런 식으로 말하는지 깜짝 놀랐다는 표정을 지을 수 있는 게 진지하게 이해가 안 된다. 이중의 의미로 죽일 뻔한 상대라고. 나이프 핥는 계열의 크레이지한 자식이라도 원망받을 이유를 뻔히 알고도 남을 거 아냐……."

"호오, 역시나 단기간에 보스의 말 전부는 다 배우지 못했으니까 제가 모르는 단어도 나오기 마련이네요. 참고로 그 『크레이지』라는 말은?"

"머리에 나사 빠진 개자식이란 뜻이야. 남을 죽일 뻔해도 태연한."

"오호. 하지만 그렇다면 저는 그 크레이지에는 해당하지 않을 걸요. 왜냐면 알 씨는 무슨 영문인지 죽지 않았잖습니까."

실실 웃으며 방향성이 뒤틀린 자기 변호를 입에 올린 세실스.

세실스의 그 대답에 알은 주저 앉은 채로 호흡을 가다듬는 데에 집중. 그사이 침묵하던 알에게 세실스는 손가락을 하나 세우고 말을 이었다.

"조금 전의 단안족 남자는 상당한 실력자였었어요. 안타깝게도 저에게는 멀리 못 미치지만, 알 씨라면 백 번 붙어서 백 번 집니다. 이건 제 눈으로 본 진실이에요!"

"하지만 난 살아 있는데? 아니면 죽어 있다는 거냐?"

"아뇨아뇨, 살아 있는 거겠죠. 어쩌면 송장 인간이 산 사람을 가장하고 있나 하는 의심도 있었는데 그런 것도 아닌 모양이에요. 그렇다면 가능한 추측은 하나뿐. 알 씨는 백한 번째를 뽑은 거죠."

손가락을 세운 손과 반대쪽 손의 손가락을 하나 세워서 두 개의 손가락을 보여 주는 세실스.

그 두 개를 더해도 두 손가락뿐이고 호의적으로 보아도 열한 손가락뿐이지만, 알은 의도를 반영하지 못하는 그 동작보다 언동에 숨을 집어삼켰다.

"101이라는 숫자에는 고집하지 않습니다. 102든 103이든 200이든 그게 그거! 알 씨는 백 번 붙어서 백 번 그 단안족에게 졌어요. 하지만 천 번 만 번 십만 번을 한다면? 말 그대로 만일을 일으킬지도요. 그걸 맨 처음 뽑았다. 제 말이 틀린가요?"

"큭."

입 다물고 호흡을 가다듬는 데 집중하겠다고 얼버무리는 것은 한계였다.

알은 쇠투구 안에서 상대에게 보이지 않는 표정을 일그러뜨리며 진심으로 세실스에게 두려움을 품었다. 저 안목과 언동, 도대체 뭐냐고 알조차도 이해할 수가 없다.

지금 세실스의 표현은 알이 갖고 있는 권능을 거의 다 맞혔다. 그것도 논리가 아니라 말하자면 찍기나 다름없는 방식으로 말이다.

세실스 세그문트라고 자칭한 소년은 이 볼라키아 제국 최강의 『푸른 뇌광』과 같은 이름을 가진 것만이 아니라, 명백하게 세계의 이물질이었다.

"키는, 나랑 형제와 같은 이유일지도 모르지만……"

자신과 스바루가 오르바르트의 손으로 『유아화』된 것처럼 세실스가 오르바르트에게 작아졌을 가능성은 충분히 고려할 수 있다.

본인은 『구신장』의 제1위와 자신을 동일시하고 있지 않지만, 『유아화』가 심각해지면 의식까지 몸에 딸려 가는 감각이 있었다. 세실스도 똑같을 가능성이 높다.

알의 경우에는 억지로 정신을 최적화시켰지만 그 과격한 치료는 알과 스바루밖에 할 수 없다. 그 때문에 세실스는 속수무책으로 정신이 작아졌다고 추측된다.

그것이 세실스를 어린 괴물로 만든 거라면 오르바르트가 친 사고의 영향은 심각하다.

"답이 없는 것은 답할 수 없기 때문일까 답하고 싶지 않기 때문일까……. 어느 쪽이죠?"

세실스의 물음에 알은 기대고 있던 벽을 의지해 몸을 세웠다.

고요 속에서 섬뜩한 기색을 띤 세실스의 태도는 마음속에서 진자가 크게 좌우로 흔들리고 있다는 증거였다. 그것은 자신이 알의 적과 아군 어느 쪽에 설지를 결정하는 진자.

이, 미증유의 재앙에 휩쓸린 송장 도시라도 관계가 없는, 사소한 일에 대한 고집이다.

"생각을 안 할 수 없어요. 할 수가 없다고요, 저는. 만약 알 씨가 만일의 일을 처음에 뽑아내는 무언가를 갖고 있다면…… 저를 상대로도 그것을 뽑을 수 있을까 하는 생각을."

그 경우에는 만일은커녕 억일이나 조일이라는 가능성도 충분히 있을 법하다.

그러나 제로가 아니라면.

"말해 두지만…… 내 매력을 들쑤시는 짓은 거기까지 해 둬.

안 그러면 괜한 상대의 눈총을 사서 무지무지 후회하게 될걸."

"이럴 수가! 절 상대로 그런 말을. 싫지 않아요, 오히려 좋아."

더더욱 재미있다고 여기는 듯한 세실스의 반응에 알은 한숨지었다.

어떻게든 세실스의 흥을 덜어낼 말을 찾고 싶지만, 보아하니 시간이 없다. 간신히 추락사 뒤의 송장 인간 러시를 극복한 것이다.

부담은 크지만 스테이지를 진행할 필요가 있다.

"영역 해제, 그 후의 재전개, 사고 실험 재동."

세실스가 쓸데없는 행동을 하기 전에 알은 한 번 설정한 매트릭스를 재정의했다.

빈도와 규모 때문에 반동이 지나치게 크지만 적어도 볼라키아 제국을 나갈 때까지 알은 대가를 무시하겠다고 결심했다. —— 프리실라를 되찾는 것이 최우선이다.

"그러기 위해서라면, 나는 몇 번이라도…… 뜨와악?!"

그렇게 결의를 담은 말을 꺼내려던 순간이었다.

말을 끝맺기보다 먼저 정면에 있던 세실스의 모습이 흐릿해지고 그 직후 알은 짚신을 신은 발바닥을 옆구리에 맞으며 옆방향으로 홱 뒤집어진 것이다.

그 지독한 폭거에 알은 땅바닥을 미끄러지며 절규했다.

"이, 상하잖아! 그토록 무대의 멋이 어떠니 해 놓고 사람이 말하는 도중에 공격해 오는 거냐!"

"아니아니아니 그건 오해예요! 제가 그런 멋없는 짓을 하다니

당치도 않습니다! 그런 행동은 이미 할복감이죠. 그게 아니라,
보세요."

"보라니 뭘⋯⋯."

다 미끄러진 알이 몸을 일으키자 변명하는 세실스가 벽을 손으
로 가리켰다. 쳐다보니 알이 직전까지 서 있던 위치, 그 가슴 높
이 부분에 주먹 크기의 구멍이 뚫려 있었다.

아까까지는 없었다. 그러나 느닷없이 생긴 구멍이다.

그것은 즉――.

"저격⋯⋯ 꾸엑!"

"잠깐 실례를!"

눈을 부릅뜬 찰나, 또다시 세실스의 모습이 흐릿해지고 직후
에 알은 온몸에 가속의 G를 맛보며 뒤쪽으로 몸이 돌진하는 감
각을 느꼈다.

맹렬히 달리는 세실스가 알의 허리에 손을 걸고 그대로 같이
질주를 개시했다. 그리고 바람이 된 두 사람을 따라붙듯이――.

"야야야야야, 뭐야뭐야대체뭐야?!"

뒤로 날아가는 감각 속에서 알의 시야에 잇따라 가로 및 건물
벽에 구멍이 나고 가공할 무언가가 난무하며 쫓아온다.

첫 인상대로라면 그것은 저격이다. 저격이, 알과 세실스를 쫓
아오고 있다.

"저격이라면 스나이퍼가 움직이지 못하는 게 철칙이잖아!"

가만히 기다리며 상대를 조준하면 일격필살을 날린다.

그것이 저격의 기본이며 철칙이어야 한다. 그런데도 이 저격

은 도망치는 알과 세실스를 정확하게 쫓으며 차폐물에 숨어도 앞질러 가서 노리기까지 하고 있다.

백 명의 저격수에 둘러싸였다거나 자유자재로 고속이동할 수 있는 저격수가 노리고 있다는 생각밖에 들지 않는다.

"어이쿠! 어이쿠쿠! 어이쿠쿠야!"

"푸억! 억! 혀 깨물었어!"

그 무시무시한 정밀도와 자유도의 저격에 노림받으며 알을 데리고 도망치는 세실스는 좌우로 우로, 위로 아래로 몸을 놀려 공격을 회피했다.

그러나 그러면서도 일절 주위를 보고 있지 않았다. 알은 깨달았다. ──직감이다. 세실스는 직감에 따라 초월급 저격을 피하고 있는 것이다.

"역시나 거기까지는 아니에요. 그냥 상대가 여기다 싶은 순간이면 이쪽도 찌릿하고 오는 감이 있잖아요? 그거예요."

"내 의문은 내버려 둬도 돼! 그보다 집중이나 해 줘!"

"그러죠. 하지만 이 상대는 대단한 실력자라서. ──여태껏 몇 번쯤 맞닥뜨렸는데 한 번도 닿게 놔두질 않는단 말이죠."

짚신 신고 박찬 것 같지 않은 폭발음을 내는 지면, 그것으로 추진력을 얻으며 가속하는 세실스. 알은 세실스를 따라붙는 보이지 않는 사수와 저격을 지척에서 맛보며 세실스의 발언에 이중의 충격을 받았다.

하나는 세실스가 이미 이 적과 몇 번 마주치고 살아남았다는 점.

다른 하나는 이 적이 세실스조차 토벌하지 못한, 비정상적으로 어려운 적수라는 점.

"하늘을 날고 있을 거라 보지만 빠른 것 말고 다른 이유로 눈에 보이지가 않거든요."

"보이지 않는, 적……."

위기감이 부족한 세실스의 말에 알은 보이지 않는 적이라는 키워드를 얻었다.

그 내막을 폭로하거나, 혹은 폭로까지는 못해도 모종의 대책을 찾을 수 있으면.

"아차, 이건."

위기감이 없는 세실스의 목소리와 맞추어 터무니없는 파쇄음이 알의 배후—— 다시 말해 진행 방향에서 들려와서 목을 돌렸다.

그러자 알의 시야에 두 사람의 진로로 쓰러지는 건물 세 동이 들어왔다.

길의 정면과 좌우, 세 방향에서 밀어닥치는 건조물은 모두 다 건물을 지탱하는 토대가 되는 지면이 저격으로 파헤쳐져서 비스듬히 기울며 쓰러진다.

찌부러지면 압살은 면할 수 없다. 눈으로 확인한 순간, 알은 어금니를 깨물고 외쳤다.

"영역, 재정의——!"

"정면으로 꼴아 박을 거예요!"

매트릭스의 재설정이 늦지 않은 직후, 지면을 박찬 세실스가 알을 안은 채로 쓰러지는 정면의 건물 창문을 뚫고 안으로 돌입.

비스듬히 기울어 벽이 휘는 대로 부서져 가는 창문 유리의 경쾌한 연쇄음을 들으며, 세실스는 쓰러지는 빌딩의 바닥을 박차고 천장을 걷어차 부수더니, 그대로 아래층부터 위층까지 가는 직통 루트를 억지로 만들어서 달려 올라간다.

"챳챳챳챳챳챳챳챳챳챳!"

빌딩이 쓰러지는 판국이니 가로와 접촉한 아래층부터 압괴가 시작되는 것은 사실이다.

그렇다고 이런 모양새로 찌부러질 위기에서 벗어나는 과격한 재주, 도저히 제정신으로 할 짓이라고는 말할 수 없다. 말해서는 안 된다.

그러나 그 상궤를 벗어난 판단으로 알과 세실스 둘은 빌딩이 다 쓰러지기보다 먼저 최상층의 천장을 으스러지도록 박차서 밖으로 피신하게──.

"아니, 이러면 안 돼."

천장을 뚫고 그대로 상공으로 뛰쳐나가는 알과 세실스.

눈 아래를 바라보니 쓰러지는 빌딩 세 동이 서로 충돌하고 거대한 질량이 어마어마한 지진을 일으키며 붕괴로 향한다. 쓰러진 빌딩 중에는 불붙기 쉬운 술이나 마광석도 저장한 곳이 있었는지 폭염이 가로에 번져 나가는 광경도 보였다.

그러나──.

"이거이거 난적인데요!"

즐거워 보이는 세실스의 쾌재와 알의 몸이 충격으로 떨린 것은 동시였다.

하지만 그 충격의 당사자는 알이 아니다. 알과 함께 하늘로 뛰

쳐나간 세실스—— 그가 저격을 맞아 한쪽 다리가 날아간 충격
이다.

　작은 왼쪽 다리가 무릎 아래로 날아가 피를 공중에 뿌리는 소
년이 어금니를 깨물었다. 알도 경험이 있기에 알 수 있다. 아픔
은 곧바로 찾아와서 목이 절규를——.

　"저쪽이다!"

　절규 대신에 그렇게 외친 세실스가 하늘 너머로 필시 적을 잡
아냈다.

　그대로 그는 잡고 있던 알의 몸에 나머지 다리를 대더니, 그 몸
을 발판 삼아 자신이 찾아낸 무언가 쪽으로 접근하려고 날았다.

　한쪽 다리만의 추진력이지만 맹렬한 기세. 그러면 적을 따라
잡을 것이다.

　한쪽 다리를 잃어버린 상태로——.

　"그건 안 되지."

　한쪽 다리를 잃어도 세실스는 필시 알보다 백 배는 강하리라.

　하지만 안 된다. 그는 만전의 상태로 있어 줄 필요가 있다. 따라
서 알은 청룡도를 뽑고서 자신의 목에 대었다.

　그리고 주저 없이 칼날을 억지로 휘둘러서——.

× × ×

　"정면으로——."

　"아니야, 오른쪽 빌딩이야!!"

세 방향으로 쓰러지는 빌딩, 세실스가 그 정면을 향해 뛰려던 순간, 알은 건물 무너지는 소리에 지지 않을 성량으로 고함쳐서 진로를 변경시켰다.

　알의 호소를 들은 순간, 세실스가 웃으며 입술을 핥는 것을 알 수 있었다.

　찰나, 세실스는 발을 디디고 나아갈 방향을 억지로 바꾸어 알을 잡은 채로 쓰러지는 오른쪽 빌딩으로 돌입했다.

　알은 창문 유리가 깨지는 연쇄음을 들으며 뛰어든 방 안쪽을 손가락으로 가리켰다.

　"저쪽 방! 안의 상자 확보!"

　"아이 아이 서!"

　확신 서린 알의 지시에 세실스는 의문을 일절 끼우지 않았다.

　옆방으로 가는 벽을 억지로 발로 부수고 지나가자, 비치된 철제 상자── 이 건물의 소유자가 여차할 때에 가지고 나가려고 보관하고 있던 재산 중 일부다.

　공교롭게도 준비한 보람도 없이 소유자는 이것을 가지고 나갈 수 없었던 모양이지만, 덕분에 알과 세실스가 이것을 확보할 수 있었다.

　"위다!"

　상자를 확보한 직후, 비스듬히 기운 빌딩에서 탈출하는 것은 세실스의 상궤를 벗어난 각력과 발상을 채용한 쪽으로 노선을 되돌렸다.

　상자를 안은 알을 더욱 껴안은 세실스의 질주가 아래층의 천장을, 위층의 바닥을 관통하고 잇따라 그 행위를 반복하며 단숨에 최상층으로 달려 올라간다.

그리고 최상층의 천장을 발로 부수고 밖으로 뛰쳐나간 순간, 알은 이미 몇 번째인지 세는 것도 잊은 경치를 앞두고 수중의 상자를 그 자리에 떨어뜨렸다.

그대로 저 너머에서 날아오는 저격이 세실스의 사지 중 하나를 날려 버리기 직전에——.

"도나."

떨어뜨린 상자 안, 알이 발동한 치졸한 마법을 불씨로 제국에 사는 누군가의 재산이던 고순도 마석이 인화, 단숨에 커지는 폭염이 바로 밑에서 두 사람을 포개 안았다.

"……."

작열에 피부가 익는 감각을 맛보지만 태어난 불꽃의 막이 알과 세실스를 주위에서 억지로 숨겼다. 물론 이 순간만 둘의 몸을 불꽃이 감추어도 이 저격수라면 알 일행을—— 아니, 세실스를 놓치지 않고 관통한다.

그렇기에 노림수는 저격수의 눈을 교란하는 것이 아니다.

"저쪽이다."

그렇게 중얼거린 세실스가 이를 드러내며 웃었다.

그런 세실스의 뺨이 피를 뿜으며 저격에 스쳐서 머리 장식을 터트린 파란 장발이 휘날린다. 그러나 세실스의 사지는 모두 다 건재했다.

불꽃의 막은 적으로부터 세실스의 모습을 숨기는 것이 아니라 세실스에게 육박하는 탄환을 닿기 전에 육안으로 확인토록 하기 위한 것이었다.

세실스에게 닿기 전에 탄환은 불꽃의 막을 뚫고 도달했다.

어처구니없는 이야기지만 세실스라면 그 총탄이 자신에게 닿는 찰나의, 불꽃의 변화를 놓치지 않을 거라고 믿으며 내기를 했다. 내기에는 이겼다.

──따라서 불꽃의 막을 사이에 두고 세실스와 저격수의 시선이 교차했다.

"……."

그 찰나, 세실스의 동공이 가늘어지며 알의 옆구리에 짚신의 발바닥이 닿았다.

세실스는 여태까지와 마찬가지로 거처를 밝혀낸 사수 중 하나에게로 날아갈 작정이다. 여태까지와 다른 것은, 세실스의 손발 전부가 조그만 몸통에 붙어 있다는 뜻.

지금부터라면, 그에 더해서──.

"방심은 안 해."

그렇게 중얼거린 알은 다음 영역을 재차 전개할 준비를 굳혔다.

그럴 때마다 머릿속에서 뭔가가 끊어질 듯한 상실감을 맛보지만, 세실스의 말이 맞다. 만일이라고 하는 것은, 만에 한 번뿐인 기회를 말한다.

그것을 두 번 바란다면 타협한 끝이 아니어야 한다.

그렇기에 알은 다음 매트릭스의 재설정을──.

"구름 베기."

그 직전, 기묘한 변화가 알의 시야를 덮쳤다.

그것은 불꽃의 장막 너머, 다시 말해 세실스가 저격수가 있다고 판단한 방향, 알에게는 여전히 적의 모습이 보이지 않는 하늘에서 시야에 이변이 생겼다.

단적으로 말하면 구름이 베였다.

송장 도시 루프가나의 하늘을 덮는 두터운 먹구름이 갑자기 갈라진 것이다. 그것도 뭉게구름이 베인 상처는 한 곳이 아니라 두 곳, 세 곳으로 연속되었다.

마치 하늘에 있는 투명한 적을 쫓는 것처럼── 아니, '마치'가 아니다.

참격이 적을 쫓아가며 그 여파가 먹구름을 가르고 있는 것이다.

"아앗─!! 간다, 가 버려! 도망친다!!"

비명 같은 목소리는 알의 등에 발을 얹고 있는 세실스가 지른 것이다.

눈을 부릅뜬 세실스가 비명을 지른 것은 구름을 가르는 참격으로부터 도망가는 저격수── 그자가 전투를 팽개치고 이탈해서이리라.

알이 보자면 횡재라고밖에 못 할 일이지만 세실스는 아니다. 그는 억울함이 서린 눈으로 아래의 경치를 노려보았다.

거기에──.

"핫핫핫핫! 도망가라, 도망가, 소생의 검술을 두려워하며!"

알과 세실스가 뛰쳐나온, 붕괴하는 세 동의 빌딩에서 떨어진 곳의 건물 옥상에 한 인영이 보였다.

그자는 손에 카타나를 든 인물로, 멀어져 가는 적을 바라보며 구름을 가른 카타나를 하늘로 겨누며 흡족하게 웃고 있었다.

보지 못한 새 얼굴에 누군가 싶어 알은 투구 속의 눈썹을 찌푸렸다. 그런 알의 뒤에서 갑작스러운 난입자를 보던 세실스가 "어라?" 하는 탄성과 함께 말했다.

"어째 잠시 못 보던 사이에 늙었네요, 아버지."

"아버지셔?"

"네. 밭에서 태어난 것은 아니라서요!"

의뭉스러운 세실스의 대답에 알은 새삼 남자 쪽을 쳐다보았다.

멀찍이 보이는, 세실스가 아버지라고 부른 카라라기식 전통복의 남자. 이다음에 저 남자와 합류하는 거야 좋다고 치고, 문제는──.

"아무리 그래도 이러고서 죽진 않겠지?"

까다로운 저격수가 사라진 후, 바로 밑에서 여전히 거센 붕괴가 이어지는 세 동의 빌딩을 보며 부유감을 맛보던 알은 뒷일을 세실스에게 맡기고 중얼거렸다.

5

한 손에 검, 옆구리에 짐짝을 낀 채로 눈앞의 문을 천천히 열어 젖힌다.

"……."

코를 쿵 실룩이고 실내에 풍기는 쇳녹 냄새에 얼굴을 찌푸렸다.

피 냄새다. 맡는 데에 익숙해지면 크든 작든 그 신선도도 알 수 있다. 이것은 방금 흘러나온 직후, 그것도 한 사람 분량이 아닌 혈향이었다.

아니나 다를까 안쪽의 방을 확인하자 포개진 시체 두 구가 있었다.

대로에 접한 한 민가에 남겨진 것은 노파와 남자의 주검이었다.

범인은 직전에 집 앞에서 벤 송장 인간이리라. 녀석이 들고 있던 검이 피에 젖어 있던 것은 이 시체를 만들었기 때문일 테고.

희생자는 아마 부모자식일까. 공교롭게도 이목구비를 비교할 수 있을 만큼 최후의 표정이 평온하다고 할 수는 없었다. 노파 쪽은 침대 속에서, 그 위를 덮듯이 쓰러진 남자 옆에는 부러진 검이 구르고 있었다.

"대피가 늦었나……. 아니, 그게 아니군."

대피가 늦은 두 사람이 아니라 대피할 수 없는 어머니를 지키기 위해 아들이 남은 구도일까.

그렇게 파악하는 게 자연스러운 광경은, 약자가 짓밟히는 것을 당연시하는 볼라키아 제국의 중심인 제도에서 일어나기에는 지나치게 얄궂었다.

하긴 그 얄궂은 광경을 두고 웃지는 않는다. 몇 분 더 자신이 일찍 도착했더라면.

뽑은 검을 칼집에 꽂고, 피하기 어려운 참극에 휩쓸린 와중에 자신의 생명을 어떻게 쓸지 결정한 남자의 주검을 묵묵히 바라본다.

만약 자신이 같은 상황에 처하면 사랑하는 가족이 있는 침대를 정면으로 감싸고 이 남자처럼 목숨이 다할 때까지 싸울 수 있을까.

"시답잖긴, 답은 뻔하지 않나."

지긋지긋함이 사라지지 않는 씁쓸한 침을 짜증스럽게 뱉었다.

그렇다. 답이 뻔한 자문. 어차피 자신은 꼬리 말고 도망치기로 결심했으니까. ——그렇게 자조했을 때였다.

"어어~이, 빨강 머리! 어디 있소이까! 소생의 볼일은 끝났소!"

갑자기 건물 밖에서 무식하게 큰 목소리가 들려서 튕기듯이 창문을 보았다.

따로 행동 중이던 불콰한 얼굴이 눈꺼풀 뒤로 떠오르고, 이 송장 인간투성이인 도시에서 큰 소리를 지르는 생각 없는 행동에 취기가 싹 가시는 게 느껴졌다.

술을 마시고 또 마셔서 취기로 얼버무리려고 해도 끝내 그럴 수 없는 현실의 무게에 머리를 얻어맞고, 혀를 차며 걸어간 창문 밖을 들여다보았다.

그러자 눈 아래의 길에서 손을 흔들며 자신을 찾는 카라라기 전통복 차림의 파란 머리 남자가 혼자—— 아니, 그 옆에 비슷한 복장의 작은 그림자가 나란히 서 있었다.

"어디 계십니까, 아버지의 동행자 분! 이 주변에선 침착하게 대화도 나눌 수 없으니 조금 더 얘기하기 편한 곳은 어떨까요! 동행이 있다는 아버지의 말이 취해서 본 환상이나 헛소리 같은 게 아니라면 말인데요!"

"어이쿠, 못하는 말이 없어. 부모를 붙들고 말하는 꼬라지가 아주 불효막심해. 소생이, 소생이 키운 방식에 무슨 문제가 있었 던 겐가……!"

"아뇨아뇨, 아버지는 잘못이 없어요! 여하튼 거의 키우지도 않 았으니까요!"

시끄러운 놈 둘이 나란히 붙어 곱빼기 이상으로 더 시끄러워졌 다.

취한 것이 술과 자기 본인이라는 차이는 있지만 똑같이 취해서 정신이 나갔음을 알 수 있는 목소리를 듣고, 저 두 사람이 찾는 동행자──하인켈은 비어 있는 손으로 머리를 감싸 쥐었다.

숙취를 앓는 머리가 욱신거리며 술과 다른 이유에 기인한 고 통을 호소하는 가운데, 겨드랑이에 끼여 꿈지럭대는 비상식량 용 엽견인족을 고쳐 안고 술 냄새 어린 한숨을 깊이 내쉬었다.

6

대로에서 남의 이목도 거리끼지 않고 소란을 피우는 두 바보.

그냥 방치해서 밀어닥치는 송장 인간 무리에 삼켜져도 자업자 득이다. 하지만 하인켈은 그 과정 중에 자신까지 말려드는 것은 사절이라고 곧장 두 사람을 불렀다.

그렇게 민가에 들어온 두 사람에게는 뜻밖의 부록이 있었다.

"설마 댁도 제도에 남아 있는 줄은 몰랐어, 하인켈 씨. 일찌감 치 내뺐거나, 아니면……."

"죽었을 거라고? 똑같은 말을 고스란히 돌려주마, 알데바란."

"알로 부탁하자고."

생각지 못하게 재회한 쇠투구의 남자, 알은 투구의 걸쇠를 손가락으로 만지작거리며 대꾸했다.

제도를 둘러싼 정규군과 반란군의 총력전. 반란군 측으로서 프리실라와도 알과도 다른 전장에 배치되었던 하인켈은 그 싸움의 결말도, 같은 진영의 안부도 모르고 있었다.

알려 해도 알 도리가 없는 답이 생각지 못하게 찾아온 형국이다.

심지어———.

"그 프리실라 양이 잡혔다라. 뜬금없이 믿기는 어렵군."

"뭐, 의외성이 있는 전개로 돌진하는 게 공주님의 골치 아픈 매력이지만, 역시나 이번은 나도 내버려 둘 수가 없겠단 생각이야. 그래서 제도에 남은 건데……."

"그러다 저거랑 마주친 거냐."

하인켈의 말에 알이 "엉." 하고 목을 아래위로 흔들었다.

쇠투구에 가려져 표정도 안색도 알 수 없지만 피곤한 목소리와 분위기로 알이 맛본 고생을 짐작할 만하다.

그 방약무인과 범주에서 벗어난 행태를 그림에 그린 것만 같은 프리실라와도 맞춰 주는 알이다. 그런 알이 이 꼴이니 상대가 얼마나 무서운지는 능히 추측할 수 있으리라.

그나저나 알을 곤죽으로 만든 상대 또한 인연이 묘했다.

"설마 설마 이런 곳에서 아버지와 재회할 줄은 몰랐어요. 왠지 한동안 못 봤네 싶었는데 혹시 아버지가 저를 검노고도에 던져 넣어서 고도의 전설편 같은 활약을 꾸미기라도 했나요?"

주절주절 맹렬히 빠르게 말을 퍼붓고서 민가의 창고에서 멋대로 꺼낸 말린 고기를 먹고 있는 카라라기 전통복 차림 소년——세실스라고 이름 밝힌 이 아이는, 놀랍게도 하인켈과 동행하던 로우안의 아들이라고 한다.

게다가 무슨 농담인지, 그 세실스의 성까지 포함한 이름이라는 것이——.

"세실스 세그문트. 볼라키아의 『푸른 뇌광』."

볼라키아 제국 최강의 검사이며, 제국 『구신장』 부동의 제1위.

하인켈도 명색이 루그니카 왕국의 근위기사단 부단장이다. 방심할 수 없는 이웃 나라 유명인의 이름 정도는 알고 있다. 특히 『푸른 뇌광』은 워낙에 유명하다.

피로 점철된 제국사에도 유례를 찾을 수 없는, 이 세계에서 가장 많이 사람의 생명을 빼앗은 개인이자 왕국의 『검성』과 비견될 정도의 강자로 간주되는 존재다.

"……."

얼추 열한두 살 정도로 보이는 세실스의 모습에 눈을 가늘게 뜬 하인켈은 그 어린 나이를 이유로 그의 실력을 얕잡아 보려는 자신을 비웃었다.

진정한 강자를 두고 외모나 나이 이야기를 하면 어처구니없어서 비참해질 뿐이다.

하인켈이 아들 라인하르트에게 처음 검으로 진 것은 라인하르트가 아직 6세가 되기 전이었다. ——세상에는, 그런 존재도 있다.

오히려 하인켈이 볼 때 희귀한 상대라고 인정해야 할 대상은 로우안 쪽이다.

이 남자 또한 하인켈과 같이 최강으로 불리는 자의 아버지라면 아들 세실스의 무력 및 명성에 맺힌 감정이 있어도——.

"하하하, 웃겨 주는군. 검노고도의 사투는 어차피 구경거리. 거기서 누구를 몇 명 베든 네 검이든 기술이든 아무 배울 것도 없지. 그런 곳에 너를 던져 넣다니 『천검』에 이르는 길에서 샛길로 빠진 격일 뿐이야."

하인켈 안에서 고개를 쳐든 생각을 무시한 로우안이 불콰한 얼굴로 어깨를 으쓱였다. 술이 든 호리병에 입을 댄 로우안은 흡족하게 아들과 이야기를 나누고 있었다.

로우안의 대답에 세실스도 "그랬었나요~." 하고 주눅 든 기색 없이 말린 고기를 잘근잘근 씹으며 고개를 모로 꼬았다.

"하긴 아버지가 한 짓치고는 방향성이 짚이지 않는 수법이어서 아닌가 싶었어요. 하지만 그러면 더더욱 대체 왜 또 제가 섬에 있었는지 알 수 없어져서 기기묘묘 미스터리란 말이죠."

"그건 또 이상야릇하고 해괴한 표현도 다 있군그래. 어쨌든 소생이 손쓴 짓이…… 으음?"

로우안이 도중에 하던 말을 중단하고 문득 세실스를 위에서 아래까지 빤히 바라보았다.

그 응시를 깨달은 세실스는 옷소매를 펄럭펄럭 흔들며 정돈하지 않은 파란 장발을 펼치듯이 빙글 돌았다.

"왜 그래요? 오랜만이라도 주연 배우인 저의 멋은 잊기 어려울 텐데요."

"그런 것보다, 기다려 봐라, 아들아! 너, 마사유메와 무라사메는 어따 뒀어? 그만한 명도, 섣불리 허리에서 풀어 두면 안 되지."

"명도라는 걸 보니 카타나인가요? 무슨 말이에요. 합당한 카타나를 얻기 전까지는 카타나를 갖지 않겠다, 주지 않겠다는 게 저와 아버지의 암묵적인 합의잖아요. 안타깝게도 아직 이렇다 할 명도와 만나지 못했으니 허리는 가벼운 상태죠. 훌훌."

"으ㅇㅇㅇㅇ응?"

아무것도 없는 허리를 흔들고 있는 세실스의 모습에 로우안의 눈이 점점 의심스럽게 흐려졌다. 하지만 이윽고 무언가 납득이 갔다는 듯이 "아." 하고 눈을 크게 떴다.

그리고——.

"뭔가 묘하다 싶어 눈에 힘을 줬더니, 세실스, 너, 키가 작아지지 않았나!"

"지금 깨달은 거냐?!"

놀란 얼굴로 뱉은 로우안의 말에 그 이상으로 경악한 알이 소리쳤다.

그 옆에서 세실스 본인은 "작아졌다?" 하고 짚이는 구석이 없는 표정이었다. 물론 하인켈도 당최 의미를 알 수 없었다.

대신에 짚이는 곳이 있는 듯한 알이 로우안과의 거리를 바짝 좁히고 확인했다.

"확실하게 짚고 넘어가야 하는 부분이 있는데, 당신이 세실스의 아버지고 당신이 아는 세실스는 제대로 어른이었다. 그 부분은 맞는 거지?"

"기다려 주세요, 알 씨, 그건 모를 일이죠. 애초에 사람이란 대체 언제 어느 타이밍에 어른이 되었다고 할 수 있을까요. 예를 들어 처음 사람을 베었을 때에는 한 사람이 되었다고 간주하지 않으면 베인 상대는 되다 만 풋내기에게 베인 셈이 되어서 이게 참 야멸찬 얘기이지 않나 싶은데……."

"지금은 조용히 해 봐! 어떤데, 아버지 양반."

"그렇게 들이대며 따지지 않아도 되지 않겠소, 투구 쓴 양반. 첫째로, 부모 눈으로 볼 때 자식이란 약간 키가 커 봤자 자식이란 구분은 변함없기 마련이외다. 그리고 세실스 녀석은 언동이 아무리 지나도 여전히 어려서 조금도 성장하지를 않다 보니 말이오……."

"댁들이 부자지간이란 증거는 이미 질릴 만큼 충분해……!"

다그친 로우안에게서도, 옆의 세실스에게서도 눈사태처럼 쏟아지는 답변을 들은 알이 울분을 주체할 수 없다는 듯이 발을 굴렀다.

그런 알이 딱하다 싶어서 하인켈은 자신의 빨강 머리를 벅벅 난폭하게 긁으며 말했다.

"즉, 알데바란. 넌 이렇게 말하고 싶은 거냐? 거기 세실스 세그문트는, 무슨 이유인지 작아져서 어린애 모습이 되었다고."

"알이래도. 뭐, 이유든 되돌릴 방법이든 알기는 다 알지만, 맞아."

"되돌릴 방법도 알고 있는 거냐……."

사람이 하나 작아졌다는 말에 '그런 거냐' 하고 수긍하는 짓도 우습지만 그 제도 결전에서 본 아비규환의 현장을 생각하면 웬만한 현상은 받아들일 수 있다.

"되돌릴 희망까지 있다면 우선 원래대로 되돌리고 나서 얘기하면 되지 않나?"

"그러고 싶은 맘은 굴뚝같지만 되돌리려면 어떤 시노비 할아버지가 필요하니 나중에 하자고. 왜 댁은 아들이 작아졌는데 보자마자 한 방에 눈치를 못 챈 거야?"

알이 느릿느릿 고개를 가로저은 뒤에 대화의 방향을 로우안에게로 돌렸다.

그러나 그 질문에 로우안은 수염을 다듬지 않은 턱을 손가락으로 훑으며 대답했다.

"그거야 아들이 크고 작은 건 소생에게 사소한 일이라서."

"이보셔, 망할 아버지 결정전이냐? 각국 최강의 아버지는 다들 이래?"

"너는 어떤 거냐. 작아졌다는 자각은 있나."

모범적인 부친과는 거리가 먼 로우안의 당당한 대답에 알이 기가 막힌다는 투로 투덜거렸다. 그 투덜거림에 반응하기를 머뭇거린 하인켈은 세실스 쪽으로 말을 돌렸다.

그 내용에 세 번째 말린 고기에 돌입하던 세실스가 "그러네요." 하고 웃으며 대답했다.

"자각 유무에 관해 말하자면 없네요! 작아져도 커져도 저는 저로서 무대에 오른 상태라서요!"

"그러냐……."

"다만! 다만 말입니다! 보스나 구스타프 씨나 섬 사람들이나 그 외 기타 단역 분들이 하던 말의 내용과 앞뒤는 맞는구나! 이거 복선 회수구나 하는 생각은 했습니다!"

세실스는 가까이 있던 책상을 두드리며 들뜬 목소리로 말했다.

본인은 뭔가 납득한 기색이지만, 들리는 대화에 따라가기만 하는 하인켈로선 긴가민가했다. 알 수 있는 것은, 몸이 작아진다는 중대한 일을 아비나 자식이나 크게 심각하게 받아들이지 않았다는 점 정도일까.

"그나저나 납득이 갔소이다. 어쩐지 소생과 상대해도 태연하다 싶었던 차였소. 여하튼 헤어지는 방식이 방식이었다 보니."

"호오오? 기억이 전혀 없습니다만 저와 아버지는 어떤 식으로 이별을……."

찬찬히 턱을 쓰다듬으며 중얼거린 로우안의 말에 세실스가 갸우뚱했다.

아들이 잊은 아버지와의 이별. 단, 하인켈은 지금까지 이루어진 대화를 감안하건대 멀쩡한 게 아니겠다고 상상했다.

그때──.

"거기 썩을 놈은, 각하의 썩을 암살을 꾸미다 칼을 맞은 썩을 녀석이야."

모가 난 목소리가 끼어들어서 전원의 시선이 그리로 돌아갔다.

그러자 지금까지 곯아떨어져 있던 몸집이 작은 엽견인족이 눕혀둔 바닥에서 일어나고 있었다. 책상다리로 앉은 그는 언짢은 표정으로 노려보며 말했다.

"죽었어야 할 썩을 놈이 살아 있어서 나도 썩을 만큼 놀랐다. 썩을 세실스 멍청이가 실수하리란 생각도 할 수 없단 점도 포함해서 말이지."

"엇, 깨셨군요, 멍멍이 분. 멍멍 짖는 게 건강해 보여서 다행입니다."

"너는 너대로 썩을 멍청이 짓 하지 마, 썩을!"

엽견인족이 거칠게 소리치자 세실스는 입술을 뒤틀고 토라진 표정을 지었다.

그 반응을 보기로 엽견인과 세실스는 면식이 있는 모양이다. 물론 세실스 쪽은 그 사실을 잊어버린 듯하다. ──아니, 지금까지 나눈 대화의 흐름을 보면 작아지기 전에 있던 일을 잊었다는 말이 맞을지도 모른다.

이상한 이야기이지만 어른이었을 무렵의 기억을 잊고 있기 때문에, 로우안과도 엽견인과도 대화가 맞물리지 않는 것이리라.

"그러고 보니 재워 두던 이쪽 분은 누구지? 꽤 건강해 보이는데……."

"오오, 그쪽의 털뭉치 양반은 그루비 일장이오. 제국의 『구신장』 중 한 분으로서 세실스의 동료외다."

"그루비라면, 그루비 검릿인가!"

숨어 있던 뜻밖의 정체에 알이 얼떨결에 언성을 높이지만 하인켈도 똑같이 놀랐다.

여하튼 움직이는 중에 로우안에게서는 중요한 양반이라는 말만 들었을 뿐이고 그 이상의 정보를 받지 못한 채 짐짝으로서 나르던 상대였기 때문이다.

경우에 따라서는, 깜빡 송장 인간의 공격에 방패로 삼을 수도 있던 짐짝이었다.

"그렇단 말은, 한쪽은 작아졌지만 일장이 두 명이나 여기에 모여 있는 거냐. 그건 생각지 못한 광명이 보이기 시작했다고 말하고 싶긴 한데……."

"음? 왜 그러시오."

"방금, 일장분께서 터무니없는 소리 하지 않았어? 황제 암살을 꾸몄다고?"

그렇게 알이 화제를 한 단계 전으로 되돌리자 다시 눈길이 로우안에게 모였다.

한순간, 엽견인—— 그루비의 각성과 세실스와의 대화에 의식이 쏠렸지만, 확실히 그렇게 말했었다.

의혹이 서린 눈초리에 로우안은 "아차." 하고 이마에 손을 짚었다.

"그 부분에 관해서는 오해가 있소. 소생은 위대한 황제 각하의 암살은 꾸미지 않았어. 아들에게 시키려고 했을 뿐이지."

"핑계가 되지 않잖아. 그러면 너희 부자는 둘 다 황제 암살 미수범이냐?"

변명의 역할을 못하는 변명에 아연해진 하인켈이 파란 머리카락의 부자를 쳐다보았다.

황제가 살해당했다는 이야기는 듣지 못했으니 어디까지나 미수로 정리된 문제겠지만 그렇다 해도 엄청난 추문이 따로 없었다.

그러나 하인켈의 의문에 그루비가 "그게 아니야." 하고 고개를 가로저었다.

"이 썩을 놈은 썩을 아비가 그런 짓을 꾸미고 있다고 각하께 얘기를 했어. 그 뒤에 자기가 썩을 흉계를 썩을 아비째로 처리한 얘기야."

"하지만, 처리를 안 했으니까 살아 있는 것 아닌가?"

"그에 관해서는 나도 모르겠어, 썩을! 어이, 썩을 세실스! 너는 뭔 속셈으로 썩을 아비를 살려둔 거야?!"

"글쎄요? 설령 제가 한 짓이라고 해도 어제의 저와 오늘의 저와 내일의 저는 그 순간에 번뜩이는 명언 및 명연출의 종류도 바뀌어서요. 다만 제가 하다가 실패했다고는 생각하기 어려우니 일부러 하지 않았다는 쪽이 아닐까요?"

폴짝 일어선 그루비가 세실스에게 다그쳐도, 비슷한 키의 소년은 반성하는 기색이 없는 얼굴을 기울이고 그렇게 추측했다. 실제로 이유를 기억하지 못할 세실스에게 물어봐도 귀에 걸면 귀걸이 코에 걸면 코걸이. 알 수 없는 그 답에 고집하기보다는———.

"파랑머리, 왜 너는 황제의 암살 같은 걸 꾸민 거지? 국가 전복이 목적인가?"

"하하하, 빨강 머리, 이상한 말을 하지 마시구려. 목적은 지극히 단순, 황제 각하를 해쳤다 하면 제국 전토가 아들의 적이 되지 않겠소이까."

"그건, 그렇, 겠지?"

"그게 목적이외다. 제국의 병사들이 침식을 도외시하며 덮쳐 드는 상황…… 삶과 죽음의 틈새에서 검술을 연마하는 데 이보 다 나은 환경은 없지 않겠소!"

로우안이 이게 참 명안이라는 듯이 기분 좋게 무릎을 짝 두드 렸다.

그가 말한 논리를 전혀 이해하지 못한 하인켈은 눈을 부릅뜰 수 밖에 없었다. 한편, 그 말을 들은 세실스는 "아— 아— 아—!" 하 고 소리를 질렀다.

"오호라, 과연, 그래서였나요! 저에게는 기억이 없지만 확실 히 아버지라면 저에게 그런 짓을 시키겠어요. 『천검』에 이르기 위해서라면 수단을 가리지 않지요!"

"너의 검재(劍才)는 진짜배기다. ……그런데 너란 녀석은 『천 검』을 목전에 두고 한계 도달. 그러면 다소 강경한 수단으로 껍 질을 깨자는 부모의 마음이었어."

"핫핫핫. 부모의 마음이라니 어울리지도 않게! 아버지에게 그 런 인간다운 감정이 남았으면 재능 있는 제가 태어날 때까지 대 여섯이나 자식을 죽이지 않았을 텐데요."

"이런! 그건 반론할 여지가 없군그래!"

큰 의문이 해소되었다고 같이 웃는 부자의 기묘한 웃음소리가 울려 퍼진다.

그 대화를 그루비가 찌푸린 낯으로, 알이 목에 손을 짚으며 듣 는 가운데, 하인켈은 눈앞이 흔들리는 현기증을 느끼고 벽에 어 깨를 부딪쳤다.

뭐라는지, 알 수가 없는 부자 관계였다.

도대체 무엇이 그렇게까지 시키는지 이해하기 어려웠다. 바로 한순간 전까지 로우안에게 품은 희미한 기대── 최강으로 취급되는 존재의 아버지라는, 자신과 같은 입장에 있는 상대에게 품은 공감 비슷한 감정이 단숨에 흐릿해지다가 지워졌다.

볼라키아 황제의 암살을 꾀한 끝에 자기 자식의 배신으로 목적에 실패하고, 죽었다는 취급을 받아 최악의 악명을 떨친 입장.

그러고서 어떻게 태연히 웃을 수 있는지 하인켈은 이해할 수 없었다.

본국에서는 하인켈도 비슷한 입장이다. 그럼에도 숨이 턱 막혀 버틸 수 없다.

왕족 유괴 사건에 관여되었다고, 알지도 못하는 죄를 의심받는 것만으로도 버티기 어려울 만큼 숨이 막히는데──.

"서로, 사정이 있단 것은 이해했어."

현기증을 일으킨 하인켈을 방치하고 알이 조용한 목소리로 잘라냈다.

알도 속으로는 직전에 나눈 부자지간의 대화 및 그루비의 입장 등 여러 가지로 고민할 부분은 있으리라. 하지만 그 감정들을 통째로 꿀꺽 삼키고 덮어 두었다.

그것은 알이 이 자리에서 눈앞의 의문보다 우선할 대상을 정해 두었기 때문이다.

"우리 모두, 제도에서 찾는 것이나 목적이 존재하는 멤버야. 딱히 다른 손을 빌릴 필요 없는 실력자들뿐일지도 모르지만 굳이 협력자를 거부할 이유도 없어. 내 말이 틀려?"

알이 질문과 함께 방 안에 있는 이들의 얼굴을 둘러보았다.

그 물음에 그루비가 짧은 팔로 팔짱을 끼고 가슴을 피며 입을 열었다.

"난 이제 막 깼을 뿐이라 제도가 썩을 흙냄새를 풍긴다는 것밖에 몰라. 덤으로 썩을 멍청이와 썩을 멍청이의 아비와 같이 남는 것도 사절하겠어. 썩을 머리가 잘 돌아가는 각하가 뭘 꾸미고 있을지도 모르니 말이지."

"아무리 그래도 이젠 적도 아군도 없이 죽은 사람부터 쫓아내는 게 최우선 목표……라고 할 정도는, 우리와 의견을 같이 해줄 거지?"

"썩을 걱정하지 않아도 그 점이야 마찬가지겠지."

거친 콧김과 함께 내뱉은 그루비는 알의 의견에 난폭하게 찬동을 표했다. 답변을 받은 알은 이어서 세실스 쪽을 보고 말했다.

"너와 네 아버지가 특수한 부자관계라는 건 알겠어. 그런 경위가 있는데 어떻게 사이좋게 웃고 있는지 모르겠지만, 부모 얘기 꺼내면 찔리는 건 나도 똑같아. 안 파고들어. 단지, 그 대신에……."

"그렇게 불안하게 말을 고르지 않아도 걱정할 것 없어요, 알 씨. 아까 사수와의 싸움에서는 알 씨의 판단에 도움을 받은 상황도 있었습니다. 그러므로! 저로서는 일단 알 씨와 방침을 달리해서까지 다른 쪽으로 갈 필요는 없다고 생각하고 있습니다."

"거 반갑네. 반가운 김에 변덕으로 나를 죽이려는 짓도 하지 말아 주시지. 목숨이 몇 개 있어도 부족해."

"하하하, 목숨이 몇 개 있어도! 나이스 조크!"

"조크가 아닌데 말이지."

낄낄 즐겁게 웃으며 엄지를 세운 세실스의 말에 알이 탄식.

그리고 그는 마지막으로 하인켈과 로우안 쪽을 한꺼번에 화면에 잡고서 물었다.

"아버지들, 댁들은? 어쩌겠어?"

"어이쿠, 투구 쓴 양반! 아들과 털뭉치 양반과 비교해서 우리를 권유하는 어조에 부담스러운 티가 이렇게 날 수가 있소이까……. 그래서야 상처를 받지 않소."

"현재 내가 댁에게 받은 인상이 비교적 최악이거든."

하나밖에 없는 어깨를 으쓱한 알이 짤막하게 로우안에 대한 인상을 전하고는, 바로 하인켈 쪽에도 고개를 돌렸다.

"그 총력전에선 좋은 모습 하나도 못 보였을지도 모르겠는데, 여기서 공주를 구하면 만회 가능. 댁의 바람은 공주 없이는 이룰 수 없어. 안 그래? 하인켈 씨."

"나는……."

알이 한 말에 하인켈은 어금니를 깨물고, 고개를 숙였다.

알의 말대로 하인켈이 프리실라 진영에 가담한 것은 바라는 게 있기 때문이고, 그것은 그녀가 왕선에서 이겨야 얻을 수 있는 상이다.

실질적으로 하인켈 본인의 공헌이나 실력은 기대받고 있지 않다. 하인켈에게 기대하는 것은, 어디까지나 다른 후보자 쪽에 붙은 라인하르트를 견제하는 역할.

그리 생각하면 하인켈이 여기서 프리실라를 위해 얼마나 공헌하든 본래 역할과는 다른 성과를 올린 것일 뿐이다.

그리고——.

"……."

하인켈은 한 번 전장에서 무릎을 꿇고 저항하기를 포기하고 말았다.

이 세상 모습 같지 않은, 하늘과 땅이 뒤집히는 광경을 목격했을 때 마음이 꺾이고 말았다. ——하인켈은 포기하려고 했던 것이다.

그렇기에 전장을 떠나 로우안이 끌고 가는 대로 채 술에 빠지고 모든 것을 외면했다.

그런데, 머리에 떠오른다.

"루안나……."

꼴불견이어도 만회할 기회가 있다는 말을 들은 마음속에서 미련이 얼굴을 내밀었다.

도망친 장면도, 포기한 심경도 프리실라가 보지 못했다면, 수습할 수 있다면, 목덜미를 스친 공포에 눈을 감고 아직 손을 뻗고 싶다고.

"하지만, 뭘 할 수 있지? 머릿수가 모여도 고작 다섯 명이야. 이 다섯 명으로 망할지 말지 기로에 선 제국을 구할 수 있다는 말을 하고 싶나?"

"그건 섭섭해도 너무나 섭섭한 의견이군요. 확실히 머릿수만 꼽으면 다섯 명밖에 보이지 않을 수 있겠습니다만 그 숨겨진 힘은 저 혼자만 쳐도 백 명 몫 정도가 아니니까 백만과 네 명이라고 바꾸우으으읍."

"닥치고 있어, 썩을."

하인켈은 마음속으로 갈등과 싸우면서 승산과 이후 전망에 대해 물었다.

그 질문에 대한 세실스의 시답잖은 헛소리는 일장 그루비가 역시나 그 손으로 막았다. 막은 그루비가 "그렇지만." 하고 알을 돌아보았다.

"빨강 중년의 썩을 말이 맞긴 해. 아무리 나나 이 썩을 멍청이가 있다 해도 밖의 썩을 것들을 싹 다 죽이는 건 쉽지 않아."

"덧붙여서 저는 그러지 않는 편이 좋다고 생각합니다—. 이유는 주연 배우의 감!"

"닥치고 있어, 썩을!"

다시 한번 입을 막네 마네 하며 옥신각신하기 시작한 두 사람이야 어쨌든, 하인켈의 의문은 해소되지 않은 채로 붕 뜬 상태였다. 솔직히 하인켈의 속내는 이미 어느 정도 결정이 났다. 포기하지 않아도 된다면 포기할 수 없다. 나머지는 단지 이유만을 원할 뿐이다.

알은 이유를 원하는 하인켈에게 투구의 걸쇠를 손가락으로 절그럭 울리고 말했다.

"하인켈 씨의 말대로 우리 다섯 명이서 상황을 홱 뒤집는 건 역시 과한 바람이지. 그러니까, 우리가 해야 할 일은 제국을 구하는 위업이 아니야. 길을 닦는 거지."

"길, 말이오?"

호리병 속의 술을 핥고 입을 소매로 닦은 로우안의 물음에 알이 "그래." 하고 끄덕였다.

알은 고개를 돌려 닫힌 창문——그 너머로 보이는, 송장 도시로 변모한 제도를 응시했다.

그리고——.

"제국을 구하는 건 영웅이 할 일이야. 우리는 그걸 위한 단초를 만들어 두는 거지. 가능한 한 많이, 닥치는 대로, 뭐가 도움이 될지 알 수 없으니까."

알의, 어딘가 확신 같은 게 느껴지는 말에 하인켈은 눈을 깜빡거렸다.

마치 그럴 수 있는 누군가가 짚이는 듯한 말투지만, 하인켈은 당연히 짚이는 바가 없고 로우안과 그루비도 마찬가지이리라.

단, 상식 밖의 존재는 그 한마디에도 눈을 빛냈다.

"즉, 복선이군요!!"

반색하며 말한 어린 『푸른 뇌광』은 알의 방침을 환영했다.

이 자리의 역학 관계로도 그것이 다섯 명의 총의가 되는 데에 그다지 시간이 걸리지 않았다.

막간 『로우안 세그문트』

1

──로우안 세그문트는 『별점쟁이』다.

그것은 볼라키아 제국의 직책으로서 빈센트 볼라키아가 처음으로 그들 중 하나인 우비르크를 중용한 사례와는 다른, 본래의 의미를 가진 『별점쟁이』다.

자신의 인생에서 무엇보다 우선해야 할 천명을 받고, 그 지상명제를 이루기 위해 모든 것을 던지는 존재, 그것이 『별점쟁이』.

빈센트가 굳이 우비르크에게 직책으로서 『별점쟁이』라는 감투를 씌운 것은, 호칭에 직책의 의미를 붙여서 이윽고 『별점쟁이』라는 존재 자체가 유명무실해지기를 꾀한 것으로 추측되지만, 여기서 현제의 진의는 무시해도 상관없다.

중요한 것은 로우안 세그문트도 천명을 받은 인물이라는 사실이다.

『별점쟁이』가 되어 천명을 받은 이에게 작용하는 강제력은 강하다.

그것은 일개 남창이 황제에게 조언하기 위해 성에 드나드는 발언력을 주고, 몸이 약한 어머니가 목숨 걸고 낳은 딸에 대한 애정을 잇게 하며, 평생을 바친 목적을 가볍게 놓게 할 정도로 인생에 대한 개입력을 지녔다.

『별점쟁이』 대다수는 천명에 그때까지 보낸 인생이 뒤틀려서 삶의 방침 전환을 강요받는다. 그리고 그 사실을 비극이라고도 여기지 않는다.

오히려 평생을 걸어서라도 해내야 하는 대망을 받아 이를 이루는 것이 자신이 태어난 의미라고 의심 없이 믿을 수 있으니, 행복이라고까지 느꼈다.

비록 그 모습을 주위에서 얼마나 비정상적이고 가엾게 보더라도 그런 것이다.

다만 그런 『별점쟁이』 공통의 비극에 관해서 말하자면, 로우안이 처한 입장은 같은 『별점쟁이』들과 비교해도 예외였다.

여하튼 로우안 세그문트가 받은 천명은 『천검』에 이르는 것.

──다름 아닌 로우안 본인이 천명을 받기 전부터 품고 있던 큰 야망이었던 것이다.

2

"검사의 길을 궁구하고자 강철을 지닌 지 가없는 세월……."

술기운으로 불콰해진 로우안은 좌우로 흐느적흐느적 고개를 흔들며 기분 좋게 노래했다.

딱히 이렇다 할 가락이 있는 것도 아니지만 기분은 최고, 노래하지 않을 수 없다. 갈지자로 걷는 걸음걸이로 괜찮게 휘청휘청해서, 마치 춤사위 같은 몰골이었다.

얼마 전, 『흑발의 황태자』의 소동이 일어나기 얼마 전부터 제국 전체에 그립고도 향긋한 피 냄새가 감돌고 있었다.

그 예감이 적중해 현재 제국은 산 자와 죽은 자의 경계조차 애매한 재앙의 시기를 맞이했다.

"아아, 이거 참, 이렇게 소생 취향의 시대올시다."

세상이 태평과 멀어지고 세상의 인심이 어지러워지면 어지러워질수록 강철의 존재는 연마된다.

절차탁마할 기회를 논하지 않는다. 그저 벨 만한 가치가 있는 적이 있으면 족하다. 하지만 본디 눈이 휘둥그레질 강자란 평안한 시대에는 태어나기 어렵다.

영혼이 오는 곳이 어디인지는 모르나 마음가짐은 육체의 그릇에 들어가기 전에 갖추어진다고 한다.

난세에 태어나는 자는 난세를 살아갈 재능을 받고 태어난다.

그렇기에 난세 말고 다른 시대에 태어난 자에게 그와 같은 영혼이 깃드느냐는 불리한 도박. 로우안도 몇 번이나 고배를 마시고 세실스를 얻은 것은 여덟 명의 자식을 해친 뒤였다.

갓 태어나 몸을 씻기는 중에 칼날을 보고, 그것이 평생 사랑할 수 있는 대상이라고 웃은 자식은 세실스뿐.

"그 세실스도 한계에 달하다니, 『천검』은 아직도 멀구려. 아아, 아아, 생각하면 할수록…… 태어날 시대를 잘못 골랐어."

이마에 손바닥으로 차양을 만든 로우안은 수없이 품은 한탄을 읊조렸다.

세상이 어지러워지면 어지러워질수록, 평안이 무너지면 무너질수록 시대는 강자의 압도를 바란다. 이렇게나 『천검』에 이르는 길이 까마득히 멀고 험준하니, 살아 있는 모든 존재가 『마녀』를 두려워하던 400년 전의 시대라면 오죽 좋았을까.

그 시대에 태어났더라면 『천검』에 이르는 길이 끊길 우려는 없었다.

하물며 로우안이 세실스에게――.

"이봐, 진심으로 할 생각이냐, 너."

"으응?"

어슬렁어슬렁 걷던 로우안이 등 뒤에서 나온 말에 미심쩍게 뒤돌아보았다.

포석 위에 두 다리로 건들건들 서서 큰 키에 힘입어 위에서 노려보는 눈빛을 보내는 것은 붉은 머리 검사―― 하인켈이라는 이름의 인물이었다.

얼마 전까지 로우안과 함께 술독에 빠져 있던 남자는, 로우안과는 대조적으로 완전히 술에서 깬 표정이었다. 그런 모습이라면 처음 들판에서 주웠을 때보다는 행색이 깔끔할 텐데도 더 초췌하게 보이니까 신기하다.

"뭘 그리 꿀꿀한 표정을 하고 있소이까. 옛소, 빨강 머리, 마십시다. 거리는 여기저기 빠진 데가 있지만 다행히 송장 인간 놈들은 밥도 술도 손대지 않는단 말이지."

"다행……."

"어엇차, 신경을 건드렸나 보오."

술이 든 호리병을 내민 로우안의 말에 이를 꽉 깨문 하인켈의 얼굴이 굳었다.

그 반응을 거절의 표현으로 받은 로우안은 어쩔 수 없이 갈 데 없는 술을 자신의 목에 부었다.

하인켈에게 말했다시피 눈에 띄는 가게도 민가도 인기척은 없으며, 송장 인간들은 산 자를 찾아서 헤매고 있어도 목적은 피이지 밥도 술도 아닌 판국이다.

즉, 공복이든 취기든 채우고 싶은 만큼 채울 수 있는, 자유로운 입장인데.

"그게 어디가 마음에 안 드시는지. 내버려 두어도 썩을 뿐이라면 우리가 받아가는 게 제일 합리적일 텐데도 말이오."

"밥입네 술입네, 그딴 건은 아무래도 좋아! 너의…… 너희 부자의 윤리관도 기대하지 않아. 그보다 대답부터 해. 진심으로 할 생각이냐?"

언성을 높인 하인켈의 말에 로우안은 한쪽 눈을 감고 침묵했다.

그 몇 초도 못 기다리겠다는 듯이 초조해하는 붉은 머리의 검사가 무엇을 문제시하는지 추측하려 해도 그 답은 도통 알 수 없었다.

로우안은 다른 사람의 생각이나 기분을 헤아리는 행위가 유독 고역이었다.

같은 결함은 세실스에게도 유전된 것 같지만, 그놈은 또 다른 각도의 시점으로 문제를 억지로 극복하고 있다. 로우안은 같은 짓을 할 수 없다.

어쨌든 간에——.

"빨강 머리가 신경 쓰는 점은, 그 투구 쓴 양반의 계획에 동참하느냐 마느냐 얘기외까?"

"그래. 어영부영 돌아왔지만 알데바란의 말대로 만회할 기회지. 나는 여기서 실수하지 않겠어."

수긍한 하인켈이 그 손가락을 도로 저편—— 아니, 그보다 더 먼 곳, 제도 안에서 그 밖을 내다볼 수 없는 견고한 성벽으로 돌렸다.

그것은 제도 결전 때도 반란군에게서 시민을 지키기 위해 기능하던 성형 성벽이며, 또한——.

"우리가 함락시켜야 하는 다섯 정점, 그중 하나지."

하인켈이 무겁고 딱딱한 목소리로 작전 목표를 언급했다.

그 쇠투구를 쓴 남자, 알이라고 불린 인물이 거론한, 닦아야 할 '길'——. 현재 제도에 있는 로우안 일행 뒤에 따라올 『영웅』을 위한 복선이었다.

현재, 이 거리에 생자는 로우안과 하인켈밖에 없으며 다행히 죽은 자는 한 명도 눈에 띄지 않는다. 세실스와 그루비, 그리고 알과는 따로 행동 중이다.

그들은 모두 제도를 수호하는 견고한 방벽에 구멍을 뚫기 위해 움직이고 있다.

로우안과 하인켈, 그리고 그루비 셋이 제도로 침입한 방법은 꽤 파격적인 수단이었기에 다른 이가 흉내 내긴 어려울 것이다. 그렇다면 통과할 길을 만들어야 한다는 것은 이치에 맞는 제안이었다.

그래서 작아져도 시끄러운 아들과도 헤어져서 중년 둘만의 마음 편한 여행길——은 되지 않는 것이 눈앞에 있는 하인켈의 열정. 왜 저러나 싶어 로우안은 뺨을 긁었다.

하인켈은 그런 로우안의 심정을 아랑곳하지 않으며 혀를 차고 말했다.

"솔직히 말해서, 네 아들이 말하던 복선이란 것의 의미는 모르겠지만…….""

"뭐, 그놈이 말하고 떠드는 데에 관해선 별로 신경 쓰지 않는 편이 나을 테지. 어쨌든 저 성벽이 살아 있으면 뒤에 올 사람이 없을 거란 말은 맞을 거외다."

"그걸 알면……!"

"어째서 소생이 또 동참할지 안 할지에 안 하는 쪽을 택했느냐 이것이오?"

로우안이 이를 드러내며 고함치려던 하인켈의 말을 가로막고 어깨를 으쓱였다.

머쓱해진 하인켈의 얼굴이 걸작이라 이를 안주 삼아 술이 맛난다는 말을 싶은데, 너무 과음하는 것도 좋지 않다. 또 주변에서 술을 조달하긴 번거롭고 눈앞의 남자가 함부로 검을 뽑지 않는다고 장담할 할 수도 없다.

"아니, 소생이 상대라면 빨강 머리는 검을 안 뽑나."

"큭."

"아아, 아아, 딱히 부끄러워할 필요는 없소. 적어도 소생은 아무나 상관없이 칼을 뽑으면 용감하다고는 생각하지 않는 성미라……. 무섭네 마네 하는 문제는 좀 모르겠소만."

관자놀이를 손가락으로 톡톡 두드리며 취기와는 무관한 결함을 언급했다.

그 말을 들은 하인켈이 눈을 동그랗게 뜨자 로우안은 성벽 쪽을 돌아보고 말했다.

"소생이 투구 쓴 양반의 얘기에 동참할 수 없는 이유는 지극히 단순……. 투구 쓴 양반의 목적은 제도를 망자들로부터 되찾는 것 아니오? 소생은 그거, 딱히 바라지 않거든."

그러니 제도의 방비를 뚫겠다는 계획에도 협력할 이유가 없다.

그것이 로우안의 솔직한 심정이지만, 여전히 하인켈은 눈을 휘둥그레 뜨고 있었다. 아주 명쾌하게 답변했다고 생각하는데 왜 저러는지 로우안은 갸웃했다.

"그 말은 즉, 너는 송장 인간들 편을 들겠단 거냐?"

"왜 그렇게 되나? 그건 또 얘기가 달라지지 않소. 소생은 송장 인간이 날뛰고 나라가 어지러워지는, 그런 상황이 편하겠다 싶을 뿐이지 송장 인간 편은 들지 않소만."

"안 되겠다. 네가 무슨 생각을 하고 있는지 조금도 모르겠어. 애초에."

"응?"

"네가 그럴 맘이 없어도 네 아들은……『푸른 뇌광』은 의욕이 있어. 그걸 얌전히 두고 보겠단 거냐고."

입가에 손을 짚고 입에 담은 정보를 억지로 분해해 이해하려던 하인켈. 그가 뒤이어 이야기를 꺼내지만 그것 또한 로우안에게는 번지수를 잘못 찾은 말이다.

세실스가 알의 계획에 내키는 기색인 것은 맞긴 하지만.

"소생은 소생, 아들은 아들, 그뿐인 이야기요. 게다가."

"게다가?"

"지금의 세실스라면 『천검』의 꼭대기는 또 까마득히 멀어졌을 테지. 작아지면 검의 실력도 둔해져. 그래선 소생을 베었을 때의 약속도 못 지키지."

로우안은 가슴을 가볍게 쓰다듬고 거기에 칼로 새겨진 흉터에 대해 회상했다.

그루비가 씁쓸하게 말하던 '황제 암살 미수' 사건. 로우안의 입장은 세실스에게 시키려던 쪽이기에 암살 교사라고 해야 할까. 어쨌든 간에 미수로 끝난 사건의 벌로써 맞은 한 칼은 지금도 찰나의 작열을 잊을 수 없었다.

거기까지 생각했을 때, 문득 로우안이 고개를 모로 꼬았다.

"그나저나 빨강 머리. 소생과 아들의 얘기에 꽤 집착하지 않소이까. 생각해 보니 빨강 머리가 제일 반응이 심했어. 뭔가 있소이까?"

작아진 세실스가 세실스라는 사실과, 로우안이 크고 작은 세실스의 아버지라는 사실에 대한 하인켈의 반응은 묵직하고 둔탁한 것이었다.

로우안이 그 진의를 캐묻자 뜻밖의 대답이 돌아왔다.

그것은——.

"나는 하인켈 아스트레아다."

"아스트레아…… 아스트레아, 아스트레아, 아스트레아……
오오, 오오오오!"

충분히 뜸을 들이다가 성을 밝힌 하인켈의 말에 로우안이 흠칫
놀랐다.

처음에는 들린 발음을 혀에 싣고 몇 번 되새김질할 때까지 확
신이 뇌에 스며들지 않았다. 그러나 그것이 명확하게 침투하자
즉시 그 의미에 피가 끓어올랐다.

"그렇단 말은, 빨강 머리! 당신,『검성』의 계보였소이까!"

루그니카 왕국의 아스트레아 가문. 그것은 친룡왕국 루그니카
에서 최강의 칭호. 심지어 왕국뿐만 아니라 4대국 전토를 내다
봐도 최강이라는 소문까지 자자한 존재.

특히나 당대『검성』인 라인하르트 반 아스트레아의 존재는,
지금까지 대를 거듭한 아스트레아 가문 내에서도 격이 다르다고
들었다.

"설마 설마, 빨강 머리! 이름을 하인켈이라고 위장한 당대『검
성』은 아닐 테지? 그렇다면, 친인척…… 아니지, 아들인가! 아
들이 라인하르트!『검성』의 아버지! 이건 또 의표를 찔렸군! 이
렇게 기기괴괴한 인연이 어디 있을까!"

라인하르트는 세실스와 동년배—— 원래의 세실스와 동년배
라고 들었다.

그렇게 되니 로우안과 비슷한 연배의 하인켈도 라인하르트와 무슨 관계인지 대강 짐작이 갔다. 동시에 하인켈의 소태를 씹은 듯한 표정도 이해가 갔다.

로우안과 하인켈은 『푸른 뇌광』과 『검성』의 아버지――.

"그런 것보다 『천검』에 이른 일족의 후예라는 게 문제 아니오?"

"어……?"

"초대 『검성』, 레이드 아스트레아의 고명은 기억과 귀에 또렷하지! 그렇다면 같은 검사로서 목표로 삼는 정점의 도달자에 대한 경의는 있소."

아스트레아 가문이 지닌 특별성의 증명인 『검성』의 칭호, 그 초대이자 『천검』이라는 개념에 처음으로 도달했다는 모든 검사의 정점이자 초월자.

그렇게 생각한 순간, 지금까지 하인켈을 대하던 태도가 무례하게 느껴져서 사과하고 싶어졌다. 『천검』 도달자의 후예에게 얼마나 무례한 짓을 했단 말인가.

"미안하오, 빨강 머리. 지금까지 저지른 무례를 사과하리다. 설마 『천검』에 이른 레이드 아스트레아의 후예가, 이렇게까지 추락했을 줄은 상상도 못해서."

"……."

"빨강 머리?"

허리에 찬 카타나에 손을 짚고 깊이 허리 숙인 로우안에게 하인켈의 대답은 없었다.

그 사실이 의아해 물끄러미 올려다보니, 하인켈은 얼굴을 손바닥으로 가리고 고개를 가로저었다. 그러고 나서 답답하다는 숨을 내뱉었다.

"알았다. 이미 알았다고. 너와는, 너와도, 뿌리부터 달라."

"뭐가 뭔지 싶소만, 별로 낙담하지 마시구려. 소생은 소생, 아들은 아들. 그리고 빨강 머리는 빨강 머리요. 어차피 강철을 박지 않고서야 깊이 베고들 수는 없어."

"그곳에서, 내가 죽지 않고 끝난 것은 네 덕분이다. 그 점만큼은 감사해 두겠어."

그 이상의 대화를 거부하듯이 하인켈이 로우안에게서 등을 돌렸다.

잠시 그 우직한 등짝을 베고 싶은 욕구가 고개를 쳐들었지만, 하인켈은 생명이 위기에 처했다고 무기를 뽑는 부류도 아니기에 무의미한 살생은 그만두었다.

얻는 것이 없는 살생은 그저 강철을 퇴색시킬 뿐이다.

하인켈은 그대로 지시된 정점에 가서 방해 공작에 매진하리라.

거기에 만약 고수가 있으면 자신이 움직일 수 없을 거라는 점을 계산해 두고 있는지 불명이지만, 그 때문에 로우안을 점찍고 있던 거라면 미안했다.

하지만 로우안에게는 로우안의 목적이 있고, 거기에는 하인켈과의 관계가 우선될 여지가 티끌만큼도 없다.

그러므로 술친구와 헤어지는 것은 섭섭하지만, 여기서 일단 이별이라며——.

"아들도 내팽개치고 뭘 하고 싶은 거야, 너."

달리기 직전, 등을 돌린 채로 던진 하인켈의 목소리에 쓴웃음을 지었다.

　얼굴이나 눈매도 그렇지만, 사내답지 못하게 질질 끄는 양반이라는 인상을 지독하게 배신하지 않는다. 어쨌든 로우안은 그 질문에 망설임 없이 가슴의 흉터를 두드리고 답했다.

　"물론, 소생 자신의 오랜 소원을 위해서. 빨강 머리, 당신과 똑같소."

　아들을 내팽개쳤다고 말한다면 그 부분도 똑같으리라.

　그 말에 하인켈이 어떤 반응을 했는지 일절 흥미 없이, 로우안은 자신의 목적을 향해 산 자가 전무한 제도를 경쾌하게 달리기 시작했다.

3

　──말했듯이 로우안 세그문트는『별점쟁이』다.

　그의 명예에 맹세코 말하지만 로우안에게도『별점쟁이』가 되기 이전의, 받은 천명의 성취에 무아몽중이 되기 전의 인격이, 소망이, 인생이 있었다.

　물론『별점쟁이』태반이 그렇듯이 로우안도 천명을 받아『별점쟁이』중 하나가 된 시점에서 그때까지와 다른 삶을 강제받았다. 하지만 주위가 볼 때 로우안의 변화는 눈에 띄지 않았다.

　왜냐하면 천명을 받기 전부터 로우안 세그문트의 비원은『천검』에 도달하는 것이며, 그걸 위해서 할 수 있는 일에는 혈로를 걸으며 임했었기 때문이다.

　로우안과 마찬가지로 기술을 궁구하는 강자를, 마을을 덮친 무시무시한 마수를, 마수에게 멸망당한 마을의 인간을, 타인을 학대하는 악한을, 타인에게 베푸는 성인을, 좌우지간 강철을 단련하는 데에 도움이 된다 싶으면 닥치는 대로 베고 또 베었지만, 그다지 성과는 없었다.

　다양한 유파를 배우고 기술을 습득하고는 유파의 우두머리를 베어, 자기 안으로 흡수한 무수한 기법을 통합하려 했지만, 자기 기술의 균형이 무너질 뿐임을 알고서 그 또한 버렸다.

　말 그대로 혈로를 걷고 걷고 걷고 걷고서, 그럼에도 이르지 못한 『천검』의 길. 진심으로 갈망하다가 차라리 자신의 목숨을 끊으려는 생각까지 했던── 그때였다.

　로우안이 천명을 받고 『별점쟁이』가 된 것은 그때였다.

　무슨 짓을 하더라도 『천검』에 이르라. 그런 숙명을 진 로우안은 자신이 『천검』에 이르는 것이 아니라 『천검』에 도달할 존재를 만들어 내기 위한 시행착오에 쫓겼다.

　하지만 정답은 모른다. 기본적으로 로우안의 방식은 언제나 똑같다.

　일단 닥치는 대로 할 수 있는 일을 몽땅 해 볼 수밖에 없다. 재능 있는 자를 찾아내고 이를 키워서 도달시키는 길은 금세 단념했다.

　스스로 하는 편이 더 잘할 수 있다. 그런 자신보다 잘할 수 없으면 『천검』이란 꿈 속의 또 꿈이니까, 그런 헛된 희망은 베어 버리는 편이 낫다.

그러는 중에 깨달았다.

자신이 『천검』에 이르라며 지목된 것은, 마땅한 의미가 있을 것이라고.

그렇게 생각하고 다시 스스로 『천검』을 노리려 했지만, 무턱 대고 매진해 봤자 이르지 못할 길이라고 무턱대고 사람을 베고 나서야 포기했다.

그게 아니다. 로우안 자신이 아니다. ──로우안의 씨가 이르면 된다.

이리하여 로우안 세그문트의 부단한 노력으로 세실스 세그문트라는 『천검』에 이르는 그릇이 탄생하고, 로우안은 역할을 완수했다.

갓 태어난 아기를 씻는 더운물에 잠긴 채 자기 목에 닿은 칼날을 보며 꺅꺅 웃은 자식의 모습에, 로우안은 자신을 칭칭 얽어매던 길디긴 속박에서 풀려났다.

『별점쟁이』는 그 천명의 성취를 지켜본 순간, 주어진 역할로부터 해방된다.

그런 후에 정신을 지배하는 것은 직전까지 아무런 이유 없이, 신념 및 신조조차도 뒤틀어서 태연히 따르던 가치관을 전혀 이해할 수 없게 되는 현상이다.

당연히 로우안에게도 같은 현상이 일어났다.

천명을 완수하고자, 『천검』에 이를 재능을 가진 자식을 만들려고 필사적으로 굴던 끝에 태어난 아이를 보고 달성했다 여긴 순간, 아무래도 좋아졌다.

그 결과, 남은 것은 『천검』에 이를 가능성을 인정받은 아들과 자신이 『천검』에 이른다는 목적을 잃고 타인을 위해서 전성기를 소비한 자신이었다.

그, 너무나도 견디기 어려운 사실 앞에서 로우안은 이번에야말로 과거에 실행하지 못했던 자신의 생명을 끊는 결단을 내리려 했다.

하지만——.

"아……."

생명을 위협하는 칼날에 웃는, 『천검』에 이르는 길을 걸으리라 날 때부터 약속받은 아들이 절망하는 로우안의 손가락을 잡은 순간, 그 생각은 흔적도 없이 날아갔다.

그 약한 생명이 로우안에게 준 충격은 지금까지 숱한 생명을 베고 호수가 생길 정도의 피를 뒤집어쓴 그라도 가늠할 수 없는 것이었다.

깨달은 것이다.

지금은 젓가락 하나 들 수 없는 약한 존재가, 언젠가는 『천검』에 다다를 만한 무력을 얻게 된다. 그렇다면 전성기를 지나 쇠퇴하기만 할 뿐이라고 자신의 앞날을 단정할 이유가 어디 있을까.

갓난아기가 『천검』에 이른다면, 늙은 검사에게도 길은 남아 있다.

그래서 로우안은 길이 닫힌 비탄을 잊고 자신의 소망에 매진하겠다고 다시금 맹세했다.

천명을 받아 천명을 달성해 『천검』에 이르는 자식을 세상에 탄

생시켜『별점쟁이』라는 역할에서 해방된 로우안 세그문트.

　──그는 지금도 자신이『천검』에 이르기 위한 길을 포기하지 않고 계속 나아가고 있다.

4

　하인켈과 헤어지고 경쾌하게 달리는 로우안의 다리는 제도의 북쪽으로 향했다.

　진로 앞에 있는 것은 제도에서 가장 눈에 띄는 건물인 수정궁이며, 그곳이 현재 송장 인간들의 거점임은 의심할 여지가 없다.

　필시 그루비와 알이 문제시하는, 죽은 자를 되살리는 수괴도 성에 있겠지만, 그것은 로우안의 다리를 멈출 이유가 되지 못했다.

　성에 돌입해 누구보다 먼저 적 수괴의 목을 떨어뜨린다──. 그런 식으로 사태를 수습하기 위해서 수정궁을 향한 것이 아님은 명언하겠다.

　로우안이 하인켈에게 고한 말은 일절 허위가 없으며, 제국이 구원받든 말든 아예 아무 상관없다. 혼란과 재앙은 큰 편이 좋다, 정도의 인식이다.

　그런 로우안이 일심불란하게 수정궁으로 서두르는 데에는 이유가 있다.

　그것은 물론 친아들인 세실스 세그문트 때문이었다. 단, 세실스 때문이라고 해도 부자지간의 사랑이나 정에 관한 이야기가 아니다.

"그 맹추놈, 『몽검(夢劍)』과 『사검(邪劍)』을 버리다니 당치도 않은 짓을 했어."

이를 악문 로우안의 뇌리에 떠오르는 것은 가공할 힘을 숨긴 두 자루의 카타나——. 세상에 마검 및 성검은 숱하게 존재하지만 진정으로 힘이 있는 도검은 단 열 자루.

그중에서 두 자루가 세실스의 애도이며, 작아진 끝에 놔 버린 『몽검』 마사유메와 『사검』 무라사메였다.

아무리 실수해도 그 두 자루 칼은 없어지면 곤란하다.

『천검』에 이르려면 본인의 검재와 검술이 뛰어난 필요는 물론이거니와 그것들을 진짜라고 증명하기 위한 강철 또한 그에 어울리는 물건을 갖추어야만 한다.

마사유메와 무라사메는, 바로 그에 어울리는 두 자루다.

"그놈이 언제 원래대로 돌아갈지 모르겠지만, 칼이 없어서야 모양이 나겠느냔 말이지."

작아진 세실스가 원래 크기로 돌아왔을 때, 칼이 없으면 이야기가 되지 않는다.

어쩌면 이 거대하기 그지없는 재앙 중 어느 때에 세실스가 『천검』에 이를지도 모른다. 그럴 때 세실스에게 칼이 없으면 당치도 않은 일이다.

——설령 『천검』에 이를지언정 완벽한 칼이 없는 세실스를 베어 봤자 로우안이 『천검』에 이르렀다는 증명은 되지 않는다.

그 증명을 위해서도 세실스는 검을 되찾을 필요가 있다.

"그놈 자식, 작아져서 지 아버지와의 약속도 까먹다니 뻔뻔한 놈일세.”

옛날, 로우안과 세실스가 부자지간에 나눈 약속.

로우안이 세실스를 『천검』에 이르게 하고자 쉽고 빠르게 제국 전토를 적으로 만들려 했을 때, 기가 막히게도 세실스는 '조잡한 악역 같다' 는 이유로 거부하고 빈센트 편에 붙어서 로우안을 베려고 했다.

그때 로우안은 자기를 놓아주는 조건으로 세실스와 약속했다.

언젠가 세실스가 『천검』에 이르렀을 때, 반드시 로우안이 베러 가겠다고.

세실스는 이를 승낙하고 중상을 입은 로우안을 강에 밀어 도망가게 했다. 로우안은 죽을 뻔하긴 했지만 살아남아서 기술을 연마하며 그날을 기다렸다.

그리고 그날이 눈앞에 다가오려는 중이다.

“장소가 바뀌지 않았다면…….”

세실스는 제1위의 자리임에도 받은 보수 거의 전부를 도검에 투자하고 있었다.

그 때문에 일장에 어울리는 저택 등은 소유한 바 없으며 수정 궁 북쪽의 벌판에 오두막을 세우고, 거기에서 생활하고 있었다. 그게 바뀐 바 없으면 『몽검』과 『사검』 두 자루는 그 오두막에 있을 가능성이 높다.

그 칼들을 회수해서 세실스에 전달하기 위해 로우안은 수정궁 깊은 곳으로——.

“윽.”

송장 인간의 눈을 피해 수정궁을 지나가서, 파괴된 물막이 벽의 발밑까지 가려던 순간, 난데없는 기척에 로우안은 옆으로 크게 뛰었다.

그리고 그것이 정답이었다.

——어마어마한 충격이 바로 위에서 추락하고 맹렬한 파괴력이 대로를 둥글게 함몰시켰다.

도로와 인접한 수정궁 주변을 둘러싼 벽이 찌그러지다가 붕괴하고, 폭발처럼 번진 먼지구름이 시야를 가득 메우자 로우안은 혀를 참과 동시에 칼을 뽑았다.

저 너머로 참격을 날리는 구름 베기의 요령으로 먼지구름을 베자, 건너편에 있던 충격의 주인이 보였다.

날씬하고 훤칠한 몸을 가진 한 여자였다.

하얀 머리카락을 길게 기르고 파란 드레스를 입고서 유려하게 서 있는 여자. 미추의 관점에는 영 어둡지만 그런 로우안의 가치관으로도 아름답다고 평할 수 있는 탄력 있는 체구.

날카로운 눈매 속의 푸른 눈동자는 비탄의 빛깔을 띠고 있어서 로우안은 그 점을 의아해했다.

송장 인간들과 달리 검은자위에 금빛 눈동자가 떠오른 것이 아니다. 하얀 피부에는 피가 흐르며, 로우안을 바라보는 여자의 눈은 필시 산 사람 것이었다.

그러나 이곳은 죽은 자의 성, 송장 인간의 도시이며, 저 행동거지는 산 자의 적일 터.

"그쪽 분은——."

"——아이리스."

"대뜸 이름을 밝힐 줄은 몰랐군."

로우안은 칼을 허리 높이로 든 채로 입술을 혀로 적시고 눈을 가늘게 떴다.

여자지만 그것은 얕볼 이유가 되지 않는다. 무엇보다 믿기 어려운 강자의 분위기를 두르고 있다. 그 힘을 적극적으로 휘두르는 표정은 아니지만, 그것도 로우안으로서는 사소한 일.

그 사소한 일에 유달리 구애되는 표정으로 아이리스라 자칭한 여자가 백발 속에 묻혀 있던 여우 귀를 실룩거리고 말했다.

"돌아가시어요. 제 눈이 닿는 중에는 아무도 죽을 필요가 없답니다."

"그것참, 미안하게 됐소."

절실히 호소하는 여자——아이리스 앞에서 로우안이 한쪽 눈을 감고 칼을 고쳐 잡았다.

상대의 의도가 어쨌든, 그것이 길을 막을 뜻이라면 별수 없는 법. 무엇보다 이만한 강자를 앞두고 물러나다니 한 검사로서 어림없는 짓이다.

다시 말해——.

"『천검』으로 가는 길, 아직도 험하리니. 댁을 베고서 앞으로 나아가겠소이다."

제4장 『웃는 자유인』

1

──세실스 세그문트는 『별점쟁이』다.

그것은 볼라키아 제국의 직책으로서 빈센트 볼라키아가 처음으로 그들 중 하나인 우비르크를 중용한 사례와는 다른, 본래의 의미를 가진 『별점쟁이』── 천명을 받고, 그 지상 명제를 이루기 위해 모든 것을 던지는 존재다.

『별점쟁이』가 되어 천명을 받은 이에게 작용하는 강제력은 강하다.

『별점쟁이』 대다수는 천명에 그때까지 보낸 인생이 뒤틀려서 삶의 방침 전환을 강요받는다. 그리고 그 사실을 비극이라고도 여기지 않는다.

비록 그 모습을 주위에서 얼마나 비정상적이고 가엾게 보더라도 그런 것이다.

그러한 『별점쟁이』 중에서 로우안 세그문트는 유일하게 예외였다.

그가 받은 천명은 원래부터 그가 목표로 하던 대망과 길이 겹쳐 있어서 본인은 어쨌든 주위가 보기에는 삶이 뒤틀린 것 같지 않았기 때문이다.

그가 자신의 비원과 받은 천명, 그 둘을 어떻게 타협을 짓고 현재의 신의를 확립했는지는 이미 말한 바와 같으므로 생략하겠다.

여기서 할 이야기는, 로우안 세그문트가 받은 천명 끝에 이 세상에 탄생한 세실스 세그문트 또한『별점쟁이』라는 사실이며——.

세실스 세그문트는『별점쟁이』중에서 유일하게 자유롭다는 현실이다.

2

휭휭 부는 바람에 카라라기 전통복의 옷자락을 휘날리는 세실스가 손으로 만든 차양을 이마에 붙이고서 먼 곳의 경치를 바라보고 있었다.

알이 제안한 제도를 둘러싼 성형 성벽, 그 다섯 정점의 함락 작전.

밖의 원군을 끌어들이기 위해 송장 인간의 견고한 방비에 구멍을 뚫는다. 세실스 입장으로서는 무대를 돋보일 배우와 자신의 활약을 볼 관객이 느는 것은 대환영이다.

이것이 이후의 익사이팅한 전개를 위한 복선이기도 하다는 말을 들으면, 부지런히 수수한 작업에 애쓰는 것도 나쁘지는 않다.

"그렇다곤 해도! 그것 또한 어디까지나 이후에 있을 포상이 분명히 약속되었기 때문이라는 사실을 잊지 마시길!"

연극이든 전쟁이든, 무슨 일이나 적재적소라는 것이 있다.

이 세계는 어느 곳이든 죄다 무대 위——라는 세실스의 철학을 논하기 시작하면 길어지지만, 사람에게는 맞고 안 맞는 게 있다. 그리고 세실스는 섬세한 작업도 꾸준한 축적도 잘하고 못하고를 따지면 슈퍼 미스 캐스팅이 된다.

관객의 눈길을 끄는 무대의 중핵, 주연 배우에게 무대 도우미 같이 복면을 씌우고 작업을 시키려 하다니 무대의 연출로서는 이만저만 본말전도가 아니었다.

"그 점은 오디언스 여러분도 그렇게 생각하죠?"

목을 틀어 하늘을 바라본 세실스가 모습이 보이지 않는 상대를 향해 말을 걸었다.

물론, 일반적으로는 그런 짓을 해 봤자 먹구름이 깔린 흐린 하늘이 지상에 있는 사람에게 대답을 돌려주는 일은 결코 없다. —— 그렇다. 일반적이라면.

그러나 세실스는 일반적이지 않으며 이 세계의 주연 배우다.

——다른 이에게는 들리지 않는, 관객의 목소리가 세실스에게만 돌아온다.

그것은 속삭이는 것 같은 고성이고, 그것은 엄격하기 그지없을 만큼 경솔하며, 그것은 예의가 무엇인지를 모르듯 거룩하게 세실스에게 건네는 목소리였다.

그것도——.

「■■■■」「■●■●■■」「——■■」「●●●●!!」「■■■●●■■」「●●■■●■●●」「■■!!」「●●●■■」「■■■●●●●●■●」「●●■●■●●●■■●——」「●●……■」「●■●■●●■」

過도할 정도의 기세와 열량으로 세실스에게 쏟아진다.

주연 배우인 세실스가 거는 말에 열광한 관객의 열정적인 앤서——. 아니, 그게 아니다. 이것은 지금 세실스가 거는 말에 준비된 대답이 아니다.

이것들은 세실스의 일거수일투족, 그가 하는 모든 행위에 쏟아지는 목소리였다.

그것은 세실스가 철이 들었을 때부터 끊임없이 들리던 소리이며, 세실스의 모든 언동을 이래라저래라 강제하려는 소리이자, 또한——.

"하하하, 오늘도 아주 떠들썩해서 참 즐거운 것 같네요! 알아요, 알아. 여하튼 저는 몸짓 구석구석까지 누군가를 매료해마지 않으니 말이죠! 앞으로도 제 활약에서 1초도 눈을 뗄 수 없는 전개가 이어질 테니 부디 기대하시라!"

무슨 말을 해도 전혀 귀를 기울이지 않는 세실스에게는 팬들의 뜨거운 성원이었다.

——앞서 말했다시피 세실스 세그문트는 『별점쟁이』다.

그리고 『별점쟁이』란 그 태반이—— 아니, 예외에 가까운 위치에 있는 로우안 세그문트조차도 받은 천명의 성취를 위해 삶이 왜곡되었다.

천명에는 그만한 강제력이 존재하며 『별점쟁이』의 인생은 그에 지배되는 법이다.

유일하게 자유로운 『별점쟁이』인 세실스 세그문트를 제외하면.

"예, 예, 성원 감사합니다. 변함없이 무슨 말을 하는지는 도통 모르겠고 들을 생각도 없습니다만 안심하시길! 예상은 배신한다! 기대에는 부응한다! 그것이 바로 주연 배우인 제가 사는 모습이니까요!"

"야, 썩을 멍청아. 떠들지 마. 들키면 더럽게 귀찮다고."

평소와 같이 관객의 열량만 받고 나머지는 흘려듣는 세실스는 뒤에서 다가오는 엽견인족── 그루비가 거는 말에 "엇차차." 하고 돌아섰다.

허리에 손을 짚은 그루비의 경계 서린 눈빛에 세실스는 홀딱 반했다.

우선, 외모에 애교와 멋이 있다. 실력도 세실스가 고도에서 여기까지 한동안 봐 왔던 다양한 존재 중에서도 다섯 손가락에 꼽힐 솜씨다. 분명히 배틀이 돋보일 것이다.

"아쉬운 점은 말씨에 조금 난점이 있다는 점일까요. 너무 격조 낮은 말을 연발하면 품위가 내려가죠! 그리고 내려가면 모처럼 실력 있는 분이라도 격이라는 것을 유지할 수 없습니다. 저와 베고 베이는 길을 갈 거라면 상대에게도 그만한 격을 요구하고 싶네요!"

"썩을 멍청이 자식이 더럽게 못 알아먹을 소리 하지 마! 첫째로, 누가 너하고 베고 베이는 짓을 하겠냐! 치샤 자식이 더럽게 쓸데없는 짓을 해갖곤……."

"이런, 슬쩍 들었던 이름이네요. 매정한 대답도 맘에 걸립니다만 여기서 화제에 오른 그 분이 저하고 무슨 관계가?"

"작아져서 까먹고 있는 너하고도 관계는 있잖아. 너를 작게 만든 게 더럽게 대가리만 굵은 치샤니까."

그루비의 대답을 듣자 세실스가 "으으음." 하고 신음했다.

종종 듣는 작아졌다는 선언이지만, 세실스에게는 여전히 느낌이 오지 않는다. 작아지나 마나 세실스로서는 이렇게 이 자리에 있는 자신이 전부다.

물론 잠시 만나지 못하던 사이에 늙은 로우안이나 이후 세계를 진감시켜야 했을 『푸른 뇌광』이라는 이명이 이미 널리 퍼진 점에서 설득력을 느끼지 못하는 것도 아니지만.

"그 치샤란 사람이 저를 작게 했단 게 영 미심쩍단 말이죠."

"아앙? 사람이 작아지는 건 불가능하다는 식의 썩을 소리를 하는 거냐, 네가?"

"아뇨아뇨, 아녜요, 아녜요. 사람의 상상에 한계는 없고 머리에 그린 상상은 실현할 수 있다. 그런 페어한 점이 제가 이 세계라는 무대를 좋아하는 이유 중 하나이기에 사람이 작아지는 신기한 일도 종종 있겠죠. 제가 믿기 어렵다 생각하는 건 지극히 단순명쾌한 점이에요. 누가 제 허를 찌를 수 있죠?"

머리 뒤로 깍지를 낀 세실스의 물음에 그루비가 진지한 표정을 지었다.

콧잔등의 주름을 잡은 표정조차도 애교가 있어서 한 무대에 한 명은 있기를 바라는 바람잡이라는 생각이 드는 그루비지만, 그에게도 방금 세실스의 질문은 효과가 있던 듯하다.

세실스라 한들 자신이 무적이라고도 불사신의 존재라고도 생각하지 않는다.

심장을 찔리면, 혹은 가느다란 목이 베이면, 몸 안에 흐르는 피가 절반 가까이 흘러나오면 목숨을 잃는다. 사람은 죽는다.

하지만 그건 그렇다 치고 누가 그런 짓을 저지를 수 있단 말인가.

바로 그 부분에서 그루비도 자기 생각의 모순을 알아차릴 것이다. 설령 상대가 누구라 해도, 그 누구라도 세실스를 작게 만드는 짓은 불가능하다는 것을——.

"치샤 놈이 머리를 짜냈다거나 네가 더럽게 방심이라도 한 거 아냐?"

"어라?! 저를 보고도 아직 그런 의견이 나와요?!"

"나와. 더럽게 잘 나와."

"당연하단 소리인가요! 아하하, 연상되는 게 좀 그래도 한 방 먹었네요!"

그루비의 표현에 손뼉을 치며 웃던 세실스가 '아니아니 잠깐' 하고 고개를 내저었다.

이게 뭔 일이냐고 얼굴을 가리고 싶어지는 평가. 이거 참, 세실스의 실력을 알고서 그루비만한 강자까지 그런 의심을 버리지 못하다니.

"역시 커진 저는 커진 제가 아니네요! 그런 꼬락서니와 주위 평가를 받는 저는 결코 되지 않겠습니다! 10년 후를 봐 주세요!"

"누가 10년씩이나 멀뚱히 같이 어울리겠냐! 썩을 소리 하지 말고 얼른 원래 크기로 돌아가!"

"얼른 돌아가라고 하셔도 별로 돌아가고 싶지 않은데…… 그리고 그루비 씨는 돌아갈 방법을 아요?"

"난 모르겠지만 수작 부린 치샤 놈이 알고 있겠지. 이런 시노비의 수법은 시간이나 조건 같은 썩을 제한이 있어. 치샤라면 조건 쪽이겠지."

"호오호오, 그 치샤라는 분은 시노비였단 말인가요. 그 기운찬 노인장과 아는 사이나 친구나 혈연일까요?"

"난 모르겠고, 치샤는 시노비가 아니야. 수법이 시노비인 거지……. 아아, 더럽게 귀찮네."

머리를 벅벅 긁고 사정을 안다는 투로 푸념하는 그루비.

오호라, 뭔가 이런저런 일에 해박한 듯하다고 세실스는 짐작했지만, 필요한 것은 치샤라는 인물의 정체보다 그가 준비한 조건의 클리어 쪽일까.

그 내용을 들으면 그루비는 '내가 어떻게 알아' 하고 성낼 듯한 느낌이다.

"그래서 제가 돌아가기 위한 조건은 뭐라고 생각해요?"

"내가 어떻게 알아!"

"이것 봐."

생각하던 거랑 같다고 세실스가 신을 내자 그루비가 "아앙?" 하고 언짢게 으르렁댔다.

그렇게 두 사람이 대화하고 있을 때——.

"친구끼리 대화가 들뜬 와중에 미안한데, 즐거운 시간은 일단 거기까지 해 두지?"

"어라, 알 씨."

세실스와 그루비가 서 있는 옥상에 올라온 알이 피로감과 함께 어이없다는 투로 말했다.

최상층의 계단을 통해 모습을 보인 그는 발로 계단을 탕탕 두드리고 말을 이었다.

"좀 부탁하자, 진지하게. 위에서 잠깐 보고 온다며 옥상까지 폴짝 올라가면 이쪽은 계단 쓸 수밖에 없으니까 죽겠다고. 그루비, 당신도."

"더럽게 미안하다. 이 썩을 멍청이 얘기에 넘어가서 그래."

밑에 방치되었던 알의 말에 미간에 주름을 잡은 그루비가 순순히 사과했다.

셋이 행동하던 중, 도로 건너편이 신경 쓰인다고 말한 그를 위해 세실스가 잠시 둘러보겠다고 건물에 올라갔었는데, 그만 너무 한눈을 팔았다.

어쨌든——.

"자자, 알 씨, 그렇게 화내지 말고요. 그루비 씨도 이렇게 귀를 접고 반성하고 있으니 용서하고 싶어졌죠?"

"네가 끝까지 고잉 마이웨이인 캐릭터인 건 이제 와서 지적 안 해. 그보다 봤더니 뭔가 좀 알겠어?"

"그러네요. 역시 3번과 4번, 덤으로 5번의 수비가 단단해 보이던데요. 보스 쪽이 퇴각했을 방향을 감안하면 자연스러운 대책이라고 생각합니다만."

"그 세 곳인가……."

알이 하나뿐인 오른손으로 투구의 걸쇠를 만지며 세실스의 대답에 고민했다.

세실스가 언급한 번호는 제도를 둘러싼 성형 성벽의 정점을 가리키는 호칭이다.

반짝이는 성을 북단에 둔 이 도시의 입구── 가장 남쪽의 정점을 1번, 남동쪽이 2번, 남서쪽이 3번, 다음으로 북동쪽이 4번이고 북서쪽이 5번이다.

북쪽과 서쪽, 그 양쪽에 해당하는 세 곳의 방어가 철벽이랄 만큼 단단하고, 반대로 말해 그 이외의 두 곳은 노릴 만하다고 할수도 있겠지만──.

"굳이 알기 쉬운 구멍이라는 것이 구려."

"그루비 씨의 코는 그런 흉계의 냄새도 느낄 수 있나요?"

"그렇게까지 더럽게 괴상한 구조일 리 없잖아! 그냥 『장』으로서 내린 판단이야! 너도 작아졌단 핑계 대지 말고…… 아아, 아니, 의미 없네."

"뭐야. 말하다 말면 궁금해지잖아."

"원래 이 썩을 멍청이는 작아지지 않았어도 『장』의 업무는 하지도 않았단 소리야."

떫은 표정을 지은 그루비의 말에 세실스와 알이 "아……." 하고 납득했다.

세실스로서는 조롱당했다는 인상도 없이 그냥 사실이다. 만약 세실스가 정말로 방심한 결과 작아졌다 치고, 작아지기 전의 자신이 누군가를 이끌거나 챙겨 줄 것 같지는 않다.

　그렇기에 그루비의 말에도 딱히 의견은 없었다.

　"그래도 뻔히 보인다는 의견에는 저도 수긍이 가요. 하지만 그렇게 되면 그러네요. 뜻밖이라고 할지 의외로 알 씨도 책사로군요."

　"무슨 뜻이지?"

　"그야 1번과 2번은 함락이 쉬워 보이게 유혹하는 함정…… 거기에 아버지와 그 친구 둘을 보냈으니까 책사죠."

　이 자리에 없는 두 사람, 따로 행동 중인 로우안과 하인켈을 화제로 올린 세실스는 인원 편성을 제안했던 알을 향해 웃었다.

　세실스의 미소 앞에서 알은 조용히 숨을 죽이고 침묵했다.

　현재, 일행은 다섯 명의 멤버를 세 명과 두 명의 팀으로 나누고 각각이 다섯 정점을 공략하기 위한 작전 행동 중이다.

　그리고 로우안과 하인켈에게 남쪽과 남동쪽, 1번과 2번 정점의 공략을 지시한 것이 알이며 그의 의도는 명확했다.

　"딱히 잃어도 타격이 없는 관계와 전력이라면 적의 이목을 끌기 위한 버림돌로 써먹는다. 알 씨는 겸손해할지도 모르지만 역시 책사입니다!"

　"아버지를 써먹는 방식에 불만이 있냐?"

　"아니요? 연기자로서는 다섯 명이 뭉쳐서 주목할 장면이 흩어지는 것보다 반갑고 용병술로서는 매우 정상적인 사고방식이 아닌지? 제가 말하는 것도 뭐하지만 아버지에게 협조성을 기대해도 헛수고라서요!"

"그러게. 확실히 네가 할 말은 아니다."

협조성에 관해서는 세그문트 부자가 타고난 결함이라 여길 수밖에 없다.

어쨌든 간에 알은 제한된 전력을 효과적으로 활용하기 위해서 머리를 짜냈다. 이치를 생각하는 머리나 전술적 직감이 작용하면 요구받는 역할이 무엇인지 상상이 갈 법하지만.

로우안도 하인켈도 시야가 좁아진 상황이라 그런 쪽으로 머리가 돌아가진 않을 성싶다.

"다섯 명이 한 곳씩 함락시키는 더럽게 느긋한 짓은 못 해. 그 빨강 중년과 파랑 중년 둘이 그 점을 깨닫지 못했으면 버림돌이든 말든 썩을 임무를 다할 수밖에 없지."

"그래. 한 곳에서 큰 소란을 벌이고 거기로 물량을 집중시킬 수는 없지."

"그 때문에 고안한 분산 공격……. 그렇지만 좀 의외였어요. 그 왜, 알 씨는 하인켈 씨와는 동료라는 식으로 말을 했었으니까."

"난 영웅이 아니라서. 우선순위는 잘 매겨 둬야지."

세실스는 왠지 자조하는 듯한 그 말이 하인켈을 써먹는 방향이 아니라 자신이 써먹는 방법에 관한 것처럼 느껴졌다.

그 대답에 딱히 알에 대한 인상이 바뀌지는 않지만──.

"과연. 보스하고는 다르단 거네요."

왠지 모르게 떠오른 생각을 입에 담자 알이 쳐다보았다.

쇠투구로 가려진 알의 표정. 그러나 시선의 날카로움과 열기, 담긴 감정은 때로 말이나 안색보다 더 유창하게 속내를 말하기 마련이다.

"뭐, 때로는 그렇다는 것뿐이지 지금이 그렇다고는 장담할 수 없지만요."

"뭔 소릴 하는 건지 싶은데, 됐어. 확실히 나는 형제와 달라."

"으응? 다르다는 것 자체는 당연한 소리고 상관없지 않은가요? 저는 보스보다 알 씨 쪽이 만만치 않다고 생각하는데 말이죠."

왠지 자신이 열등하다는 식의 뉘앙스여서, 세실스는 갸우뚱했다.

강하고 약하다, 깨끗하고 더럽다, 좋아하고 싫어한다. 그 말들은 같은 달의 차고 이지러짐 같은 것이다. 일희일비할 가치는 있어도 인생의 저울이 기울 만한 무게까지는 없다.

옳으냐 그르냐조차도 절대적이지 않다.

"보스는 죽도록 못나게 발악하지만 그래도 깔끔하게 무대가 돋보일 방법을 택하죠. 반대로 알 씨는 다릅니다. 죽도록 못나게 발악한 다음 더러워서 누구나 고개를 돌리고 싶어지는 방법이라도 택하죠. 우열이 아니에요. 그게 보스와 당신의 차이라는 얘기죠."

"……."

"아아, 우열이나 차이 얘기는 관계없이 어떻게 하고 싶으냐는 얘기라면 또 별개입니다. 타인의 눈에 어떻게 비치고 싶은지는 개개인이 어떻게 따지느냐에 달린 문제……. 썩어 가는 모습은 더러운 것이지만 저는 썩은 얼굴조차도 아름답게 보여 주고 싶으니까요!"

"지금, 나는 조금 다시 보려고 했었다⋯⋯!"

"죄송합니다, 그루비 씨의 입버릇이 그만 귀에 남아서."

물론 화제의 비약에 관해서는 그루비의 영향을 받았어도 발언 자체에 거짓은 없다.

더러워서 볼 수 없는, 얼굴을 돌리고 싶어지는 소행조차 눈을 뗄 수 없을 만한 이유를 덧붙여야 비로소 주연 배우라는 것이 세실스의 지론이다.

"그래서? 꿍얼꿍얼 썩을 잡담은 끝났냐? 인생 상담 따위 썩을 짓이야. 이게 정리된 뒤에 너희들 무덤에서 썩을 반성회만 열어 주마."

"이만큼 많이 들으면 귀에 남을 만하네."

욕설이 끊이지 않는 그루비의 말에 알의 어깨가 축 늘어지고, 세실스가 "그렇죠?" 하고 웃었다.

이래저래 적성에 맞지 않는 논리적인 이야기를 꺼내고 말았지만, 세실스로서는 알의 작전에 이견이 없고 계획대로 로우안과 하인켈이 험한 꼴을 당해도 상관없다.

딱 한 가지, 세실스 나름대로 알의 계획에 문제가 있을지도 모른다고 여긴 부분은.

"그 무지막지하게 자기 멋대로 사는 아버지가 알 씨 말대로 움직이긴 하려나요?"

드물게도 세실스가 떠올린 생각을 입 밖에 내놓지 않은 것은,

이 또한 드물게 세실스가 아버지인 로우안의 성미에 관해서는 완전히 단념하고 있기 때문이다.

로우안은 하고 싶지 않은 일은 하지 않고, 하고 싶은 일은 기필코 한다.

그것은 세실스에게도 계승된 성미지만, 로우안과 세실스는 다르다. 이것은 방금 알에게 보스인 슈바르츠와의 이야기를 한 것과 마찬가지다.

좋고 나쁨의 문제가 아니다. 어떻게 살고 어떻게 죽느냐의 이야기지.

"그래서 썩을 투구, 어디부터 공격할 생각이야?"

"아까 저격수가 있는 3번은 피하고 싶어. 그러니까 북쪽의 4번이나 5번……. 조금이라도 적은 가능성이란 조건이라면 북동쪽의 4번이지."

"엥—! 저는 리벤지하고 싶은데요!"

"여유 없을 때에 썩을 소리 하지 마! 상대가 누군 줄 알고……."

"쳇, 알겠다고요."

그루비의 호통에 세실스는 입술을 삐죽 내밀고 의견을 거두었다. 그런 세실스의 반응에 주먹을 쳐들었던 그루비가 눈을 동그랗게 떴다.

그 모습에 세실스가 "왜요?" 하고 묻자, 올린 팔을 내리더니 말했다.

"순순히 말을 듣네. 너, 지금보다 작아지기 전 쪽이 더 썩어 빠졌었어."

"호오오, 칭찬받는 느낌이 안 드네요?"

"시끄러! 시간이 더럽게 없다고. 후딱 가자."

턱짓한 그루비가 문제의 4번 정점 쪽으로 얼굴을 돌렸다. 그 말에 세실스가 "네, 네—." 하고 따라가려 할 때, 발안자인 알이 "괜찮겠어?" 하고 발언했다.

"물어보니까 대답했지만, 나보다 당신 쪽이 제도에 대해 잘 알 거잖아."

"나도 썩을 제안이라면 안 끄덕여. 네 방침에 불만은 없어. 나도 썩을 발로이 자식과는 붙고 싶지 않아."

"예전 동료인가."

"그것도 있고, 더럽게 세거든. 그 자식하고 싸우라면 모그로지. 절대로 안 지니까."

강하다고 그루비가 단언하는 저격수의 역량.

세실스도 이 제도에서 여러 번 조우했음에도 아직도 모습조차 육안으로 확인하지 못한 상대다. 강한 것은 확실하다. 역시 조금 전에 수긍한 것은 실수였을까. 지금부터라도 떼를 쓰면 방침 전환에 찬동해 주지 않을지. 해 주지 않을까.

"그렇다면 최소한 후다닥 뚝딱 시작하죠. 열린 구멍을 유지하는 게 목적이 아니니 시간을 뒤로 미룰 의미도 없고요."

"조심해라. 이 썩을 멍청이, 후딱 정리하고 발로이 찾을 속셈이야."

"주인공이 등장하고 나면, 꼭 그래 주셔."

"저를 놔두고 주인공이라니 무슨 오만!"

고개를 느릿느릿 가로저은 알이 포기한 듯 중얼거린 말에 세실스가 억울하다는 듯이 소리쳤다.

3

4번 정점으로 가는 길은 맥이 빠질 만큼 수월했다.

가는 길에 생존자를 찾는 송장 인간을 보지 못한 것은 아니다. 하지만 앞길을 막는다면 제거할 수밖에 없는 상대도, 그렇지 않다면 지나가는 엑스트라에 불과하다.

무대의 활기를 주기 위한 단역에게 굳이 활약 장소를 내주는 배우가 있을까.

"안타깝게도 관객의 흥미는 유한하니까요. 무대 전체의 퀄리티를 끌어올리는 명연기를 펼치는 조역이 없다는 말은 하지 않겠습니다만 필요한지는 또 다른 얘기……. 그렇긴 한데."

온건한 여정을 즐기는 와중이지만 세실스는 눈썹을 모았다.

물론 불필요한 수고를 더는 것은 대찬성이고, 시간을 들여 잡병을 처리하는 공연이 바람직하다는 생각은 세실스도 하지 않는다.

다만 지금의 세실스 일행이 보이는 모습은 매우 못나지 않을까.

여하튼 세실스는 알의 등에 업혔고 배 둘레에는 그루비가 매달린 상태——. 즉, 세실스와 그루비가 알을 샌드위치로 만들고 있다.

왜 그런 상태가 되어 있느냐면 그러지 않으면 알이 머리부터 뒤집어쓴 외투의 범위에서 세실스와 그루비가 벗어나기 때문이다.

"그래도 꼴사나워! 이런 건 제가 주목받는 일에 쓸 방법이 아니에요, 그루비 씨!"

"조용히 해! 기척은 숨겨도 소리나 냄새도 사라진 게 아니야! 주위의 썩을 놈들에게 들켜서 둘러싸이면 더럽게 귀찮잖아!"

"둘 다 목소리가 커……! 그리고 흔들지 마, 넘어져……!"

불만이라며 알의 어깨를 흔들자 같은 외투를 둘러싼 두 사람에게 혼났다.

그루비가 준비한 이 가죽옷은 제법 대단한 물건이다. 듣자니 이것을 뒤집어쓰면 주위의 주의를 끌지 않는 뛰어난 능력이 있다고 한다. 로우안과 하인켈, 거기에 그루비 세 사람은 이 가죽옷을 사용해 적의 눈을 피해서 제도에 들어온 모양이다.

실제로 남의 눈길에 띄지 않는 길을 택하고 있다고는 해도 세 사람이 한 번도 송장 인간들에게 발견되지 않은 데에는 가죽옷의 효과가 지대할 것이다.

"우리끼리 이렇게 후덥지근한데 아버지까지 셋이서 어떻게 제도에 들어왔는지 상상이 가지 않네요. 그건 그렇고 이렇게 신기한 외투를 어디에서 샀어요?"

"안 샀어. 내가 만든 거야. 더럽게 멍청해서 너는 까먹었지만 네 『사검』도 내가 녹여서 카타나로 다시 벼린 거거든."

"호오호오, 『사검』! 멋있는 이름인데요! 꼭 보고 싶고 알고 싶고 구경하고 싶어요!"

"그러니까 네 썩을 칼이라고!"

작은 소리로 고함을 친다는 묘기를 선보이는 그루비.

작아졌네 마네 논쟁은 제쳐 두고, 그에게서 자신이 알지 못하는 세실스의 이야기를 듣는 것은 제법 흥미롭다. 특히 카타나의 이야기는 정말로 좋다.

"그런데 카타나로 다시 벼렸다니 재미있네요. 그루비 씨는 도공(刀工)인가요? 『장』 노릇하고 대장장이 노릇도 하다니 바쁘셔라."

"카타나 전문인 것은 아니야. 카타나도 벼리고 옷도 짓고 마구(魔具)도 만져."

"그 말은, 이 신기한 외투도 마구의 일종이란 말인가."

"아니, 이건 그냥 늑대인간 가죽이야."

그루비의 대답에 세실스는 "호—." 하고 감탄, 알은 흠칫 놀란 듯 어깨를 떨었다. 세실스는 빤히 가죽옷의 생긴 모습을 검토하다가 말했다.

"늑대인간이라니 신기하네요. 있는 건 알고 있지만 눈에 띈 예는 없는데요."

"애초에 더럽게 찾기 힘든 녀석들이니까. 지룡이나 성왕국의 우르하인(人)처럼 종족 전체에 가호가 걸려 있어. 산 채로 가죽을 벗기면 가죽에 가호가 남는단 말이지. 뒤통수치기가 특기인 썩을 놈들을 효과적으로 써먹는 거야."

"『묘연의 가호』인가……."

"아앙? 그건 또 더럽게 낡아빠진 명칭을 알고 있구만. 『뒤통수치기의 가호』란 쪽이 일반적…… 썩을 늑대인간 얘기부터 애당초 일반적인 게 아닌가."

조용히 중얼거린 알의 말에 그루비가 그런 지식을 선보였다.

제국에서는 좌우간에 늑대인간이 혐오받고 있으며, 그것은 아주 오래된 이야기에서 유래한 문제다. 무엇보다 역사적 사실이 바탕인 이야기라서 현실과도 깊이 링크되었다.

세실스 본인은 딱히 이렇다 하게 늑대인간 및 낭인족에 대한 적개심은 없지만——.

"그 늑대인간의 가죽옷에 구원받고 있다니 제국이 늑대인간을 대하는 태도를 감안하면 이것도 참 낯가죽이 두꺼운 이야기네요. 가죽을 쓰고 있으니."

"……."

"어라? 무시? 무시하나요? 비교적 절묘한 말을 한 줄 알았는데——."

가죽옷을 거론한 세실스의 말에 알과 그루비 모두 매정하게 반응한다고 생각한 직후—— 그게 아님을 세실스도 알아챘다.

평소처럼 외야가 떠들썩하기 때문이 아니다.

세실스가 찰싹 붙어 있는 알의 전신이 긴장하고, 그 긴장의 이유가 세실스에게도 쑥 들어온 느낌을 받았기 때문이다.

그것은 작아졌느냐 마느냐에 대한 논의는 제쳐 두고, 얄팍한 세실스의 가슴 속을 포착한 무언가.

——회색 가시넝쿨이, 세실스의 가슴을 빙 휘감고 있었다.

"혹시 이거, 두 분도 생겼어요?"

"그래. 이봐, 그루비 씨. 이 외투가 있으면 들키지 않는다고 했잖아……."

"썩을……! 더럽게 웃기는 짓을 하긴……!"

아무래도 세실스와 같은 상황인 듯한 알과 그루비, 특히 그루비의 황망한 모습이랄지, 분노가 꽤 남달랐다.

자신작인 가죽옷의 효과가 간파당했기 때문일까. ——아니, 그것은 이상하다.

상대가 세실스 일행의 위치를 특정하고 있다면 샌드위치 상태인 세 사람을 오래도록 방치하지는 않을 것이다. 물론 가시넝쿨로 경고하고 있을 가능성도 있지만.

"그게 아닌 눈치인데. 그 이유는?"

"무차별적인 범위 공격이야. 어디 사는 썩을 바보야?! 이런 어처구니없는 주술을 더럽게 뿌려대는 건……!"

그루비가 격정에 목을 파르르 떨며 아직 보지 못한 가시넝쿨의 주인이 저지른 비상식적인 행동을 욕했다.

그 찰나, 세 사람의 가슴에 감긴 가시넝쿨이 천천히 꿈틀대며 손을 빠져나가는 날카로운 가시가 저주의 효과를 유감없이 발휘하려고 했다.

그리고——.

"역시 세계는 내가 살금살금 숨어다니는 짓은 인정하지 않는다는 말이군요. 자, 자, 찾아온 새 고난! 멋지게 짜잔 넘어섭시다!"

그것이 심장을 옥죄는 격통이 번지기 직전, 웃는 자유인이 터트린 흥분의 목소리였다.

4

——하인켈 아스트레아는 『별점쟁이』조차 아니다.

알다시피 『검성』도 아니거니와 자신의 무력으로 공적을 세운 이가 받는 『반』의 검명도 받지 못했으며, 루그니카 왕국의 근위 기사단 부단장이라는 지위도 장식이다.

무릇 선택받아야만 얻을 수 있는 것에 한 번도 선택받지 못한 남자. 그것이 하인켈이라는 인물이며, 그것은 볼라키아 제국에 와서도 변함이 없었다.

흘러가는 대로 싸움에 참가했다가 이 세상 것 같지 않은 광경에 마음이 꺾여 도망친 곳에서 목숨을 건지고, 거기서 다시 흘러가는 대로 돌아온 장소에서 미약한 희망에 매달린다.

그 희망도 하인켈에게 버림돌의 역할을 기대한 상대가 마음대로 제시한 도피의 이정표이며, 그 의도조차 눈치채지 못하는 사고 방기 끝에 다다른 어리석은 소치.

——그렇기 때문에 흉흉한 이유로 싸움의 방침에 거스른 로우안 세그문트와 달리, 진지하게 역할을 완수하려다가 최악의 흉운을 뽑았다.

"빌어먹을……."

제도 방위의 핵심인 성벽의 다섯 정점. 로우안과 분담해야 했던 남쪽과 남동쪽의 두 곳, 그 양쪽을 홀로 담당하게 된 하인켈은, 본래 도시 출입을 담당하던 성문이 있는 제1정점을 공략하고자 남쪽으로 향했다.

그것은 쉽게 말하면 순리에 따른 판단이며, 기발함과는 무관하고 타당한 선택이라 할 수 있었다.

그리고 그 순리에 따르고 타당한 선택 끝에 하인켈은 조우했다.

「──나, 메조레이아. 나의 사랑하는 아이의 목소리에 따라 천공에서 오는 바람이 되리라.」

제1정점을 수호하듯 날개를 펼친 하얀 용(龍)의 위용과──.

제5장 『거대한 노예』

1

그 방에는 보석과 귀금속류가 난잡하게 쌓여 있었다.

금과 은을 듬뿍 사용한 세공품이나 보석을 박은 의상 및 머리 장식, 갖가지 명품이 자리가 남지 않을 만큼 진열되고 굴러다니며 눈 따가운 광채를 뿌리는 방.

그런 눈부신 방 한복판에서 마델린 에샬트는 눈을 떴다.

"……."

멍하니 현실과 겹쳐지는 달콤한 황금 눈동자가 몇 번 깜박이다가, 하늘색 머리카락에서 뻗은 두 개의 검은 뿔을 흔들며 작은 몸을 일으켰다. 그 순간 주위에 있던 귀중품들이 부딪히거나 구르며 거칠게 바닥에 쏟아지지만 마델린은 개의치 않았다.

보석이나 금은보화 같은, 반짝이는 물건은 좋아하긴 한다.

인간은 힘없고 약한 것에 비해 시끄러워서 좋아하지 않지만, 녀석들이 보석과 황금을 써서 만드는 세공품에는 달리 대신할 수 없는 매력이 있다.

인간에게 명령받은 일을 완수하고 그것들을 상으로 받는 것은 나쁘지 않다.

그것을 둥지에 쌓고 모아 둘러싸인 채로 잠을 자는 것은 마델린의 편안한 수면에 한몫해 주었다. ——그러나 보석도 황금도 마음에 난 구멍까지는 메우지 못한다.

"……."

일으킨 머리를 흔들며 둘러본 마델린은 둥지 문을 밀어젖혔다.

원래 마델린이 『구신장』이 되고 나서 잠시 보내던 둥지와는 달리, 이곳은 이번 일이 생긴 뒤에 급조한 새 둥지다.

자신의 냄새가 부족하고 재보도 성 안에 있던 것을 긁어모은 것이기에 만족감과는 거리가 멀지만 없는 것보다는 낫다.

무엇보다 여기에는 정든 둥지를 버려서까지 옮긴 이유가 존재한다.

그것이——.

"카리용."

둥지에서 나와 통로를 건너 미지근한 바람이 부는 발코니로 나오자, 거기서 날개를 쉬고 있는 비룡 한 마리의 모습이 있었다.

「——.」

이름이 불려서 고개를 돌린 비룡——. 그 온몸의 비늘에는 보기 애처로운 균열이 가 있으며 거무칙칙한 눈은 금빛 눈동자를 띠우고 생명이 누락된 그릇의 모습을 역력히 보여 주고 있었다.

속속 되살아나는 인간들과 같이 저편에서 이편으로 끌려온 비룡은 적지 않다.

다만 생전에는 야생에 있던 존재들과 의사소통할 수 없었지만, 눈앞의 비룡——카리용 같이 제한된 존재와는 소통이 성립한다.

실제로 마델린의 부름에 반응한 카리용은 그 자리에서 조용히 머리를 낮추었다.

다른 죽은 비룡——송장 비룡들은 설령 상대가 마델린이라도 그것이 생명이 있는 존재라고 보면 가차 없이 공격한다.

당연히 분수를 모르는 자에게 베풀 자비는 없기에 그들을 부수는 것을 주저하지 않지만.

"용은, 너를 부수는 건 사절이짜."

머리를 내린 카리용의 목을 쓰다듬은 마델린은 그 냉기에 입 끝이 굳었다.

원래 하늘을 날아다니기 위해 여분의 군살이 없는 비룡의 몸은 체온이 낮다. 그렇지만 닿은 손끝에 전해지는 온도는 장식해 둔 보석을 만졌을 때만큼 차가웠다.

차이점은 보석과 달리 반짝이는 광채도 아름다움도 느껴지지 않는다는 것.

그래도 이렇게 카리용이 움직이며 눈앞에 있다는 귀한 현실을 대신할 수 없다.

——마델린에게 있어서 카리용은 처음으로 본, 인간에게 길든 비룡이다.

현존하는 마지막 용인족인 마델린은 용각(竜殻)이던 메조레이아의 성질도 있어서 태어난 운해(雲海) 외부와 전혀 접촉이 없이 살아왔다.

메조레이아를 제외하면 마델린과 접촉할 기회가 있었던 것은 운해 주위를 거처 삼고 있던 야생 비룡들뿐이며, 그들이라고 해도 용인을 따르는 존재에 불과했다.

용인인 자신과 비룡들 사이를 가르는 현격한 생물의 차이.

그것은 본능에 근거한 요소이며 '왜' 라거나 '무엇 때문에' 같이 고민할 여지가 없는 대상. 있는 게 당연한 격차에 비관도 의심도 생길 여지는 없다.

황금의 아름다움을 본 적이 없는 존재는 황금의 관을 원하지 않는 것이다.

그러나 운해 밖을 모르는 덕에 만족스럽던 마델린의 일상은 갑작스럽게 끝났다.

그 종말을 가져온 것이 바로 이 카리용이며, 『운룡(雲龍)』인 메조레이아의 기척에 상승을 꺼리는 애룡을 달래며 운해 안에 뛰어든 괴짜──.

"용의 낭군은, 발로이는 어디 있짜?"

마델린이 목덜미를 손가락으로 간질이며 카리용에게 물었다.

입에 올린 이름은 카리용에게도 친밀감 깊은 것으로, 소리를 혀 위에 실은 마델린의 가슴에도 지효성의 독처럼 슬금슬금 스며든다.

이 영혼조차도 좀먹는 것만 같은 독의 아픔이, 마델린이 운해를 뛰쳐나가 인간들이 사는 지상에까지 내려간 이유이기도 했다.

하지만 지금 이 독의 아픔은, 지금까지와는 다른 것이 되려는 중이었다.

「――.」

　가슴으로 독의 아픔을 맛보는 마델린. 그 옆에서 마델린의 손길을 받고 있던 카리용이 천천히 고개를 들고 작게 그르렁거렸다.

　그 몸짓과 울음소리가 등 뒤를 가리키고 있음을 깨달은 마델린이 뒤돌아섰다.

　그러자 발코니와 이어지는 통로 너머로 인영이 다가왔다. 그 인영은 손을 살랑살랑 흔들며 용인 상대에게 스스럼없는 태도를 취했다.

　"그런 무례, 네가 아니라면 용의 송곳니로 으스러뜨렸을 것이짜."

　"그거야 제가 아니라면 존엄한 용인 상대로 이런 태도는 못 취하겠죠. 그렇게 말을 하고 싶지만, 의외로 『장』에는 무례한 작자도 많을 테니 모르겠구만요."

　"그랬짜. 정말로 인간들은 진절머리가 나."

　"파하하, 돌려드릴 말이 없네."

　쓴웃음을 짓고 어깨를 으쓱한 그 인물의 몸짓에 마델린은 어이없다는 듯이 콧숨을 푹 내쉬었다.

　하지만 그 숨결에 숨기기 어려운 감정이 섞인 느낌이 들어 그녀는 난동을 부리는 마음을 다스리며 달뜬 숨결을 숨기듯 손으로 걷어냈다.

　숨기기 어려운 감정――. 그것은 눈앞의 상대에 대한, 끊임없이 넘치는 열정이었다.

그 안색도 눈의 구조도 완전히 달라졌다고 해도 감정에 거짓말은 하지 않는다.

이 남자에게는 송장 비룡이 된 카리용에게도 품은 존중을 더욱 강하게 느끼고 만다.

"발로이, 어디에 갔었던 것이짜?"

바로 코앞에 온 그와 반걸음 거리를 좁힌 마델린이 캐물었다.

보물을 모은 둥지에서 마델린이 잠들었을 때는 옆에 있었다. 가능하면 깨어날 때까지 쭉 옆에 있기를 바랐다.

그렇게 말을 할 수 없는 마델린의 물음에, 말로 하지 않은 심정을 짐작한 것처럼 발로이가 "죄송합니다." 하고 마델린의 머리에 손을 얹었다.

"아무래도 제도 안을 쥐새끼가 쫄래쫄래 돌아다니는 모양이라서요. 눈에 밟힌다고 팔라디오 각하가 야단이기에 잠깐 정찰하고 보고하러."

"쥐……. 제대로 죽였짜?"

"아니, 이게 또 끈질긴 쥐라서요. 놓쳤다고 얘기했더니 팔라디오 각하가 그냥 아주 노발대발하며 호되게 쪼아대더만요."

느릿느릿 고개를 가로저은 발로이. 그의 말에 마델린의 동공이 가늘어졌다.

그가 거론한 팔라디오란 아마 되살아난 볼라키아 황족 중 한 명이었을 것이다. 형제자매끼리 죽고 죽이는 볼라키아의 관습. 거기에서 승리해 황제가 된 빈센트에게 졌다가 그 후 되살아난 마안족(魔眼族) 남자──.

"용의 낭군을 곤란하게 한다면, 용이 이 손으로 찢어발겨 줄 수 있다."

"무서운 말씀을 하시네. 비록 한 번은 죽었다고 해도 볼라키아의 황족…… 되살아난 자들 중에는 무조건적으로 따르는 패거리도 적지 않습니다요. 그 패거리도 적으로 돌리는 셈입니다."

"으, 용과 발로이가 죽은 것들에게 진다는 말이짜?!"

그렇다면 그것은 거대한 착각이다.

협력한 마델린과 발로이 앞에 송장 인간들이 이길 이유란 없다. 자신들의 훼방을 놓겠다면 그런 놈들은 모조리 때려 부수면 그만이다.

그렇게 언성을 높인 마델린. 그러나 발로이가 그 가녀린 어깨를 살짝 누르고 말했다.

"아니죠. 우리가 이기니 마니 이전의 문제 아닙니까."

"뭐가…… ."

"알잖습니까. 저희 시체들의 자유는, 그 『마녀』가 손에 쥐고 있어요."

"으."

달래는 것만 같은 발로이의 발언에 마델린은 강하게 어금니를 깨물고 침묵했다.

『마녀』란 이 제도를 송장 인간으로 채운 장본인이며, 지금 이렇게 발로이와 카리용이 마델린 앞에 서 있는 이유를 만든 존재다.

부자연스러운, 메조레이아의 용각과 비슷한 몸 구조를 지닌 『마녀』는 용인인 마델린도 모르는 오드 라그나의 신비에 접했다.

　그렇기 때문에 이토록 많은 영혼을 불러와 생전 상태로 재현하고 있다.

　그러나 한편으로, 『마녀』가 변덕으로 그 기적을 중단하면──.

　"마델린이 말했듯이 싸우면 우리는 웬만한 녀석들에게 이길 수 있을 겁니다. 근데 고작 두 명과 한 마리인 우리와, 수백 수천을 시키는 대로 움직이는 팔라디오 각하. 『마녀』가 어느 쪽을 중시할지는 모르겠어요."

　"용들보다 인간들을 선택한다고?"

　"모르겠어요. 여하튼 『마녀』의 거창하신 소망이 뭔지 누구도 모르니 말이죠."

　답답한 구석밖에 없지만, 발로이의 답변은 타당하기 그지없다.

　도대체 무슨 생각을 하고 있는지 알 수 없는 『마녀』는, 자신에게 협력한다면 좋다고 마델린을 점거한 수정궁에 두고 있다. 상대가 턱짓해 부리는 것은 부아가 치밀지만 애초에 지상에 내려서서 벨스테츠의 제안을 받은 시점에서 그 굴욕은 감안했다.

　단 하나 감안하기 어려운 것은 상대의 의도를 알 수 없다는 점.

　"……."

　발로이의 말대로 『마녀』의 목적을 모르는 동안에는, 마델린은 끊임없이 목에 칼끝이 닿아 있는 상태나 다름없다.

　그것이 없으면 발로이도 이런 상황을 감수하지 않으며 마델린과 함께 운해 저편으로 달아나 약속한 혼인식을 맹세해 줄 터다.

그렇다. 지키지 못한 약속을———.

"겨우 또, 이렇게 만날 수 있었짜."

"마델린……."

치미는 충동 그대로, 마델린은 바로 눈앞에 있는 발로이의 몸을 껴안았다.

몸집이 작은 마델린보다 훨씬 키가 큰 발로이. 그에게 몸을 맡기면 마델린의 검은 뿔이 살며시 그의 목을 찌를 지경이 된다. 그 뿔을 능숙하게 피하고 마델린의 등을 토닥토닥 두드리는 발로이.

그 행동에 한 번 감정이 복받친 마델린의 포옹으로 힘껏 뿔에 찔린 발로이가 대량 출혈하는 대참사가 된 기억이 떠올라서 눈이 촉촉해졌다.

껴안은 그의 몸은 차갑고, 맞닿은 피부는 부드럽지 않다.

마델린의 머리카락과 같은 색이던 하늘색 눈동자는, 이 또한 열기가 느껴지지 않는 검은자위에 금빛이 떠오른 눈으로 바뀌어서 그 심정을 겉으로는 쉽게 알 수 없어졌다.

그래도 추억을 공유하고 있다. 그래도 소원을 알아주고 있다.

목숨을 잃고 사별하여 지금 또다시 만난 몸에는 피가 흐르지 않고 열기도 없다. 그게 어쨌단 말이냐.

"발로이가 있어. ……용은, 그 이상을 바라지 않는짜."

생사와는 관계없다.

죽은 사람이 반드시 흙 아래에 있어야 하는 법은 없다. 뭔가 잘못되어 흙 위로 죽은 자가 넘쳐 나오면, 그 안에 소중한 상대가 있다면, 누가 이 소름 끼치는 기적을 부정하고 과오라고 단정할 자격이 있단 말인가.

용인인 마델린 에샬트 앞에서 누가 감히 그런 말을 하겠는가.

"──왔다."

사랑스러운 상대의 가슴에 얼굴을 묻고 차가운 밀회를 만끽하던 마델린이 낮게 으르렁댔다.

부드럽게 등을 두드리던 발로이가 마델린의 목소리가 가리키는 쪽을 짐작해 손을 멈추고 시선을 발코니 밖보다 훨씬 더 먼, 제도의 남쪽으로 돌렸다.

걸려든 것이다. 마델린의 감각── 아니, 용각인 메조레이아의 감각에.

무엇이 오든 간에 마델린은 그곳을 수호하라고 명령받았다.

거듭 말한다. 화가 치밀기는 한다. 하지만 마델린은 망설이지 않는다. 원하는 것은 여기에 있다.

"갔다 오겠짜. 발로이, 이번에는……."

"알고 있습죠. 호출이 없을 동안에는 곁에 있겠습니다."

"그래야 용의 낭군이짜."

절대로 떠나지 않겠다든가, 계속 옆에 있겠다든가, 할 수 없는 일은 말하지 않는다.

자신의 손이 닿는 범위를 분별하고 있는, 표표한 발로이이기에 마델린은 과도한 기대도 실망도 없이 있는 그대로의 그를 사랑할 수 있는 것이다.

그 사실을 재확인하고── 문득 마델린의 몸에서 힘이 빠진다.

"……."

사지를 축 늘어뜨리고 그 자리에 무너지는 마델린. 그녀의 몸을 반사적으로 끌어당긴 발로이는 그 작은 몸집으로는 상상할 수 없는 체중을 단단히 지탱했다.

　그리하여 의식을 잃은―― 아니, 의식을 되돌린 마델린을 안아 들었다.

　「――.」

　"알고 있어요. 조심해서 잘 옮길 거니까."

　작게 으르렁댄 애룡은 축 처진 마델린의 몸을 염려하고 있었다.

　카리용의 울음소리에 끄덕인 발로이는 다시 한번 제도의 모습에 눈을 돌리고 중얼거렸다.

　"설령 죽어도 다시 만날 수 있다. 그 이상은 바라지 않는다. 나도 똑같은데 말이지, 마델린. ――다시, 만날 수만 있다면."

2

　――싸움은 일방적으로 시작하고 일방적으로 끝났다.

　애초에 싸움이란, 투지가 있는 자들끼리 그 투지가 바닥나지 않는 한 최선을 다해 충돌하는 상황을 '싸움'이라고 부른다.

　그 정의에 따르면, 한순간에 한쪽의 투지가 바닥난 그것은 '싸움'이 아니었다.

　「――.」

　그것은 위협이라고는 할 수 없을 만큼 나약한 존재였다.

　그렇다고 해서 적개심을 품고 다가오는 존재를 달리 뭐라고 부르면 될지 적당한 말을 찾을 수 없다. 하잘것없는 위협이라는 것이 가장 적절한 표현이다.

실제로 하잘것없는 위협은 도로를 빗자루로 쓸듯이 휘두른 꼬리만으로도 나뭇잎처럼 날아가 주변 건물과 함께 먼지구름 속에 파묻혔다.

싱거운 결과였다. 그러나 특별히 슬퍼할 일도 불쌍한 일도 아니다.

그것이 용(龍)과 인간의, 생물로서 비교할 수 없는 존재 간의 격차다.

말 그대로 존재의 질부터 다른 용과 상대하면 인간은 쉽게 티끌로 변한다.

어째선지 극히 드물게, 그렇게 되지 않는 돌출된 존재가 있음은 인정할 수밖에 없지만, 그것은 인간이라는 종 안에서 출현한 돌연변이이며 노골적으로 말하면 인간이 아닌 다른 무엇이다.

그 다른 무엇이라 해도 궁극적으로 용에게는 생물로서 까마득히 미치지 못한다.

언젠가 확고한 형태로 증명해야 하는 사실을, 하잘것없는 위협을 물리침으로써 새삼 강하게 이래야 마땅하다고 재차 인식한다.

그런 의미에서, 이 하찮은 위협에도 존재 가치가 있었다.

『운룡』 메조레이아의 강대함을 다시 한번 『마녀』에게 알리는 결과를 낳고, 용 자체에 자신의 존재 가치를 재확인할 기회를 주었다는———.

"빌어, 먹을……."

갑자기 이 세상을 저주하는 목소리가 들려서『운룡』의 움직임이 멈추었다.

용은 날개를 펄럭이며 쓸어 버린 도로에서 등을 돌려 성벽으로 돌아가려고 했다. 어떠한 적의가 접근하든 그곳을 돌파할 수는 없다는 결과를 증명하기 위해서.

그러려는 움직임이 멈추었다. 나서는 안 되는 목소리가 났기에.

「──.」

천천히 용이 원래 보던 방향으로 돌아서자, 후두둑 소리와 함께 잔해 더미가 무너졌다.

꼬리의 일격으로 붕괴된 도로와 수북이 쌓인 건물이었던 잔해의 탑, 그 안에서 너덜너덜한 상태로 기어 나온 것은, 붉은 머리에 파란 눈을 가진 추레한 인간이었다.

하잘것없는 위협이라고 판단하고 실제로 그랬던 인간.

'싸움'의 정의에 맞추자면, 기어 나온 그것이 다시 한번 허리의 검을 뽑아 겨눈다면 끝난 줄 알았던 '싸움'의 폐막이 아직 아니었다는 이야기다.

그러나 기어 나온 인간의 온몸에는 전의나 패기라곤 티끌만큼도 없었다.

"항상, 이렇지……."

먼지가 폐에 들어갔는지 기침과 함께 인간이 중얼거렸다.

또다시 저주하는 목소리였다. 그것도 용이 아니라 세계를 저주하고 있었다. 자신이 디디고 선 곳을, 자신을 감싼 공기를, 자신을 둘러싼 모든 것을, 그리고 무엇보다도 그 중심에 있는 자신을 저주하는 목소리였다.

"나는, 중요한 순간에, 운에 버림받고——."

그 원망을 듣는 게 심히 못마땅하여 이번에는 세로로 꼬리를 갈겼다.

조금 전에는 도로를 일소하며 휘말려드는 모양새였지만, 이번에는 비틀비틀 일어선 나약한 인영에게로 『운룡』의 꼬리를 위로 떠올리듯 후려쳤다.

뒤로 한 바퀴로 도는 꼬리의 타격에 직격당한 인간의 몸이 발부리에 차인 돌멩이처럼 날아가 벽을 건물째로 뚫고 도로를 세네 군데 관통했다.

상공에서 내려다보면 가슴이 후련해질 만큼 잘 정리된 제도의 시가지.

그것을 날아가는 몸 하나로 무질서하게 때려 부수는 인간은, 그 존재도 날아가는 모습도 죽는 모습조차도 추하고 꼴사나워서 용의 신경을 남김없이 할퀴었다.

이딴 것 때문에, 아름다운 존재가 훼손되는 모습은 화를 참을 수 없다.

심지어——.

"으……."

멀찍이, 여러 개의 도로를 관통해 떨어진 곳에서 들리는 신음.

그것이 얼마나 심대한 피해를 받았든, 반쯤 죽다 말고 가까스로 붙어 있는 숨소리든, 애초에 들려서는 안 될 소리다.

용의 꼬리 공격을 맞고 그 생명이 터지지 않은 존재란 있어서는 안 된다.

"나, 는……."

있어서는, 안 된다.

「너희 전부, 사라져 버려짜——!!」

커져 가는, 억제할 수 없는 충동을 숨결에 실었다. 하얀 파멸이 『운룡』의, 용각을 두른 마델린 에샬트의 입에서 뿜어져 하잘것없는 위협이어야 하는 인간에게 쏟아졌다.

이것은 '싸움'이 아니다.

일방적인, 일방적이어야 하는, 학살의 시작이었다.

3

——그루비 검릿은 『별점쟁이』에 흥미가 없다.

그것은 혐오나 적개심이 야기하는 거절이 아니라 정확한 의미에서 무관심이었다.

애초에 평범하게 살면 『별점쟁이』 같이 허튼소리를 주워 삼기는 작자와 접촉할 기회는 드물다. 『장』이라는 입장상, 성에 출입을 허락된 우비르크와 마주칠 때는 있어도 그는 자기 볼일이 있는 상대 말고는 좀처럼 말을 나누려 하지 않았다.

그루비도 회의에 혜살을 놓는 그의 입을 막을 때나 말을 섞은 기억이 있을 정도다.

그렇게 인식하는 상대라서, 황제인 빈센트와 심복인 치샤가 유난히 『별점쟁이』의 동향에 주의를 기울이던 것도 이해하기 어려워했다. 재상 벨스테츠가 『별점쟁이』를 어떻게 여겼는지는 불분명하지만, 그루비가 냄새를 맡기로 그 남자가 제국에 품은 충성심은 진짜이고 빈센트에게 품은 복잡한 분노는 판단에 영향을 줄 만한 것이 아니었다.

그렇기에 제국의 수뇌진이 저마다 태도를 결정한 이상 관련될 기회도 없는 그루비가 『별점쟁이』에 관심을 가질 이유 자체가 없었던 것이다.

그런 만큼 제국의 존망을 건 『대재앙』과의 충돌이 사전에 『별점쟁이』가 알던 사항이라고 알면 그 입에서 입버릇이 된 욕설이 산더미처럼 넘쳐흘렀을 것이다.

하지만 적어도 이 자리에서 그루비의 입에서 친숙한 욕설이 튀어나온 이유는 『별점쟁이』 아무개에 대한 분노가 아니었다.

"썩을!"

왼쪽 가슴 위에 생긴 회색 가시넝쿨. 그것을 뜯어내려던 손가락이 허공을 가른 순간, 날카로운 가시에 심장이 꿰뚫리는 격통이 그루비의 짐승 털을 곤두세웠다.

몸 안쪽, 그것도 생명과 직결되는 급소에 예리한 것이 박히는 감각은 역전의 전사라도 인상을 쓰지 않을 수 없는 고통이었다.

밉살맞게도 가시넝쿨에는 실체가 없다. 뿌리칠 수가 없다.

일방적으로 쏟아지는 고통에 어금니를 으드득 깨문 그루비는 바로 옆—— 자신이 허리에 매달린 쇠투구를 쓴 남자를 바라보았다.

당연히 그루비와 같은 주박(呪縛)을 받은 그 남자 또한 고통에 몸부림치고 있었지만——.

"썩을, 물러나자! 상황이 더 더럽게 나빠져!"

"물러나라면…… 크억!"

반응이 둔한 상대, 곧 알의 명치를 치고 억지로 그 몸을 뒤로 끌어냈다.

신음하던 그가 길 위에 뒤로 쓰러지자 그루비는 그 몸을 붙들고 바로 옆에 있는 건물의 그늘로 잽싸게 끌어당겼다.

무차별적인 범위 공격이다. 이렇게 길에 숨어 봤자 위안밖에 되지 않지만.

"그래도 꽥꽥 소란피우는 모습을 보고 송장 인간이 와글와글 모여드는 건 피하고 싶으니까 말이죠."

"너는 썩을 가시넝쿨 안 맞았냐?"

"아니요? 맞았는데요. 기왕이면 넝쿨만이 아니라 꽃까지 붙어 있으면 선물로서 말 그대로 화사했겠지만요."

그루비와 알하고 같은 길에 내려선 세실스가 왼쪽 가슴을 두드리고 말했다.

세실스의 가슴에는 그루비와 같은 가시가 비쳐 보이니 똑같이 아팠을 터. 그런데도 그가 그루비라도 눈썹을 찌푸리는 고통에 실실대고 있는 것은——.

"주연 배우의 언행이란 항상 관중의 주목을 받지요. 이것이 사랑하는 누군가나 소중한 친구를 잃었을 때의 고통으로 일그러뜨린 표정이라면 감동도 유도할 수 있을 테죠. 하지만 그냥 자기가 아프니까 얼굴을 일그러뜨리면 배우의 격이 떨어질 뿐."

"그러니까, 더럽게 아프든 더럽게 괴롭든 얼굴은 지지 않겠다. 그게 네 더럽게 바보 같은 마음가짐이란 거잖아."

"어라? 제가 이 얘기 전에도 했었던가요?"

"했었어, 썩을."

고개를 갸웃거리는 세실스. 그 철학이라면 듣고 싶지도 않은데도 지겨울 만큼 들었다.

세실스의 헛소리를 들은 척도 하지 않는 이들이 허다한 가운데, 뭔가 걸리는 데가 있으면 지적하고 마는 그루비는 종종 말려들고 있었다.

세실스의 철학을 익숙하게 기억하는 것은 그 때문이다.

하긴 그 이야기를 했다는 사실을 잊은 지금, 머리가 굵기 전부터 그 이론을 실천하고 있었다니 질리는 것을 넘어 그냥 바보라는 게 발각되었다.

그렇게 그루비와 세실스가 대화를 나누고 있을 때.

"콜록…… 뭐지? 가시 때문에 아픈 게 멎었어?"

끌려간 골목길에서 몸을 일으킨 알이 가슴의 가시넝쿨을 내려다보며 중얼거렸다. 대신에 그는 맞은 배 쪽을 문지르며 원망스러운 분위기를 그루비에게 보냈다.

"맞은 배 쪽이 훨씬 더 아파……. 이래도 되겠어?"

"네가 후딱 물러나지 않은 게 더럽게 잘못이지! ……가시넝쿨

쪽은, 아마 거리 문제야.”

“호오호오, 그건 즉, 이 가시넝쿨의 술자와 우리 사이의 거리 얘기죠? 확실히 물러나자마자 고통이 사라졌다면 그것이 당연한 바! 우리는 붙어 있었으니까 더더욱 알기 쉽네요. 처음에 배쪽의 그루비 씨, 그다음에 사이에 끼어 있던 알 씨, 마지막으로 등 쪽의 저로 1초 미만의 시간이나마 차이는 있었습니다.”

“하지만, 가시넝쿨은 안 사라졌어.”

알이 만질 수 없는 가시넝쿨에 손가락을 획획 저으며 씁쓸하게 중얼거렸다.

그의 말대로 고통은 흐려졌어도 중요한 가시넝쿨은 사라지지 않았다. 아픔이라는 알기 쉬운 문제점이 사라져도 가시넝쿨과의 접점이 사라지지 않는 것은 마음에 걸렸다. 대개 이런 식으로 계속 잔류하는 주박에는 표적의 위치를 감지하는 효과가 있다.

이 가시넝쿨이 있는 한, 상대에게 위치가 고스란히 노출될 가능성이 높다.

“그리되면 기껏 숨어도 부하가 우르르 나타날지도 모르겠네요. ——지나치게 적을 많이 쓰러뜨리면 좋지 않다는 게 제 생각인데 말이죠.”

“아까도 말했었지. 이유는?”

“아까도 말했지만 감입니다.”

“너의 썩을 감이란 말이지…….”

뜬금없는 발상 때문이라며 주저 없이 대꾸하는 세실스였지만, 그루비는 어이없는 헛소리라고 웃을 수 없었다.

웃을 만한 상황이 아니고 헛소리라며 잘라낼 수 없는 실적이 있다. 세실스와 아라키아는 일장 중에서도 완전한 직감형이지만, 각기 다른 이유로 감이 예리하다.

그루비도 이런 규모의 재해를 일으킨 상대가 단순히 힘으로 밀어붙이는 단조로운 수단을 쓴다고는 생각하지 않았다.

오히려 힘만 내세우는 적이라면 빈센트나 치샤의 상대는 되지 않는다——.

"……."

한순간, 그루비는 세실스의 옆모습을 힐끗 보고 침묵했다.

여러 가지로 머릿속을 스치는 생각은 있었지만, 애초에 상대가 힘으로만 밀어붙이는 길을 택했다면 세실스나 아라키아가 있는 제국과 부딪치는 것부터 틀려먹은 사고방식이다.

그 전제부터 잘못 짚은 상대라면 볼라키아 제국의 적이 되지 못한다.

물론 이렇게 세실스가 작아진 상황까지 상대가 노린 거라면 대단한 일이겠지만 그에 관해서는 그루비 본인의 후각이 부정하고 있다.

세실스를 작게 만든 것은 치샤다. 그 점은 마나의 잔향을 보아 확실하다.

그리고 치샤가 제국을 멸망시키는 일에 가담할 리는 절대로 없다. 그렇지만 결국 치샤의 의도를 파악할 수 없는 것이 그루비로서는 불편해 못 견디겠지만.

"위치가 들킨다면 오래 고민할 시간이 없지. 어쩔까. 다 같이 덤벼서 저주 걸고 있는 장본인을 잡아 족칠까?"

"네. 그것이 가장 빠른 해결책! 이라고 말하고 싶지만, 방금 그루비 씨의 견해에 따르면 저주의 효력은 거리와 관계가 있는 거죠. 그렇단 말은 거리를 벌려서 고통이 멀어졌으니까 상대에게 바싹 접근하면……."

"이번에는 그 정도 고통으로 안 끝난단 말인가."

"그럴지도요."

끄덕인 세실스의 추측에 알이 분하게 가슴의 가시넝쿨을 노려보았다.

그루비도 세실스의 추측과 같은 의견이었다. 범위 내의 대상에 무작위로 가시넝쿨의 저주를 뿌리는 적의 두려움은 그 점에 있다.

술자에게 가까워지면 가까워질수록 가시넝쿨의 저주는 강하게 작용한다. 아마 웬만한 사람은 술자에게 손이 닿기 전에 통증 때문에 행동 불능에 빠질 것이다.

"그러면 어떤 썩을 멍청이든 못 움직이게 되겠지."

"거기서 제 쪽을 본다는 건 제가 생각 없이 돌진할 수도 있는 얼간이라고 여겨서 그런 거죠? 하지만 아무리 저라도 여기서 대책 없이 돌진하진 않아요. 고통을 참으며 상대를 베어서 문제를 해결할 수 있다면 그것도 재미가 있겠지만……."

한 박자 띄운 세실스가 가슴 앞에서 세게 손과 손을 마주쳐 소리를 냈다. 그대로 그는 두 손의 손가락을 맞대고 그 틈을 통해 그루비와 알을 번갈아 바라보았다.

"그런 게 아니지요? 상대의 목을 쳐서 끝날 문제라면 진즉에 그루비 씨가 저를 보내서 그러라고 했을 테고요."

"그게 저주란 것의 더럽게 성가신 썩을 문제야."

수상하게 웃는 세실스 앞에서 그루비는 한숨을 금치 못했다.

이것이 마법이라면, 술자를 죽이면 으레 효력을 잃는다. 마법은 술자가 마나를 사용해 세계에 간섭하는 형태로 발동하는 힘이기에 술자가 사라지면 거기서 끝이다.

그러나 주술은 대상을 죽음에 이르게 하는 피해에 특화된 술수다.

그 때문에 대상의 오드와 연결시켜 발동하는 것이 많아서, 술자가 죽었다 해도 표적이 살아 있는 한 효력을 잃지 않는 것이 대부분이다. 이 가시넝쿨은 명백히 술자보다 표적의 오드에 의존한 것으로 딱 그 대표격이라 할 수 있다.

이런 쪽의 저주를 해주하려면 술자더러 풀라 하거나 꼼수를 쓸 수밖에 없다.

"썩을 칼인 무라사메가 필요해. 그걸 가져와."

턱짓한 그루비의 지시에 세실스와 알이 동시에 어리둥절했다.

모르는 알이야 어쨌든, 알고 있는데 잊은 세실스가 얄밉다. 얄미운 세실스의 멱살을 잡은 그루비가 버럭 이를 드러냈다.

"『사검』 무라사메 말이야! 저주입네 계약입네, 그런 실체가 없는 것을 베는 데는 그 썩을 칼이 제일 빨라! 찾아와!"

"네?! 그렇게 말을 해도 모르는 검인데요?! 어디에 있는지 모르면 찾을 방법이…… 아니면 그루비 씨라면 냄새로 어디 있는지 알 수 있어요?"

"소용없어. 그 썩을 칼은 내가 코로 쫓지 못하게 냄새를 베어 버렸다고. 1년 내내 피 연못에 빠트려놔도 다시는 냄새로 쫓을 수가 없어, 썩을."

그게 아니어도 무라사메는 검 상태에서 녹여 카타나로 다시 벼린 그루비를 싫어해서 손에 잡는 행동조차 허락하려 들지 않는다.

취급하기 어렵다는 의미로 치면 소유자인 세실스와 비등비등한 『사검』. 그 소재지는 그루비의 코로 찾을 수 없는 것이다.

"그런데 그게 있으면 이 가시넝쿨은 해결할 수 있는 거지?"

따지는 그루비와 나 몰라라 하는 표정의 세실스. 대화하는 그들 옆에서 일어난 알이 낮은 목소리로 확인했다.

그 진지한 음색에 그루비는 세실스를 놓고서 끄덕였다.

"그래. 있다 치면 썩을 멍청이의 집이거나 비밀 보관고겠지만, 썩을 멍청이가 비밀을 비밀인 채로 놔둘 것 같지 않으니까 그런 건 아마 없어."

"동감이다. 집은 어디에 있지?"

"수정궁의 정원이다. 썩을 멍청이네 오두막에서 아라키아와 같이 살고 있지."

"잠깐만요, 잠깐만요! 그루비 씨가 실컷 말하는 썩을 멍청이는 저겠지만, 모르는 이름이 튀어나왔는데요. 누구예요?!"

"아라키아…… 그 아가씨랑 이어져서 성의 정원에서? 세상 참 너무 좁잖아……."

"아니, 이어지진 않았어, 아마."

알이 흘린 지당한 중얼거림에 그루비는 콧잔등에 주름을 잡고 답했다.

 세실스와 아라키아의 관계는 옆에서 보던 그루비도 잘 알 수 없었다. 서로 10년 가까운 관계라지만, 세실스가 다른 사람을 어떻게 여기는지 수수께끼이고 아라키아가 세실스를 싫어하는 것은 확실하지만, 같이 살고 있으며 식사도 함께하고 있다.

 짝짓기를 했으면 그루비가 냄새로 알겠지만 그런 낌새도 없다. 가끔 진심으로 사투를 벌여서 제국의 지형을 바꾸기도 하기 때문에 사방에 피해를 끼치는 두 사람이다.

 "하지만『몽검』도『사검』도 썩을 멍청이가 작아진 뒤에도 방치해 놨을 것 같진 않아. 그러니까 가능성이 있는 건……."

 "성에 들어갈 수 있으면 애초에 처음부터 그랬지."

 만약 회수되어 성 안에 있다면 어떻게 하느냐는 불안의 걱정거리는 알의 말이 맞다.

 수정궁에 들어갈 수 있다면 원군을 기대하는 정점 공략이라는 수단은 택하지 않는다. 하지만 원군을 맞이하기 위해서도 이 술자를 저지하는 것은 필수 조건인데——.

 "으—음, 글쎄요. 그렇게 굉장한 무기를 성에 놔두는 아까운 짓을 할까요? 의미심장하게 나온 무기는 쓰여야죠."

 거기서 머리 뒤로 깍지를 낀 세실스가 끼어들었다.

 대화하는 그루비와 알에게 등을 돌린 세실스는, 여봐란 듯이 힐끔힐끔 눈치를 주며 "끙— 끙—." 하고 앓고 있었다.

 "뭔데. 하고 싶은 말이 있으면 더럽게 굴지 말고 말해."

"아뇨아뇨. 두 분은 두 분대로 말씀을 나누시죠? 어차피 제가 무슨 말을 한들 두 분의 귀에는 들어가지 않는 것 같으니 딱히요, 딱히."

"아라키아 얘기 때문에 삐졌냐, 썩을! 너랑 자주 목숨 걸고 싸우는 여자야! 이 주변 어디 있겠지! 이상이다. 썩을 멍청아, 얼른 말해!"

"에이~ 그렇게까지 원하면야 어쩔 수 없겠네요. 요컨대, 상대 입장에서 보면 성에 두는 것보다 누구에게 쥐여 주는 편이 낫지 않으냐는 얘기예요."

삐진 표정에 돌변해 환한 얼굴로 꺼낸 세실스의 말에 그루비는 눈썹을 모으고, 그 뒤에 생각하던 것 이상으로 멀쩡히 있을 만한 의견이 나온 데에 분해졌다.

즉, 세실스의 추측이 옳다면 『몽검』과 『사검』이라는 강력한 무기는 송장 인간 중 누군가가 들고 있을 가능성이 높다.

그것도——.

"그만큼 강력한 무기라면 중요한 곳을 맡길 만한 상대에게 주지 않을까요?"

"썩을."

세실스의 말대로 그럴 가능성이 가장 높다고 그루비도 욕설과 함께 찬동했다.

그렇다면 쳐낼 수 있는 가능성을 다 쳐내고 적절한 장소로 가는 게 상책이다.

"3번에 발로이가 있다면 녀석은 아닐걸. 그 녀석의 무기는 창이야. 굳이 바꿔 들라는 썩을 판단은 안 할 테지."

"그렇다면 어디 다른 곳이겠네요. 모처럼 알 씨가 아버지 쪽을 미끼로 써먹은 게 헛수고가 될지 모르겠습니다만."

"아니, 나도 이 녀석이 가장 먼저 치워야 할 상대라는 점에서는 의견이 같아……. 형제들이 왔을 때 이 녀석 하나에게 발목이 잡히다니 말 같지도 않아."

알이 움켜쥔 주먹을 부르르 떨고, 한쪽 눈을 감은 세실스가 그루비를 쳐다보았다.

방침은 결정되었다. 『사검』을 입수하기 위해 가지고 있을 만한 상대를 다른 정점에 찾으러 간다는 벼락치기 감을 부정할 수 없는 수단이긴 하지만——.

"썩을 멍청이, 최소한 맨 처음에 뽑아라. 어디가 제일 가능성이 있겠어?"

"으음…… 왠지 그냥 2번이요?"

"남동쪽이라면 여기서 그나마 가까운 곳이군. 그럼 다시 가죽옷 쓰고 셋이서……."

"아니."

가려는 정점을 결정한 뒤, 알의 말을 그루비가 가로막았다.

고개를 가로저은 그루비는 들고 있던 늑대인간 가죽옷을 알에게 던지더니 둘에게 등을 돌리고 골목 입구로 갔다.

그리고——.

"여기서부턴 따로 행동하자. 이 썩을 적이 움직이지 않게 잡아둘 필요가 있어. 썩어빠질 역할이지만 나밖에 못 해."

"윽, 무슨 말인지 이해는 하겠지만 가시넝쿨이 있잖아! 조건은 나나 당신이나 똑같지 않아?!"

알의 목소리가 만류하지만 그루비는 발을 멈추지 않았다.

쫓아가려는 알의 가슴을 세실스의 작은 손이 턱 막았다. 그렇게 알을 막은 세실스는 걸어가는 그루비에게 물었다.

"승산이 있는 거죠?"

"적어도, 썩을 멍청이가 일할 시간은 만들어 주마. 내가 누군 줄 아는 거야. 『구신장』 제6위, 그루비 검릿 님이시다."

그루비는 팔을 쭉 위로 뻗고 등 너머로 세실스에게 자신감의 근거를 전했다.

그것이 세실스에게는 유독 감명 깊었던 모양이다. 안 봐도 알 수 있는 상쾌한 콧숨을 푹푹 뿜더니.

"그렇다면 부디 마음껏 하시길. 다음에는 『사검』과 함께 뵙겠습니다!"

귀에 익은 주연 배우다운 대사와 함께 포석을 박차는 그루비를 전장으로 배웅했다.

4

──세실스와 알과 헤어져 혼자가 된 그루비가 제도에서 도약했다.

적의 이목을 꺼리지 않고 가로를 뛰어넘어 건물의 벽을, 옥상을 박차며 호쾌하게 뛰었다.

여기서부터는 늑대인간 가죽옷을 쓰고 움직이는 은밀 행동과 달리 일부러 요란하게 움직여서 상대의 주의를 끌어야 한다.

드디어, 비로소 그루비다운 면모를 발휘할 기회가 찾아왔다.

"더럽게 답답한 짓이나 시키긴……."

그루비가 쌓이고 쌓인 울분을 혀에 실어 밉살맞은 듯 독설을 뱉었다.

애초부터 그루비는 도망쳐 다닌다거나, 남의 눈을 피해 숨어서 행동한다거나, 그런 좀스러운 행동을 좋아하지 않는다. 잘하고 못 하고의 이야기가 아니라 싫은 것이다.

그럼에도 불구하고 송장 인간의 출현으로 서방 전선에서 이탈한 이후 여기 제도에 이르기까지 계속 그러기를 강제받아서 슬슬 인내심에 한계가 왔다.

물론 그 울분 때문에 단독 행동을 제안한 것은 아니지만 이렇게 자유롭게 날뛸 기회를 얻은 이상 만끽하도록 하겠다.

"나오셨군, 썩을 놈이."

무릎을 안고 빙글빙글 세로로 회전하는 그루비. 짐승 털에 덮인 가슴에 떠오른 가시넝쿨이 꿈틀거리고 술자와의 거리가 줄어들었기에 속박이 재발동한다.

심장을 직접 찌르는 격통은 설령 통증에 익숙한 전사라도 쉽사리 견딜 만한 것이 아니다. 그것은 앞서 말했듯이 거짓 없는 사실이다.

단——.

"상대에게 고통을 주는 썩을 저주라면, 빠져나길 길이 있거든."

그렇게 짖은 그루비가 몸에 감은 허리띠에서 단검을 뽑았다.

　비슷하면서도 다르게 생긴 여러 단검 중에서 선택된 한 자루, 그루비는 그 칼끝을 주저 없이 자신의 목덜미에 밀어 넣었다. ——그 순간, 단검에 장치된 독이 몸 안으로 흘러들었다.

　"커, 어, 으허윽."

　엽견인족의 작은 몸을 급속히 갉아먹는 맹독, 생물을 죽인다는 본분에 쾌재를 지르는 독이 혈류를 침범해 생명 활동을 치명적으로 끊으려——는 직전에, 독의 주입을 멈추었다.

　위장에 든 내용물이 역류하는 감각을 참는 그루비의 부릅뜬 눈에 핏발이 섰다.

　안구의 모세혈관이 터져서 두 눈이 붉게 물들었으나 그루비의 육체는 맹독에 죽기 직전에 버티고 섰으며 다른 변화를 야기했다.

　몸의 감각 일부가 맹독에 침묵했다. ——통각을, 죽인 것이다.

　순간, 그루비의 다리를 멈추지 못한 가시넝쿨의 고통이 사라지고, 심장을 조이는 구속감을 생명의 위기에서 억지로 극복했다는 흥분이 초극한다.

　본래 이 독은 사로잡은 적에게 투여해 통증을 느끼지 못하게 된 상대에게 의식이 뚜렷한 상태로 자기 몸이 망가지는 과정을 보여 주는 고문에 쓰는 물건이다.

　하지만 투여량을 조절하면 이처럼 몸의 자유를 남긴 채 통각만을 망가뜨린 상태로 활동할 수 있지 않느냐는 발상을 떠올렸다. 시험하고 싶긴 했어도 시험할 기회가 없었지만, 벼락치기 실전인데 잘 먹혔다.

"세실스 그 썩을 멍청이로 시험했다간, 실수했을 때 수습을 못 하니까."

자기 몸이라면 짐승 털의 수에서 이빨 하나까지 빈틈없이 파악하고 있다. 그 덕분에 미조정도 가능하지만 세실스나 알에게 시험하려면 눈대중에 목숨을 걸어야 한다.

혹시 세실스라도 독으로 죽는지 시험해 보고 싶은 마음이 없는 건 아니지만──무럭무럭 솟는 호기심을 억누르며 그루비는 4번 정점으로 향한다.

상황이 상황이다. 여기서는 볼라키아 제국을 멸망의 위기로부터 구하는 것이 최우선.

사실은 이 송장 인간이 되살아난다는 상황을 최대한 이용해 이미 멸종한 종족이나 머릿수가 한정적인 희소 인종의 소재를 닥치는 대로 모으고 싶지만, 눈물을 머금고 보내 줄 수밖에 없다.

그럴 만한 이유가 그루비 안에서 부글부글 끓고 있었다.

"썩을."

짧게 뱉은 욕설은 사라지지 않는 짜증에서 비롯한 것이다.

──이렇게 송장 인간에게 지배된 제도를 본 순간부터 그루비는 빈센트나 치샤 중 어느 한쪽이 죽었을 가능성을 예상하고 있었다. 그리고 어느 쪽이 죽느냐면, 죽은 것은 치샤 쪽일 거라고도 예상했고.

빈센트의 행보에 왠지 담담한 죽음의 냄새가 배어 있다는 조짐은 있었다. 하지만 어느 순간, 그게 뚝 사라졌나 싶었더니 이런 사태가 벌어졌다.

"더럽게 낮짝 하얀 썩을 멍청이 자식이."

담담해서 감정을 엿볼 수 없는 남자였지만, 그는 마침내 냄새로도 속내를 숨겼다.

제도 결전을 눈앞에 두고 그루비를 전장에서 서방으로 떼어놓은 것은 빈센트의 지시였지만, 그 빈센트가 치샤였던 것이리라.

그사이 빈센트가 어떻게 되었는지 그루비는 알 도리가 없고, 세실스가 작아진 경위도 상상하면 치샤 혼자 이긴 꼴이다.

하지만 그 승리도 제국이 지면 없던 셈이 된다.

"썩을."

그런, 어이없는 이야기가 있어서 되겠나.

그루비는 제국에서 태어나 제국에서 자라며 제국에서 사는 엽견인족이다. 그루비의 활약에는 종족의 지위 향상이 달려 있어서 용감히 싸우다 죽는 것이 소임이라는 말을 내내 들어왔다.

그루비는 자신이 제국사에 이름을 새기는 존재로서 태어났다는 자각이 있었고, 실제로 황제에게 발탁되어 제국 일장으로서 막힘없이 출세했다.

그런 그루비 검릿이 자신과 대등하거나 그 이상이라고 인정한 것이 『구신장』이다.

그루비는 제국의 전사이며, '제국인은 정강하여라'는 철학을 신봉하는 한 사람이다.

그렇기에 승패란 신성한 것이다. ──승자는 칭송받아야 한다.

"썩을, 썩을, 썩을, 썩을, 썩을, 썩을, 썩을……."

싸움이 끊이지 않는 볼라키아에서 그 불문율조차도 왜곡되면

이 세상은 지옥이다. 그리고 지옥이란, 볼라키아의 적이 맛봐야 하는 것이다.

──지옥이 있을 곳이 어디인지, 분수를 모르는 이놈들에게 가르쳐 주겠다.

"썩을 놈 발견."

핑핑 회전하는 시야에 움직이는 여러 인영을 발견한 그루비가 중얼거렸다.

눈 아래에 있는 송장 인간 무리도 날고 있는 그루비를 발견해 무슨 말을 외치고 있다. 하지만 반응이 너무 둔하다. 방치해도 해가 되지 않겠지만 방치할 이유가 없었다.

무엇보다도 피 냄새 속에서 그루비가 사냥감을 놔준다는 선택지는 존재하지 않는다.

이를 딱 부딪친 그루비가 등에 진 사슬낫을 뽑았다.

한 손으로 다루는 날이 넓은 낫과 사슬로 추를 연결한, 다루기 까다로운 감이 있는 무기다. 보통 사슬의 길이는 끽해야 몇 미터로 근거리와 중거리에서 싸우는 상황을 상정하는 게 사슬낫이지만, 그루비가 든 물건은 특수한 소재로 만들어졌다.

그렇기에 30미터 가까이 떨어진 송장 인간 집단에도 사슬추가 넉넉히 닿았다.

낫을 든 손을 크게 휘두르자 뒤늦게 따라가는 사슬추가 사슬 소리를 내며 지상으로 호쾌하게 날아간다. 추의 크기는 주먹 한 개분이지만 가속이 붙은 위력은 순수한 주먹 한 방분으로 환산할 만한 것이 아니다.

당연히 송장 인간들은 그 공격을 받아내지 않으려 뒤로 뛰어 추를 피하지만——어설프다.

"썩을 멍청이들이!!"

그루비의 포효가 향한 곳에서 던진 추가 지면과 접촉한다.

찰나, 추가 내부로부터 단번에 붉게 달아오르며 주위 건물까지 말려드는 대폭발 발생, 가공할 충격파가 도망친 송장 인간들을 삼키고 제도의 거리가 하나 괴멸했다.

——카라라기 도시국가의 북서쪽, 대폭포 근처에 있는 기랄 적구(赤丘).

붉은 사막 지대로 보이는 그곳은, 모래알처럼 자잘한 불의 마석 입자로 이루어진 세계에서 가장 위험한 땅. 바람만 불어도 심상치 않은 연쇄 폭발이 일어나는 그 땅은 사대에 속하지 못한 대정령의 피눈물로 이루어졌다고 전해지는 대지다.

그루비의 사슬낫에 달린 추 내부에는 기랄 적구에서 회수한 불의 마정석이 내장되어 있으며, 주위의 마나를 흡수한 마정석은 이렇게 무시무시한 파괴력을 발휘한다.

그루비는 길거리 하나를 둥그렇게 날려 버리는 폭열의 여파를 받으며 화마와 검은 연기가 번지는 폐허에 착지하고 등을 쭉 펴더니.

"오오오오오오——!!"

속에서 커지는 파괴 충동에 따라 함성을 터트렸다.

쿵쿵 뛰는 심장이, 가시넝쿨이 조인다고 호소해도 아프지는 없다. 그저 작열이 자신의 체내를 불사르는 감각과 함께 그루비는 피 냄새가 나는 숨을 내뱉었다.

그리고 이빨을 세게 딱 부딪치고 사슬낫을 고쳐 잡았다.

"그 썩을 저주라면 썩을 기습 같은 건 아예 불가능하겠어!!"

상공에서 붉은 외투를 나부끼며 떨어지는 인영을 향해 사슬추를 투척했다.

추의 위력은 증명된 대로. 상대가 손에 든 검으로 정면에서 막자 그 직후에 폭염이 상대를 집어삼키고——.

"치잇!"

그 순간, 불길이 두 쪽으로 갈라지는 광경에 그루비가 뒤로 펄쩍 뛰었다.

부자연스러운 불길의 변화는 날아온 인영이 베었다는 증거다. 그리고 이 상대가 그루비를 비롯한 주위에 가시넝쿨의 저주를 뿌리고 있는 장본인이라는 것도 주인의 도래에 환성을 지르듯 약동하는 가시넝쿨이 가르쳐 주었다.

만약 독으로 통각을 침묵시키지 않았으면 지금쯤 피를 토하며 버둥대고 있었으리라.

상대가 가시넝쿨에 의지할 뿐인 존재라면, 그루비가 완전히 우세하다고 말하고 싶지만, 공교롭게도 그렇게 만만한 적은 아닌 모양이었다.

"기습이라니, 무슨 묘한 말을. 어째서 짐이 고식적인 짓을 해야 하지?"

말하면서 불탄 폐허에 착지한 인물이 천천히 돌아보았다.

금이 간 창백한 피부에 검은자위에 떠 있는 황금 눈동자. 송장 인간의 조건을 충족시킨 그 모습은 예상대로지만, 예상을 한 단계, 아니 두 단계나 웃도는 요소가 있었다.

우선 볼라키아 황족에게만 허락되는 의장의 복장에, 왠지 모르게 빈센트 볼라키아의 인상이 느껴지는 이목구비, 무엇보다 상대가 들고 있는 그것이다.

그것은, 볼라키아 황제만이 들도록 허락된 붉게 빛나는 『양검』의 빛——.

"썩을."

송장 인간이 되살아난다면 당연히 거기에 볼라키아 황족이 낄 수도 있는 법이다.

그러니까 상대가 『양검』을 들고 있다는 사실은 놀라기는 해도 수긍할 수 있었다. 수긍할 수 없던 것은, 그 점만이 다가 아니었기 때문이다.

『양검』을 든 오른손을 내리고 있는 송장 황제는 왼손에도 다른 무기를 들고 있었다.

그리고 그것은, 여기서 이 시체가 들고 있는 것을 상정하지 않았던 무기——.

"이 썩을 칼이, 얼마나 나를 더럽게 거스르는 거야!!"

분노가 시키는 대로 포효하는 그루비의 시야에서 송장 황제가 손에 들고 있던 것은 『사검』 무라사메——『양검』과 『사검』, 말도 되지 않는 두 자루 마검이 『주구사』 그루비 검릿의 적으로서 막아섰다.

5

──프리실라 바리에르는 『별점쟁이』를 모멸하지 않는다.

볼라키아 제국에만 나타나는, 마음에 병을 안은 불쌍한 존재.

그것이 『별점쟁이』를 가까이 둔 이의 일반적인 인식이며, 애당초 세계와의 대화를 발병한 이와 그렇게 자주 마주칠 수 있는 것도 아니다.

그래도 『별점쟁이』가 발병한 이와 관련되기 쉬운 입장은 존재한다.

그것이 볼라키아 황족과 가까운 인물이다.

황족 자신이거나 혹은 황족의 수발을 드는 자. 가령(家令)이나 호위역, 그런 입장에 놓인 이는 『별점쟁이』 발병자와 조우할 가능성이 있다.

여하튼 『별점쟁이』라는 무리는 제국의 역사에 관여하고 싶어서 못 배기는지, 제국사에 기록될 만한 큰일이 있다고 빠짐없이 일러바치러 나타나니까.

그러나 허언증 취급을 받으며 모멸받는 『별점쟁이』의 발언이 중요시된 사례는 없다.

물론 개중에는 『별점쟁이』의 말에 귀를 기울인 별종도 없지는 않았겠지만, 적어도 공적으로 그 고자질이 쓸모가 있었다는 기록된 역사서는 전무.

이번 황제인 빈센트 볼라키아가 우비르크에게 직책과 성에 출입할 허가를 내릴 때까지 그것이 제국과 『별점쟁이』의 관계에 대한 상식이었다.

『별점쟁이』란 마치 제국에 보답받지 못할 열정을 태우는 구애자 같지 않은가.

천명을 받고 그 성취를 위해 맹목적으로 모든 것을 던지는 구애자. 그들을 아는 제국민 대다수는 그 행동을 모멸하지만 프리실라는 그들을 모멸하지 않는다. 불쌍히 여기지도 않는다.

『별점쟁이』란 모멸이나 연민의 대상이 될 만큼 특별한 존재가 아니다.

애초에 살아 있는 것들 대다수는 자신보다 거대한 무언가의 노예이다.

그 대상이 왕인지 가족인지 반려인지, 사랑인지 증오인지 운명인지, 그 차이만 있을 뿐이고. 그리고 그것은——.

"소녀조차 예외가 아니지."

손에 차고 있는 차꼬의 사슬을 잘그락 울리며 어둠 속에서 중얼거렸다.

말을 읊을 때 청중의 유무는 그다지 신경 쓰지 않지만, 적어도 그 중얼거림은 혼잣말이 아니라 상대에게 들려주기 위함이었다.

물론 상대는 바라지 않았던 모양인지 응답은 없었다.

다만 자신의 존재를 숨기려는 거라면 그 보잘것없는 소망은 이루어지지 않는다.

"숨을 죽이려 해 봤자 네놈 같은 존재의 기척은 숨길 방법이 없다. 아니면 소녀 쪽에서 친히 발을 옮겨야 얼굴을 보여 줄 수 있단 것이더냐?"

"그 차꼬를 찬 이상, 그것은 불가능한 행위입니다."

"그렇긴 하겠지. 그렇다면 역시 네놈 쪽에서 이리로 발길을 옮길 수밖에 없겠군. 소녀는 얼굴도 보이지 않는 놈과 말을 나눌 생각은 없다."

"……"

망설임이랄 정도의 당황은 없지만, 발소리 앞에 한 박자의 사색이 끼어들었다. 하지만 이윽고 천천히 차가운 바닥을 밟는 발소리와 함께 어둠 속에서 작은 인영이 다가왔다.

지하 감옥의 광원은 희박하여 상대의 형상을 흐릿하게만 파악할 수 있다.

어둠에 눈이 익숙해지는 데에도 한도가 있다. 하물며 암순응을 위해서 눈을 감는 짓은 하지 않았다.

"등불 없는 어둠에 숨는 꼴사나운 짓은 하지 않는다. 나설 때는 빛 속에서 당당히 나가지."

"참으로 당신다운 오만한 어투. 요 · 주의입니다."

무감정한 목소리가 들린 직후, 발꿈치와는 다른 단단한 것이 석재 바닥을 두드렸다. 차가운 공기를 가르고 날카로운 소리가 울린 뒤 푸르스름한 빛이 지하의 어둠을 흐릿하게 내밀었다.

"……"

그러자마자 하얗고 아름다운 얼굴—— 주황색 머리카락에 붉은 눈동자, 피처럼 붉은 드레스를 입은 미모의 소유자, 프리실라 바리에르가 빛 속에 떠올랐다.

지하에 묶여 있는 프리실라의 눈앞에서 푸르스름하게 빛나는 지팡이를 들고 있는 것은 분홍색 머리카락을 길게 기른 소녀——. 금이 간 피부와 소름 끼치는 두 눈의 특징이 가리키는 대로 송장 인간이다.

차이가 있다면, 프리실라가 처음 보는 이 어린아이 모습의 송장 인간이야말로——.

"이번 『대재앙』을 일으킨 자인가."

"부정은 하지 않겠습니다만, 어디에서 그 말을? 들을 기회는 없지 않았던가요?"

"소녀에게 식사를 가져온 것은 네놈의 수하이지 않나. 대화에 많이 굶주린 모양이더군? 소녀가 묻지 않아도 이것저것 지루함을 때울 겸 말하고 갔다."

"테메글리프 일장에게는, 요·경고입니다. 하지만——."

거기서 어린 송장 인간은 말을 끊고 한 걸음 프리실라와의 거리를 좁혔다.

그러고도 아직 멀다. 아무리 프리실라의 다리가 예술적으로 휜칠하더라도, 다리를 들어서 상대의 앞머리를 고쳐 줄 수도 없으리라.

"때웠던가요? 지루함은."

"……."

어린 송장 인간은 프리실라와의 거리를 유지한 채 끊었던 말을 마저 이었다.

질문이던 그 말에 프리실라는 눈을 살짝 가늘게 떴다. 프리실라의 얼굴을 들여다보는 어린아이의 발언에는 기묘하게 거리가 가까운 감이 있었다.

물리적인 거리가 아니라 정신적인 거리의 이야기다.

"마치 소녀를 이전부터 알던 것 같은 말투로구나."

"글쎄요. 당신은 저를 기억하고 있습니까? 짚이는 곳이 있기라도?"

"공교롭게도 시시한 것을 기억해 둘 만큼 소녀는 별나지 않다. 네놈이 그만한 가치가 없는 종자거나 소녀에게 그 얼굴을 보이는 게 처음이거나 둘 중 하나일 테지."

"정답입니다. 당신이 제 얼굴을 보는 것은 이번이 처음이지요."

끄덕인 어린아이의 답변은 프리실라의 의심에 대한 완전한 대답이 아니었다.

하지만 또다시 걸리는 부분을 남긴 발언인 만큼 상대의 진의는 명확하다. ──그녀는 프리실라를 시험하고 있다. 묶여 있는 짐승이 먹이에 달려드는지 그 여부를 관찰하듯이.

그 의도를 파악한 프리실라는 작게 코웃음 쳤다.

"소녀를 상대로 겁도 없이 불경하다고 할 수 있겠군."

"확실히, 저는 공포라는 감정을 모릅니다. 모르는 것은 공포에만 국한되지 않습니다만 지식욕의 종인 어머니의 대용품으로서는 중대한……."

"일방적으로 소녀를 알고 있나. 촌락, 커플틴의 망량은 네놈

짓이로군."

"요·해설입니다."

담담히 시작하려던 본인 이야기를 가로막은 프리실라가 말한 짐작에 어린아이가 숨을 죽였다.

그 뒤에 이어진 중얼거림은 프리실라의 짐작이 어린아이와 관계가 있다는 증거지만, 그것을 프리실라가 어떻게 연결 지었는지를 모르는 눈치였다.

"썩 어려운 얘기도 아니지 않나? 이전, 왕국에 있는 소녀의 영지에서 지금의 제도…… 아니, 제국 전토겠군. 그것과 흡사한 사변이 일어났다. 그렇게 희한한 변고를 두 번씩 겪으면 저절로 양쪽을 연결하기 마련이지."

루그니카 왕국의 바리에르령에서 발생한 사변의 중심지가 된 곳이 커플턴이라는 마을이며, 그 내용은 마을 주민이 송장 인간으로 변하는 것이었다.

물론 그때는 죽은 자를 되살린다는 말은 감히 할 수 없었고, 시체를 뜻대로 움직였다는 쪽이 적절한 꼬락서니였다. 원흉이라 해야 할 여왕은 토벌되고 그 이후로 동일한 이변의 보고는 없어서 침묵한 것으로 간주했었지만.

"소굴을 바꾸고 '테스트'를 계속했나 보구나. 주검에 벌레를 잠복시킨 소름 끼치는 인형 놀이도 조금은 숙달된 모양이야."

"이전 방침으로는 목표를 달성할 때까지 장해물이 지나치게 많았지요. 요·개량입니다."

"커플턴의 관여를 부정하진 않나."

"의미를 느끼지 않습니다. 무의미한 문답이지 않은지?"

감정을 엿볼 수 없는 어린아이의 응답은, 비효율적인 행위를 싫어한다기보다는 꺼리는 태도였다.

찔리는 기색도 없는 점이야 어쨌든, 부정하지 않는 것은 얻고 싶은 정보를 얻는 데에는 유익하다. 하지만 그런 한편, 그런 상대와의 문답은———.

"지루하기 짝이 없군, 네놈."

"그게 중요합니까?"

"이익의 유무를 도외시하면 대화에 가치를 찾아낼 수 있는 유일한 점은 그 부분이지 않나."

"그러면 이익의 유무를 도외시하지 않으면 되는 게 아닌지?"

"그러니까 네놈과의 대화는 지루하다고 말하는 게야. 완전히 죽은 자와의 대화로고. 묘비와 말을 나누는 편이 걸리적거리는 응답이 없는 만큼 낫다는 느낌마저 있군."

"……."

프리실라의 말에 검은 눈을 가늘게 뜬 어린아이가 다시 한 걸음 거리를 좁혔다. 그대로 그녀는 지팡이를 들지 않은 쪽의 손을 가슴에 대고 말했다.

" '숫제' 가 아니라 죽은 자와 대화가 맞습니다. 제 모습을 보고서 산 사람이라는 생각은 당신도 하지 않을 텐데요."

"살아 있어도 만족스럽게 말 못하는 자를 삶과 죽음에 끼워 맞추는 짓도 고약한 짓이지. 다만 단지 확실히 네놈이 송장 인간이라는 점은 다소 뜻밖이긴 했다."

"그것은 어째서?"

"의식을 거행한 장본인인 네놈 자신이 송장 인간이 되다니, 부주의한 도박이라고밖에 말 못 하지. 자칫하면 죽는 순간, 엮어 둔 술식이 끊어져서 모든 계획이 무(無)로 돌아갈 우려조차 있다."

물론 프리실라가 모르는 정보와 근거를 이유로, 그것이 기우라 치부할 가능성은 있을 것이다. 그러나 이 어린아이의 성질을 감안하면 크게 의문의 여지가 있었다.

이 소녀는 비효율을 꺼리고 확증이 낮다고 어림잡은 대상에는 손을 뻗지 않는 성질이다.

그럼에도 불구하고 자신의 생명조차도 『대재앙』을 일으키는 패 중 하나로 취급했다.

"피하기 어려운 『죽음』과 직면해서, 그렇기에 어쩔 수 없이 사후에 희망을 맡겼든가. 아니면 이 사변을 일으키기 이전부터 송장 인간이었든가. 그게 아니면……."

"그게 아니면?"

"생명이 다한 뒤에 이어지지 않는다면, 거기서 끝나는 것을 용인했든가."

프리실라는 송장 인간으로 변한 어린아이의 이해할 수 없는 진의를 추측하며 세 가지 가능성을 언급했다.

순서대로, 지금까지 분석한 어린아이의 성질로 보아 진의하고 멀 가능성을 뒤로 미루는 형식으로.

그러나——.

"요·칭찬입니다."

프리실라의 추측에 어린아이가 그렇게 반응한 것은, 본래라면 가장 작아야 했을 가능성을 언급했을 때였다.

그것은 즉, 커플턴에서 일어난 사변 전후에 발단한 어린아이의 계획이 자기 삶의 종막과 동시에 사라져도 단념했을 거라는 뜻과 마찬가지다.

그 사실도 프리실라의 아름다운 눈썹이 찌푸려지기에는 충분했지만, 이를 더욱 부추긴 이유는 진의를 지적받은 어린아이의 반응에 있었다.

어린아이는 생기가 결여된 창백한 얼굴로 내 뜻이 바로 그것이라는 양 미소 지은 것이다.

지팡이가 내는 빛 속에서 그 미소를 본 프리실라는 뚜렷하게 눈썹을 찌푸리며 말했다.

"이제야 이익을 도외시하고 말을 나눌 만한 가치를 보였나."

"뭔가 바뀌었습니까?"

"스스로 깨닫지 못하겠다면 소녀가 축복해 주지. 사후에 삶이 싹트다니 다소 지나치게 얄궂지만……."

거기서 프리실라는 말을 멈추고, 붉은 두 눈 중 한쪽을 감았다. 그렇게 한 박자, 아름답고 귀한 사색의 시간을 지나고서 감은 눈을 떴다.

그리고 붉은 두 눈에 미소를 지운 어린아이의 얼굴을 똑똑히 비추고 말했다.

"그게 아니군. 사후에 싹튼 것이 아니야. 네놈은, 그것을 밝히기 위해서 자신의 생명을 던졌나."

"어리석다고 생각합니까?"

"어리석음과 필사적인 갈망은 양립하지. 할 수 있을지는 네놈 하기에 달렸지만."

"스스로 판가름하지는 않았습니다. 기회는 저절로 찾아왔지요. 그러니까 피하기 어려운 '죽음'과 직면했다는 추측도 틀린 것은 아닙니다. 요·정정합니다."

그렇게 응수한 어린아이의 입술이 또다시 방금과 비슷하게 미소를 그렸다.

그 반응에 프리실라는 어린아이가 가진 생의 율동── 감정의 움직임이 존재함을 또렷하게 느꼈다. 그것은 필시 이전의 유아는 갖추지 못하던 것이리라.

그리고 그것 없이 죽은 자는 송장 인간으로 되살아날 수 없다.

따라서 어린아이는 자신의 생명으로 증명했다.

자신에게 송장 인간이 될 자격이, 흙의 그릇에 영혼을 다시 넣어 이승에 매달릴 이유가 있다고.

그것은 확증이 부족해 효율적이라고는 말하기 어려운 방책이었다.

"하나 그런 선택을 취할 수 있는 것이 감정이라는 게 아닐까요?"

"옳은 말이군."

가슴에 손을 짚고 있는 어린아이에게는 어딘가 불경함 같은 것까지 느껴졌다.

그때까지 보이던, 속이 빈 인형과 대화하던 것 같이 허전한 감촉이 사라지고 대신에 존재하는 것은 무기질과 결정적으로 성질이 달라진 존재와 대치하는 긴박감이었다.

"이전에 저는 이것을 경시한 탓에 왕국에서 벌인 계획이 꺾였습니다. 왕국의 『마녀』가 되는 데에는 실패했습니다만…… 제국의 『대재앙』에는 선택된 모양이군요."

"선택되었다는 말이지. 그것이 네놈이 재앙을 부른 이유라는 것이냐?"

"요·정정합니다. 그것은 동기가 아닙니다. 근거지요."

프리실라의 질문에 망설임 없는 답변.

어린아이의 대답을 듣던 프리실라는 애매모호한 의혹을 구체화하기 시작한다.

지하 감옥의 어둠보다 더 어두운 그림자에 가라앉아 있던 그것은, 어린아이가 지하에 지팡이의 빛을 가져왔듯이 그 말과 표정으로 서서히 명확해지고 있었다.

그리고──.

"제 이름은 스핑크스, 루그니카 왕국에서는 『마녀』라고도 불렸습니다."

"……."

프리실라를 곧게 응시하며 자신의 이름을 밝힌 어린아이──스핑크스의 발언과 태도가 의미하는 바가 드디어 프리실라에게 전해졌다.

굳이 루그니카 왕국에서 『마녀』라고 불렸다는 주석을 단 것은 다른 나라에서도 『마녀』라 불리는 존재들과 분명히 구별하기 위해서이리라.

과거에 존재했던 『질투의 마녀』 외에 여섯 『마녀』들은 역사에서도 거의 사라질 지경이지만, 그럼에도 전 세계에서 공통적으로 『마녀』라고 알려진 이들이다.

하지만 굳이 루그니카 왕국의 『마녀』라고 한정한다면 해당자는 한 명뿐.

그것이 『아인전쟁』에 가담한 존재임은 역사를 배우면 쉽게 알 수 있다.

그러나 이 『마녀』라고 자칭한 스핑크스가 프리실라에게 전하고 싶었던 것은, 자신의 정체 같이 시시한 정보가 아니다.

『마녀』가 프리실라에게 전하고 싶었던 것, 그것은──.

"네놈이 무의미한 죽음을 초극하여 송장 인간이 되는 삶을 싹틔운 것은, 소녀 때문이로군."

그것은 스핑크스가 『대재앙』이 된 이유가 프리실라에 있다는 선전 포고였다.

6

애초에 생각할 필요도 없이 명명백백한 상황이었다.

제국군과 반란군이 정면에서 부딪친 제도 결전. 스핑크스는 송장 인간을 대동해 『대재앙』으로 개입하여 내란의 결말을 흐지부지시켰다.

그 전투 중에 아라키아와의 충돌에 집중하던 프리실라와 요르나 두 사람은 다른 전장보다 사태의 추이 파악이 늦어서, 그 결과 송장 인간들의 의도에 허를 찔렸다.

현재 프리실라는 지하 감옥에 포박되어 아라키아와 요르나의 안부도 알지 못하는 상황이다.

아라키아와의 싸움 속에서 요르나가 프리실라에게 내렸던 『혼혼술(魂婚術)』의 영향은 남아 있기에, 요르나의 생존은 확실하다. 그게 아니어도 프리실라가 포로 신세를 감수하는 것은 의식이 없는 아라키아와 나타난 송장 인간들에 동요한 요르나의 안부와 맞바꾼 행동이다.

그 거래는 상대에게 프리실라를 잡을 의도가 없으면 성립하지 않는다.

즉, 프리실라가 이렇게 살아서 감옥에 묶여 있는 시점에서 상대방이 프리실라에게 볼일이 있는 것은 당연한 바였다.

"소녀의 생명에 집착하는 건 틀림없이 라미아인 줄로만 알았다만."

"라미아 고드윈 황녀도 당신의 구명에는 찬성했었지요. 그 황녀는 당신에게 강한 집착이 있었습니다. 최후의 한때는……."

"소녀와 라미아 사이의 시간을, 그 누구와도 공유할 생각은 없다."

그것은 저속한 호기심이라고 프리실라가 딱 부러지게 잘라냈다.

그 단언에 스핑크스는 "그렇습니까." 하고 선선히 손을 뗐다. 화제에 올리긴 했지만 흥미는 없는 것이리라.

그것은 두 번째 라미아의 사후에도 프리실라를 살려둔 점을 보아도 명백하다.

"집착이란 신기한 것이네요. 합리성과는 상반되는 요소에 지나치게 좌우됩니다. 그럼에도 불구하고 때때로 비합리가 합리를 웃도는 결과는 이해하기 곤욕스러웠습니다."

"이렇게 소녀와 대화하는 것은 합리와 비합리 중 어느 쪽을 중시한 결과지?"

"어느 쪽일까요. 요·숙고……. 그러는 것 자체가 신선하기는 합니다."

그렇게 대답한 스핑크스는 자각하고 있는 것일까.

자각과 무자각의 옳고 그름과 관계없이 스핑크스는 이 자리에서 프리실라와 말을 나누며 발언 속에서 급속히 인간미가 늘고 있었다.

싹튼 인간성에 프리실라와의 대화라는 물이 주어져 현저하게 성장하는 것이다.

"설령 피는 것이 독의 꽃이라 하더라도 씨를 뿌리고 물을 주는 데에는 재미가 있지."

프리실라가 깨달은 스핑크스의 진의. 입에 담은 그 추측은 부정되지 않았다.

굳이 파고들려고 하지 않는 자세로도, 그것이 스핑크스가 간직한 동기의 핵심에 있음은 확실하게 긍정된 거나 마찬가지라고 할 수 있다.

유일하게 프리실라가 스핑크스에 아쉽게도 뒤처진 점——. 그것은 스핑크스의 강렬한 집착이 어디에 기인하는지 프리실라는 전혀 짐작이 가지 않는 점이다.

물론 프리실라 정도의 입장이 되면 면식이 없는 상대나 자신의 이름을 알 뿐인 상대가 일방적으로 집착할 때도 있다.

하지만 스핑크스의 집착은 분명히 자기 완결이라는 수준을 넘고 있다.

이유가 있다. 『대재앙』의 발단이 된 이유가.

"아까, 흥미로운 말씀을 하시더군요."

"……."

"살아 있는 모든 것은, 어떠한 거대한 것의 노예라고. 이전에는 이해할 수 없었습니다만 지금의 저는 그 말을 이해할 수 있는 조짐을 느낍니다."

흥미롭다며 이야기를 시작한 스핑크스. 그녀의 말에 프리실라는 침묵으로 응수했다.

무시도 경멸도 아니며, 말하자면 위험한 호기심이다. 흥미롭다고 말을 꺼낸 스핑크스의 발언이 프리실라에게도 흥미로웠다.

과거에는 이해하지 못하던 것에 이해를 드러내고, 그런 다음에 프리실라의 말에 찬동마저 보인 이 『마녀』가 어떠한 이야기를 시작하느냐 싶어서.

침묵으로 채근하는 프리실라 앞에서 뜻한 바대로 스핑크스는 말을 이었다.

"그렇기 때문에, 비합리 속에서 새로운 합리를 찾아낼 수 있지요. 요 · 주목입니다."

그렇게 말한 스핑크스가 다시 한번 빛나는 지팡이 끝으로 바닥을 세게 두드렸다. 보주가 박힌 지팡이가 한층 더 크게 깜빡인 찰나, 그 보주의 표면에 변화가 생겼다.

──엷고 투명한 보주에 지하 감옥 밖, 제도의 광경이 투사된 것이다.

대화경(對話鏡)이 경면 너머로 건너편을 비추는 기능과 같은 원리일까. 프리실라는 원격 상영만을 위한 거창한 술식의 기척을 느끼며 그 빛에 눈을 가늘게 떴다.

주목하라. 스핑크스는 그렇게 말했지만.

"소녀에게 뭘 보여 주고 싶지?"

"당신이 한 말의 정확함과 저의 새로운 방정식의 결과입니다."

프리실라가 한 말의 정확함. 그것이 직전에 스핑크스가 거론한 말과 연관이 있다면, 대체 무엇이 비칠지 생각에 잠겼다가 깨달았다.

그리고 프리실라의 깨달음과 보주의 영상이 명료해진 것은 동시였다.

거기에 비친 광경은──.

"감정과 집착, 이해하고서야 비로소 그 이용 방법을 알았습니다. 그녀는 당차군요. 당신을 위해서라면 자기 자신을 아끼지 않습니다. ──요·숙고입니다."

7

——같은 시간, 보주에 비친 광경의, 그 리얼한 현장에서.

"나 원, 그루비 씨에게 미안한 짓을 하고 말았네요. 제 감은 이때다 싶은 순간에 빗나가지 않는다는 정평이 제 안에 나 있었는데…… 보기 좋게 빗나갔어요."

경쾌한 말투가 읊는 내용은 기세등등한 어조와는 정반대인 자신의 실수.

그러나 이를 이야기하는 음색에도 표정에도 일절 주눅이 없었다. 그것은 자신의 실수를 전혀 개의치 않기 때문이며, 사죄하는 마음도 그다지 진심이 아니기 때문이고—— 자신의 직감이 반은 맞고 반은 틀렸다는 결론을 내렸기 때문이다.

요란한 양동 역할을 아군에게 맡기고 송장 인간이 득실대는 제도를 내달리며 간 곳은 성벽의 정점, 2번으로 번호를 붙인 그 지점에는 찾던 물건이 있을 터였다.

물론 그렇게 점찍은 근거는 직감이며, 그걸 두고 확신이라 부르면 많은 이들로부터 지탄을 받을 게 분명하다.

하지만 적어도 자신에게는 확신이 있었다. ——여기가 활약할 장소라는.

여기에 오면 이 세계의 주연 배우인 세실스 세그문트의 화려한 활약을 시끄럽고 요란하게 지켜보는 관중들도 관람할 수 있을 거라는.

그것이——.

"그래서, 뭔가 변명할 말 있냐."

"이거 참 그게 말이죠. 이렇게 말하면 어때요? 제 직감은 틀리지 않았다. 왜냐하면 바로 여기에 제가 진정으로 바라는 것이 있기 때문이다! 하고."

옆에서 더 이상 은신복으로서 쓸모가 없어진 가죽옷이 불타고 남은 찌꺼기를 든 알의 원망 어린 말에 세실스는 의기양양하게 대답했다.

실제로 그게 사실인지 여부는 세실스로선 알 수 없는 차원의 문제이긴 했지만, 자신을 의심하기보다 자신을 믿는 편이 훨씬 더 긍정적이지 않은가.

"당신도 그렇게 생각하지 않습니까, 반나체 누나. 어두운 얼굴에는 어두운 전개가 따라다니는 법. 그리되면 빛을 받는 주연 배우가 해야 할 얼굴은 말할 것도 없지요."

"……."

세실스가 머리 위, 도착한 성벽보다 더 위의 하늘에 떠 있는 인영을 향해 목청을 높이지만 상대의 대꾸는 없었다.

단, 상대의 첫인사는 있었다. 그것이 부근 일대를 불바다로 만들고, 가죽옷으로 몸을 숨긴 세실스와 알 두 사람을 불태우려고 했었다.

그리고 그만한 짓을 했음에도 상대에게선 세실스 및 알에 대한 적의나 살의 같은 감정이 티끌만큼도 느껴지지 않았다.

있는 것은 그저 갈색 피부를 과다 노출한 호리호리한 몸에, 터질 듯이 거대한 것을 흡수한 소녀의 울음소리 같은 호소뿐.

그것이 어떤 경위로 그녀의 안으로 들어갔는지는 알 수 없으나
——.

"짐작건대 뭔가 안 좋은 거라도 입에 댔나요. 당신은 정말 손이 많이 가네요."

"……."

"어라? 방금 묘한 감각은……."

뭘까, 하고 그 감각을 더듬거리는 것보다 먼저 머리 위에서 움직임이 있었다.

빛이 깜빡이고 세실스와 알을 멸하고자 가공할 힘이 머리 위에서 내려온다. 그 앞에서 세실스는 입맛을 다시고, 옆의 알은 가죽옷을 버리고서——.

"아아, 제기랄! ——영역 재전개!!"

——그 악에 받힌 외침이 충격 속에 삼켜지고, 송장 도시 최대의 격돌이 시작되었다.

제6장 『그 눈물에 볼일이 있다』

1

——알데바란은 『별점쟁이』가 무엇인지 알고 있다.

예전 알데바란에게 그 이야기를 들려준 상대는 세상의 거의 모든 것을 알고, 그럼에도 탐욕스럽게 미지를 탐닉하는 존재였다.

복잡한 관계인 상대다.

좋아한다든가 싫어한다든가, 그러한 말로 표현할 수 있는 상대도 아니다.

감사하느냐 마느냐를 따지면 감사하고는 있으리라. 하지만 그 감사와 비슷하게 공존할 수 없다는 사실에 대한 응어리가 있다. 그런 상대다.

어쨌든 간에 누가 가르쳐 준 지식이든 『별점쟁이』의 사정은 알고 있다.

그리고 그것은 알데바란이 품은 비원의 성패에 아무런 기여를 하지 않는다. 『별점쟁이』에 대한 관심이나 그들의 관여 유무보다 '그것'을 끌어들인 일 쪽이 더 중요하다.

처음에 프리실라가 볼라키아로 간다는 말을 꺼낸 순간, 그 행동을 막을 수 없을지 여러 가지로 시행착오를 겪었지만, 한 번 하기로 결심한 그녀의 의견은 뭐가 어찌 되었든 꺾이지 않는다.

그렇다면 하다못해 동행이나 해서 가능한 한 보험이 되고자 노력했지만—— 이 제국에서, '그것'과 맞닥뜨린 것은 틀림없이 운명의 장난이었다.

운명은 언제나 알데바란의 인생에 불쾌하기 그지없는 개입을 행한다.

그렇기에 운명에게 좋은 인상은 티끌만큼도 없었지만, 이번만큼은 감사를 보냈다.

'그것'이 있다면 이야기가 달라진다. '그것'이 말려들었다면 상황은 극적으로 바뀐다.

'그것'이 저버리지 않는 범주에 들어가면, '그것'이 버리지 않는 범주를 더 크게, 손아귀에 들어가지 않을 만큼 넓히면 알데바란의 비원은 이루어진다.

알데바란은 한 번 모든 것을 내던졌다.

어둠 속을, 희미한 별빛에만 의지해 걷다가 해 봤자 헛수고라고 체념했다.

그렇기 때문에 태양은 눈부셨다. 어둠 따위 없다는 듯이 체념은 불타 사라졌다.

그 눈부신 태양을 지키기 위해서라면 운명의 신발을 핥아도 좋다. 몸이 찢어지는 고통을 참으며 '그것'을 직시하는 짓도 망설이지 않겠다.

『마녀』든 『별점쟁이』든 『대재앙』이든, 무엇이 막아서든 상관없다.

상관없으니까——.

——제발 부탁이니까, 저를 방해하지 말아 주세요.

2

——도합 22회.

그것이, 알이 자기 몸에 무슨 일이 일어났는지 파악하는 데 필요했던 시행 횟수다. 한순간에 자기 몸이 증발한 사실조차 깨닫지 못할 만큼 갑작스러운 화이트아웃——.

"아니지, 원인은 구름도 눈도 아니라 불이니까 레드아웃인가. 크림슨아웃이라고 바꿔 말해도 좋고, 멋있으니까."

깊게 숨을 내쉬고, 시답잖은 헛소리를 읊는다.

자신의 정신이 정상인지 여부는 명언할 수 없지만, 적어도 자신의 정신이 정상이지 않나 하는 근거 희박한 납득으로는 끌고 갈 수 있었다.

일단 그거면 된다. 문제가 있다면——.

"이 수준의 싸움이면, 내가 개입할 여지가 없어!"

그렇게 부르짖은 알의 눈앞에서, 제도에서 완수해야만 하는 역할 중 하나—— 성형 성벽, 그 다섯 정점의 공략이 한 곳 완료된다.

그야 절대적인 방어력을 자랑하던 견고한 성벽이 흔적도 없이 지워졌으니까 이걸 두고 목적 달성이라고 하지 않으면 뭐라 하겠나.

다만 높디높은 성벽과 주변 건물이 일소된 제2정점에는, 사라진 성벽보다 더 거대한 장해물이 다음 관문으로서 막아서고 있었다.

──흐린 하늘을 붉게 물들이며 어떠한 법칙의 작용으로 하늘에 몸을 내맡긴 한 소녀.

짧은 은발에 붉은 눈동자, 갈색 피부를 과다 노출한 소녀는, 아름다운 외모에 넋을 놓지 못할 만큼 보는 이의 본능적인 위기감을 자극하는 양상을 보이고 있다.

알과 세실스는 가시넝쿨의 주인을 그루비에게 맡기고 늑대인간의 가죽옷을 이용해 위기 없이 2번 정점에 도착했다──. 아니, 도착하려고 했다.

엄밀히 말하면 2번 정점은 소멸하고, 알은 그에 말려드는 형국으로 인식할 수 없는 피해를 수없이 봤다가 겨우 앞으로 나아갈 방법과 상황을 파악한 참이다.

그렇다고 해서 다시 한번 같은 짓을 하라고 해도, 이 결과에 이르기까지 연장전이 몇 번 필요할지 생각도 하기 싫다.

그렇기에──.

"사고 실험 재동, 영역 재정의."

알은 십여 초 또는 몇 초 단위로 매트릭스를 갱신하고 도망칠 틈을 온 힘을 다해 살폈다.

방금 외친 대로 알이 개입할 여지가 없다. 그럼에도 불구하고 알이 치명적인 피해를 받을 때마다 규정한 지점에서 재개해서야 세계가 진전되지 않는다.

　그 저격수 때처럼 세실스가 알을 주워서 치명적인 존으로부터 같이 도망쳐 주면 이야기가 달라지지만——.

　"미안하네요, 알 씨. 하지만 제 직감이 호소하고 있거든요. 여기는 제가 활약할 장면이며 알 씨에게 얽매여서는 체면을 구길 거라고."

　그렇게 말한 세실스는 일찌감치 알의 보호를 팽개치고 하늘에 있는 소녀—— 아라키아에게 도전한다.

　알이 그녀를 보는 것은 이번으로 몇 번째일까. 돌이켜 보면 검노고도의 검노 시절에 아직 어린 그녀와 협력했고, 이어서 성곽도시 과랄에서는 적대했으며, 이번의 제도에서는 증발당하는 등 순조롭게 관계가 악화되고 있다.

　하지만 여러 번 얼굴을 맞댄 아저씨로서 보지 않아도, 세실스의 말대로 아라키아가 예사로운 상황이 아님은 한눈에 알 수 있었다.

　"……."

　허공에서 몸부림치는 아라키아의 모습은 딱 봐도 정상이 아니다.

　『정령 포식자』, 그 특질은 프리실라에게 슬쩍 들었었다. 실제로 이 눈으로 불이나 물로 변신하는 모습도 봤지만, 그 전례와 뚜렷하게 어긋나 있었다.

육체를 물과 동화하거나 신체 일부를 화염으로 만들어 날고 있었을 때와 달리, 현재 아라키아의 모습은 내부에서 거대한 하얀 빛이 물어뜯고 나오기 직전처럼 보였다.

　갈색의 호리호리한 몸 내부에서 잇따라 튀어나오거나 직접 자라는 것처럼 보이는 것은 얇고 노란색이 낀 투명질의 결정체였다.

　순도가 높은 마석은 마정석으로 불리는데, 그것이 아라키아의 온몸을 둘러싸고 있다.

　저러고 태연하다면 저 모습도 아라키아가 『정령 포식자』로서 지닌 힘의 일환을 발휘한 것이라 여기겠지만——.

　"윽."

　세계 어느 곳도 제대로 비추지 않는 아라키아의 붉은 눈, 흐릿해진 왼쪽 눈에서 눈물이 흐르고 입술은 고통스럽게 구원을 바라는 신음을 흘리고 있다.

　이 모습을 정상이라고, 아라키아 본인이 바란 상황이라는 생각은 아무도 하지 않으리라.

　어린이가 입을 크게 벌려 울부짖고 눈물을 철철 흘리며 이쪽을 몇 번씩 두드려 대면, 설령 눈과 귀와 피부 중 어딘가가 막혀 있어도 울고 있음을 알 수 있는 것과 마찬가지다.

　아라키아가 지금 하는 짓이 바로 그거였다.

　"설마, 울고 있는 아이를 내버려 둘 수 없단 말은 아니지?!"

　머리를 감싸 쥐고 필사적으로 파멸에서 도망치는 알이 도리어 파멸을 향해 돌진하려는 세실스의 등짝에 악을 썼다.

　그 소리에 세실스는 뒤돌아보지도 않은 채 웃었다고만 알 수 있게 어깨를 들썩이고 말했다.

"아이와 여성의 눈물은 이야기를 움직이는 계기가 될 수 있습니다. 그러니까 제가 그걸 못 본 척하지 않는 것도 아주 자연스럽긴 합니다만 이번에는 그런 게 아니에요."

"그렇다면!"

"하지만…… 그 눈물에 볼일이 있습니다."

말을 끝마친 직후 녹은 잔해의 일부를 밟은 세실스의 몸이 뇌속(雷速)으로 도약했다.

주위, 2번 정점을 지키기 위해 만들어진 바리케이드는 용해되어 마치 마그마를 부은 지옥의 현현처럼 변했다. 실수로 마그마에 발을 빠트리면 도트 대미지는커녕 빠진 부분이 즉시 탄화하고 다시는 볼 수 없는 상처가 된다. 출처는 나 자신.

하지만 그런 마그마의 정원으로 변한 구획에 뛰어든 세실스는 한정된 발판을 구사해 하늘에 떠 있는 아라키아를 향해 나아갔다.

그 속도와 과감함은 필설로 형용하기 어렵다. ──아니, 진심으로 이루 형용하기 어려운 소행은, 그 직후에 콧노래와 함께 실현되었다.

"저게 말이 돼?!"

공중에서 아라키아의 온몸이 하얗게 빛을 내고, 그 순간 세실스가 달리는 지점을 섬광이 태웠다.

발사된 빛의 창이 마그마에 꽂히고, 한 박자 뒤에 주위 몇 미터의 공간이 둥글게 압축되었다가 곧장 터졌다. 압축 후에 폭발한 마그마와 그 결과를 낳은 파괴력이 주위로 퍼지며 압축된 공간의 10배 가까운 범위로 뿌려졌다.

알이 말문을 잃고 닿지 않는 거리인 줄 알면서도 무심코 팔로 머리를 가렸다. 가려진 시야에서 단 한 발로도 무시무시한 위력의 공격이 멈추지 않고 연사되었다.

한 발, 두 발, 세 발, 네 발씩 연사되고 그때마다 제도의 모습이 재구성되었다.

길은 길이 아니게 되고, 대지는 대지가 아니게 된다.

그 공격이 지상을 달리는 세실스를 좇아 잇따라 발사되자 천하의 세실스도——.

"타타타타타타타타타타타타타앗——!!"

마그마라는 작열의 타액이 사방에 튄다. 섬광이라는 파멸의 눈길을 피해서 하얀 먼지구름을 뚫고 나간 세실스가 죽음이 쏟아지는 공간을 맹렬히 내달린다.

이미 발판조차 없어져 마그마가 대지 대신 발밑을 침범하는 공간을, 세실스는 내화 능력이 전혀 없을 짚신으로 밟고 달려간다.

그 광경을 본 알의 뇌리에 스친 것은 시노비의 어처구니없는 수상 주행—— 오른발이 가라앉기 전에 왼쪽 발을 내디디고 왼발이 가라앉기 전에 오른발을 내디딘다는 그 이야기였다.

세실스는 바로 그 재주를 물이 아니라 마그마 위에서 벌이고 있었다.

"불가능한 일이잖아?!"

"그렇게 생각하는 분들이라면 영원히!"

알의 절규에 해맑게 응답한 세실스가 물리법칙 따윈 코웃음 치는 폭거를 체현하며 직진하다가 피해를 모면한 가옥에 돌진. 다음 순간 그 가옥이 붕괴하고, 무너지는 건물 속에서 걷어찬 기둥이 하늘을 향해 화살처럼 날아간다.

비교 사이즈가 잘못된 굵직한 화살이 거수의 몸통조차 관통할 듯한 속도로 아라키아에게 육박한다. 하지만 그 화살은 아라키아에게 적중하기 전에 발화해 그대로 공중에서 불타 사라졌다.

빛을 발하는 아라키아 주위로 열량이 얼마나 발생하는지, 그녀의 모습은 고사하고 하늘조차도 일그러져 보여서 어중간한 공격은 접근도 할 수 없었다.

그 사실은 세실스도 이해했을 터다. 그런데도———.

"차앗! 차아앗! 차차차차앗!!"

꽹음과 함께 차례차례 건물을 부순 세실스가, 부서진 건물의 기둥을, 지붕을, 가구를 눈으로도 잡지 못할 속도로 걷어차서 공중에 있는 아라키아를 공격했다.

물론 사물이 달라지면 도달한다는 문제가 아니어서 전부 도달하지 못한 채 공중에서 사라졌다.

게다가 도달하지 못하는 공격의 답례는, 스치기만 해도 치명상이 확실한 빛의 화살이다.

"멍청아, 그만둬, 이해가 안 돼?! 무턱대고 주의를 끌면……."

"무슨 말이에요, 알 씨! 반대반대반대반대. 전부 반대! 오히려 이쪽으로, 제 쪽으로 온 정신을 끌어야만 한다고요!"

"이 주목받지 못해 환장한…… 아니."

자발적으로 건축물을, 유발적으로 주변 일대를, 제도의 경관

파괴에 끊임없이 공헌 중인 세실스. 그의 여느 때와 같은 주연 배우 발언을 웃을 수 없다며 일소에 붙이려던 알은 깨달았다.

세실스가 잡은 위치는, 모두 제도 안쪽에 아라키아를 두고 자신이 바깥쪽으로 돌아서 공격을 유도하는 형국—— 다시 말해, 제도 안으로 공격이 가지 않는 싸움이다.

그 사실을 이해하고서 드디어 알도 세실스가 하고 싶은 말이 무엇인지 알 수 있었다.

"지금 저 여성에게는 의식도 이성도 없어요. 있는 것은 자신이 터지지 않기 위한, 죽지 않기 위한 본능적인 방위 행동뿐입니다. 내버려 두면 어슬렁어슬렁 도시 한복판으로 갈 것 같은데 한복판에서 날뛰게 두면 어떻게 되죠?"

"장차 백 년은 아무도 살 수 없는 구멍이 뚫리겠지……."

"많이들 죽을 테고 말이죠. 그것이 적이라면 또 몰라도 그렇지도 않은 사람이 대량으로 죽는 건 그다지 바람직하지 않습니다. 세계가 적적해지니까."

조용한 음색으로 말한 세실스가 자신을 스치려는 죽음의 빛을 피하고, 자신의 발언을 실행하고자 속도에 몸을 맡긴다.

알은 생각지도 못하게 멀쩡한 세실스의 진의에 놀라움을 숨기지 못했지만, 뜨거워진 쇠투구에 손가락을 걸어 각도를 고치며 버려 섰다.

——세실스의 말대로 현재 아라키아에게는 의식을 밖으로 돌릴 여유가 없다.

알의 상상을 초월하는 무언가를 흡수한 아라키아는 그것이 넘쳐 나오는 것을 필사적으로 버티며 장해물이 될 수 있는 위협에 반사적으로 반격하고 있을 뿐이다.

그리고 세실스는 그것이 제도를 멸망시키지 않기 위해 필요하다고, 일부러 위험한 거리에 몸을 두고서 툭툭 건드리며 아라키아를 여기에 잡아 두고 있다.

"……"

세실스의 목적과 아라키아가 처한 기묘한 상황.

자신이 할 수 있는 일은 없다고 뒤돌아서 달려간다는 선택지는 항상 머리 한구석에 어른거리지만, 세실스 또한 다리 한 짝이 날아간 적 있다.

알의 존재가 그걸 없었던 일로 할 수 있으면, 있을 가치는 있다.

"해 볼까."

알은 고개를 느릿느릿 가로젓고 길게 숨을 내뱉었다.

초장부터 벌써 22회나 도둑 카드를 뽑은 뒤라 이다음에 대체 얼마나 많이 도둑을 뽑는 꼴이 될지 알 수 없다. 그 결과, 자신의 이성이 어떻게 될지도.

그러나 이성이 남든 말든 태양은 착각할 여지 없이 눈부시다.

"그렇다면, 나는 그거면 충분해."

알은 투구의 걸쇠를 손가락으로 튕겨 소리를 내고 앞으로 한 걸음 나아갔다.

그리고——.

"……"

세실스를 노리고 발사된 흰 빛이 십여 미터 앞에서 작렬하고,

여파에 날아오는 마그마 탄이 정면으로 피하지 못하는 알을 포
착——.

"다음이다."

재정의한 영역에서, 평범한 사람 나름의 대무대로 내디딜 각
오를 다졌다.

3

——예전, 세실스 세그문트는 아라키아에게 말한 적이 있다.
제도에서는 일상다반사로 여기던 제1위와 제2위의 사투.
불에 타서 황량해진 대지에서, 패배한 아라키아와 승리한 세
실스가 환담하던 중에, 세실스는 카타나로 구름을 베고 그 기술
을 곡예라고 지칭했다.
실제로 세실스는 놀라게 하는 것 말고 다른 용도는 없다고 여
겼으며, 직접 보았던 아라키아도 쓸모가 있는 기술이 아니라고
평가한 검술.
그것은 로우안 세그문트가 평생을 투자해 창출한 무공(無空)
의 신기이자—— 초월자인 괴물들에게는 겉보기만 화려한 재주
에 불과했더랬다.
다시 말해——.

──긴 다리가 하늘을 가르고, 뒤늦은 강풍이 먼지구름을 날려 버린다.

　반사적으로 몸을 굽혀 회피한 강건한 다리. 큼직한 동작으로 빈틈을 보인 상대의 가는 허리를 향해 칼을 뽑아 둘로 가르려다가──충격이 흉부를 가격한다.

　폐 속의 공기가 튀어나오고 부릅뜬 눈 아래로 가슴뼈의 비명을 불러일으킨 것은 발차기를 날린 여자의 둔부에서 자란 여러 가닥의 꼬리였다.

　"윽."

　부드러운 짐승 털이 자란 여우 꼬리가 믿기지 않을 정도의 충격을 수반하며 몸을 후방으로 날려 버리고 지면에 튕기게 했다.

　한 번, 두 번, 천지가 뒤집히던 시야가 세 번째로 하늘에 작별을 고한 순간 칼을 땅에 박아 날아가던 기세를 멈춰 세웠다. 발꿈치로 땅을 밟아 깨트리고 이를 악물며 칼을 즉시 칼집에 꽂아 발도술 자세로──.

　"이제, 아셨겠지요?"

　"?!"

　검광일섬. 칼집을 벗어남과 동시에 날아가야 했던 검기(劍技)의 초동이, 칼집에 꽂은 칼자루에 얹은 여자의 손에 저지되었다. 한순간, 말문을 잃은 자신의 정면에서 여자가 날카로운 눈매 끝을 가녈다는 듯이 내리고 말했다.

　"당신으로선, 저를 상대할 수 없답니다."

　"오오오오──!"

그 동정심을 양단하듯이 저지된 칼을 뽑는 게 아니라 칼자루 위치를 고정한 채로 칼집 쪽을 빼서 반회전하며 마수의 뼈로 만든 칼집으로 뺨을 후려쳤다.

기세, 각도, 휘두른 손의 반응, 모두 다 인간의 두개골을 부수기에는 충분했다.

그러나——.

"……."

충격 때문에 후두둑 부서진 것은 칼집 쪽으로, 여자—— 아이리스라고 이름 밝힌 호인족(狐人族. 여우 인간)은 그 표정에 아무 자극도 없는 기색이었다.

그저 동정을 남긴 입술을 달싹이며 칼자루를 누르고 있던 손을 들어 올리고는 말했다.

"죽이지는 않겠으나 죽도록 아플 것이어요."

손바닥 타격이 이마를 때리자 몸이 뒤로 빙그르르 회전하며 날아갔다.

이번에야말로 낙법이나 버티기 같은 자세는 흔들리는 뇌째로 산산조각 나서 수정궁 앞의 길고 긴 대로를 곧게, 어디에도 걸리지 않으며 수십 미터씩 튕긴다.

튕기고, 튕기고, 튕기다 굴러서, 구르고 구르다가 대자로 나동그라졌다.

그리고——.

"아."

아주 잠깐의 싸움으로 반죽음을 당한 로우안 세그문트는 전율

했다.

너무나도, 너무나도 강하다.

믿기 어려울 정도의 강자. 물론 강한 상대라는 사실은 충분히 잘 알고 있었다. 그래도 이러니저러니 해도 결국 마지막에 이기는 건 자신이라고 확신하고 있었다.

여태까지 그랬듯이 이번에도 그럴 것이라고——.

——여기서 한 가지, 로우안 세그문트라는 남자의 불행을 이야기하겠다.

이 남자와 동행한 하인켈 아스트레아는, 선택받지 못하면 얻을 수 없는 무언가에 한 번도 선택받지 못할 만큼 불행한 남자였다.

한편, 로우안 세그문트는 선택받지 못하면 얻을 수 없는 무언가에 거듭 선택받아서 그 결과로 불행해진 남자였다.

로우안에게는 오랜 소원이 있었다. 한결같이 추구하던 것이 있었다. 한결같이 갈망하던 기원이 있었다.

『천검』에 이르기 위해 온갖 고난을 견디고, 모든 필요한 행위를 수행하며, 무슨 악마나 괴물이라고 매도되더라도 그것을 성취하겠다는 굶주림이 있었다.

그 소원에는 아무런 허위도 없다. 타협이나 체념과도 무관했다.

자신이 궁구하려는 검과 기술에 불성실하게 단련을 빼먹은 적 또한 한 번도 없다.

단지 로우안 세그문트는 만나지 못했다.

서로 성장시키는 호적수를, 꼭 넘어서야 한다고 자기 자신을 북돋우는 강적을, 혼자서는 당도하지 못할 경지로 밀어주는 사랑하는 사람을, 만나지 못했다.

만나는 상대를 닥치는 대로 베고 무슨 운명인지 자신의 검이 통하는 상대하고만 부딪쳐서 세상에 존재하는 수많은 초월자와 충돌할 기회를 계속 놓치다가 끝내는 이르지 못한다고 절망해서 죽음을 바라려던 순간 천명을 받고 『별점쟁이』가 되었다.

기회가 닿았으면 로우안 세그문트는 그 무력을 세상에 떨쳤을지도 모른다.

하지만 로우안은 호적수도 강적도 사랑하는 사람도 없이 계속 외톨이였다.

검의 길을 궁구하는 데에 정이란 불필요하다고 사적인 감정을 버린 것도, 관계가 돈독했던 상대에게 지독하게 배신당한 것도 아니다.

단지 로우안은 자신의 현재 위치를 가르쳐 주는 상대와도, 자신을 현재 위치에서 밀어 올려 주는 상대와도 만날 수가 없었을 뿐이다.

수정궁에서 수직으로 떨어진 아이리스의 첫 공격을 회피할 수 있었던 것은, 타인의 죽음을 거리끼는 그녀에게 공격을 맞힐 생각이 없었기 때문이다.

송장 인간이 된 발로이 테메글리프가 『구름 베기』에서 도주한 것은, 세실스 세그문트의 생각지 못한 반격을 우려해 깊이 쫓는 행동을 피했기 때문이다.

송장 인간 군세가 일으킨 『대재앙』 속에서 지금껏 무사했던 것은 그의 검이 통하는 상대만이 눈앞에 나타났기 때문이다.

　예전에 황제 암살을 교사하고 이를 거절한 세실스 세그문트가 로우안의 목숨을 거두지 않은 것은, '불가능하겠지만 아버지가 정말로 강해져서 돌아와서 나랑 일전을 나누는 전개는 불타는 기분이 드네요!' 하고 변덕스러운 생각을 했기 때문이다.

　오늘까지 로우안 세그문트가 목숨을 건졌던 것은 다행인지 불행인지 저울이 기우는 상황에서 저울을 반드시 행운 쪽으로 기울여서 그런 것이다.

　그리고 지금, 송장 도시가 변모한 제도에서 로우안이 만난 상대 또한 유일하게 로우안의 생명을 앗아갈 마음이 없는 적이었다.

　──세계는 로우안의 소원을 들어주지 않지만 그가 살아남는 길만큼은 항상 밝혀 주고 있다.

　"……."

　"계속하실 건가요."

　대자로 누웠던 로우안이 천천히 몸을 일으키자 아이리스가 눈썹을 찌푸렸다.

　멀찍이, 피아의 거리는 수십 미터씩 벌어졌지만 의식에서 벗어날 리 없는 존재감 때문인지 아이리스의 말이 로우안에게 또렷하게 들렸다.

　──아니, 어쩌면 이것은 처음으로 강대한 적과 만났기에 생긴 변화일까.

자신의 바깥쪽에 항상 존재하던, 한 겹의 결코 깨지지 않는 껍질이 깨진 것 같은 감각이 이유일지도 모른다. 그로 인해 확실하게 이해했다.

　정면에서 바라보는 아이리스의 몸을 맴도는 강력한 마나――. 그 방대한 양과 방금 겨룬 일전으로 확실하게 알 수 있었다.

　송장 도시로 변모한 루프가나에서, 필시 적의 주모자가 있을 수정궁의 파수꾼으로서 막아선 아이리스―― 이 여자야말로 볼라키아 제국 최강의 존재.

　『구신장』 제1위라고 칭송받는 세실스조차도 범접하지 못하는, 이 재앙을 위한 최종 존재――.

　"카하하, 요행이구나, 요행이야. 이렇게 좋은 날이 어디 있을까……!"

　그 사실을 피부로 실감한 로우안은 두개골 속에서 아들이 큰소리로 노래 부르는 것 같은 귀울림을 들으며 이를 드러내고 웃었다.

　『천검』에 이르기 위해서, 언젠가 『천검』에 이를 아들을 베는 것 외의 수단은 없다고 여겼다. 하지만 이렇게 세실스마저도 넘어선 존재와 조우했다면 이야기가 편하다.

　언젠가가 아니라 지금이다.

　지금 이 순간에 로우안 세그문트는 검의 정점에 이르러 『천검』의 자리에 앉겠다.

　이를 위해서――.

　"검객, 로우안 세그문트."

다시 한번, 끝내 놓지 않은 칼을 칼집에 꽂고 다리를 벌리고서 중단세를 잡는다.

저 멀리 시야 앞에 선 아이리스, 피아의 거리가 벌어진 것이 운수가 다한 바——. 아니, 정점에 이르고자 피와 땀을 흘린 나날의 산물이다.

남은 것은, 그에 걸맞은 대가를 아이리스의 가느다란 목에서 받으리라.

"『구름 베기』."

발도와 동시에 검광이 번뜩이고, 그것이 우두커니 서 있는 아이리스에게로 곧게 날아갔다.

도중의 공기를 베어 버리고 중간에 끼어든 나뭇잎을 베어 버리고 소리와 바람조차도 앞서가는 한 가닥 섬광은, 로우안이 지금까지 보낸 인생 중에서 최고로 예리한 일도였다.

그것이 아름다운 드레스를 입은 여자, 아이리스의 목을 참수하고——.

"여기까지예요."

목을 기울이는, 단지 그 동작만으로 로우안의 인생 최고의 일격을 피한 아이리스가 한숨처럼 중얼거린 뒤에 지면을 세게 밟고 전진했다.

『대재앙』의 최종 존재는 로우안에게 두 번째 공격을 날릴 시간을 주지 않았다.

4

　수직으로 내리꽂힌 충격에 로우안은 속수무책으로 가로에 깊이 파묻혔다.

　"……."

　아이리스는 땅속에 앞으로 기운 자세로 처박힌 검객의 모습을 내려다보다가, 그 결과를 만든 드레스 옷자락을 나부끼고 상대하던 남자로부터 등을 돌렸다.

　이미 싸울 힘이 남지 않았을 상대다. 등을 보여도 아무 위험성이 없다.

　서글프게도 설령 힘이 남아서 기습을 가한다 해도 아이리스에게는 닿지 못하겠지만.

　"목숨이 붙어 있는 동안에 제도를 떠나도록 하세요."

　약자라면 손가락 하나로, 강자라면 사투 끝에 고했을 말.

　이 말을 건넬 상대로서 로우안은 몹시 까다로운 인물이었다.

　──약자는 아니다. 하지만 강자도 아니다. 굳이 말하자면, 일반인의 정점이다.

　그리고 지금의 제도에서 그 현실은 이 자리에 있는 것이 죄라고 해도 무방했다.

　"죄란 말인가요. 대체 저는 무슨 입으로……."

　아이리스는 살며시 가슴을 부여잡으며 자신을 저주하듯이 중얼거렸다.

　그래도 결심했다. 결심하고 말았다. 그리고 그 결심을 변명할 수 없는 형태로 실행했다. 설령 누가 몇 명이 밀어닥치더라도 그 전원을 도로 밀어내기만 한다면.

그러면, 아이리스와 유가르드의 이야기는———.

"어째서 서는 것인가요."

발을 멈춘 아이리스가 배후의 기척에게 뒤돌아보지 않은 채 물었다.

그것은, 바로 조금 전의 일격으로 혼절했을 검객, 로우안이 일어나는 기척이었다. 의식을 앗아갔다고 여겼는데 아직 어설펐느냐고 후회했다. 그러나 그 이상의 힘을 담았다간 두개골이 깨질 수도 있었다. 목숨을 앗아갈 생각은 없었으니까.

힘의 차이는 충분히 전해졌다는 인식이 어수룩했던가. 설령 힘에 차이가 나도 물러나지 않을 때도 있겠지만 이것도 그런 쪽일까.

"상대에게 놓아줄 뜻이 없으면 그렇게 배수진을 칠 때도 있지요. 하지만, 저는."

"그럼, 작정은 없다고? 그게 문제외다."

"……"

힘없이 갈라진 목소리의 응답은 아이리스의 이해를 넘어서고 있었다.

그것이 전사의 긍지나 남자의 오기라는 것이라면 아이리스는 알 수 없는 이유다.

아이리스는 생각할 수밖에 없다. 그런 것들보다 자신이 소중히 여기고 싶은 것을.

그렇기에——.

"아직 포기할 맘이 들지 않는다면——."

그 마음이 꺾일 때까지, 자신의 마음에 금이 가는 소리를 듣더라도 계속하리라.

아이리스가 그렇게 로우안의 뜻과 마주 보려던, 그때였다.

"어……."

뒤돌아선 아이리스는 아연히 눈을 부릅떴다.

그것은 눈 깜짝할 사이에 로우안이 힘의 차이를 좁혔다는 이상 사태도, 누군가가 이 자리에 등장해 로우안 대신에 아이리스에게 무기를 겨눈 것도 아니다.

있는 것은 로우안뿐. 그러나 아이리스의 경악을 부른 것은 분명히 로우안이었다.

——그 손에 든 칼로, 자신의 목을 치명적으로 갈라서.

"무슨."

한 박자 뒤에 혈관이 끊어진 목에서 무시무시한 기세로 피가 분출되었다.

삽시간에 도로가 뿜어진 피로 젖으며 로우안 세그문트의 몸에서 생명의 근원이 흘러나와서 지면에 흡수된다.

"어째서……?"

이해를 훌쩍 뛰어넘은 광경에 아이리스의 입술에서 헐떡대는 숨이 흘러나왔다.

그런 아이리스의 모습에 목에서 피를 뿜는 로우안이 흉흉한 빛이 서린 눈을 부릅뜨고 역류하는 피를 입 끝으로 흘리며 웃었다.

웃고서, 말했다.

"비록 죽는다 해도, 소생은――."

말하던 중에 로우안의 파란 눈동자가 허옇게 홱 돌아가고 고꾸라졌다.

그것이 의식의 상실이 아니라 생명의 상실임을 느끼면서도 아이리스는 반사적으로 달려가 목숨만은 구하려 했던 남자의 생명에 손을 뻗으려고 했다.

그러나 그 손은 남자의 주검에 닿지 않았다.

왜냐하면――.

""소생은『천검』에 이를 것이다.""

달리기 시작한 아이리스에게로, 갓 죽은 로우안 세그문트의 송장 인간 여럿이 사방에서 일제히 덮쳤기 때문이다.

5

――뿜어낸 용의 숨결이 제도의 시가지를 뚫고 다가온 순간, 하인켈이 할 수 있던 행동은 거의 존재하지 않았다.

오직 생존 본능이 부르짖는 대로 검을 휘둘러 지면에 위안거리만 될 뿐인 구멍을 팠다. 그리고 그곳으로 몸을 집어넣는 행동이 늦지 않았을 뿐이었다.

물론 위안거리는 위안거리일 뿐이고 용의 숨결은 사선상에 있는 땅까지 깊이 파헤치며 다가왔으니까 그것은 위안거리조차 되지 못했을지도 모른다.

이리하여 친룡왕국을 오랜 세월 지켜오던『검성』가문의 현 당주인 하인켈 아스트레아라는 남자의 인생은 얄궂게도『용』의 숨결에 흔적도 없이 지워져서——.

"——이보셔, 쉽게 죽으면 안 되지, 아저씨."

목덜미가 잡혀서 억지로 구멍에서 끌려 나온 하인켈. 그 몸이 맹렬한 기세로 딸려 올라간 직후, 용의 숨결이 세계를 태우는 냄새를 맡았다.

"우오, 오오오아아아아?!"

시야가 핑핑 돌고 깨진 이마에서 흐르는 피가, 입 끝에서 넘치는 위액이, 좌우지간 몸 안에 든 것들을 거침없이 뿌리며 부유감을 맛보던 몸이 땅바닥에 떨어졌다.

낙법도 만족스럽게 취하지 못한 상태로 나동그라져서 땅바닥에 팔을 짚고 몸을 일으키고 주위를 보았다.

"으……."

무심코 신음성을 흘린 것은 직전까지 자신이 있던 위치의 참상을 목격했기 때문이다.

그곳은 용의 숨결에 쓸고 지나가 하얀 증기를 내며 완전히 소멸해 있었다. 만약 도망치는 게 늦었으면 자신도 저 증기의 일부가 되었으리라.

"대장 일행이 들어가기 쉽게 남쪽에서 날뛰어서 이목을 끄는 게 이 어르신의 역할이었는데…… 핫! 눈을 의심했다구."

"아아……?"

"도망친 줄로만 알았었는데, 근성이 있잖아, 아저씨."

난폭한 와중에 분명한 칭찬을 담은 목소리. 옆에서 나온 그 소리에 하인켈이 고개를 돌리니 거기 서 있던 것은 자신을 끌어낸 인물이었다.

마침 역광 때문에 얼굴이 확실하게 보이지 않는 상대. 직전에 용의 꼬리 공격을 맞은 충격도 있어서 귀가 울리기에 아는 목소리인지도 확실하지 않았다.

다만 상대는 그런 건 관계없다는 듯이 이를 딱 부딪치고 앞으로 나섰다.

땅바닥에 무릎을 꿇은 하인켈을 뒤에 놓고, 위에서 굽어보는 거대한 『운룡』과 대치한다.

그리고 가슴 앞에서 힘차게 두 주먹을 맞부딪치고 외쳤다.

"이 어르신이 손 좀 보탠다, 아저씨! 『크웨인의 돌은 혼자선 들 수 없다』잖아!!"

──짐승이 포효하듯, '볼라키아 제국을 멸망에서 구원하는 부대'의 최선봉, 가필 틴젤이 『운룡』과의 개전에 함성을 질렀다.

막간 『우비르크』

1

　——알다시피, 우비르크는 『별점쟁이』다.

　그가 받은 천명은 볼라키아 제국을 덮쳐드는 『대재앙』의 멸망으로부터 구하는 것이다.

　그걸 위해서 일개 남창이던 그는 뜻하지 않은 지성을 획득하고, 급기야 빈센트 볼라키아로부터 어느 정도 가치를 인정받기에 이르렀다.

　물론 그것을 자신의 공적이라고 우쭐댈 만큼 우비르크는 단순해지고 싶지 않았다.

　그럼에도 『별점쟁이』 역할을 받은 자들 대다수가 비참한 길을 걷는 것으로 짐작되는 와중에, 자신은 운이 좋은 처지였다고 생각하긴 한다.

　『별점쟁이』의 대다수는 천명을 받음으로써 그 전까지의 인간성이 뒤틀려 새로운 삶을 강제받는다. 그 사실을 불우하다거나 가엾다고 평가할 때도 있지만, 우비르크가 보자면 전제 조건이 사치스러워서 축복받은 사람의 견해라고만 느껴진다.

뒤틀리는 인간성과 변했다고 느껴 주는 주위 사람——. 그런 것이 없다면 애초부터 그런 인식을 품을 여지가 없다.

우비르크는 바로 그런 인물이며, 그 누구도 아닌 채로 소비되어야 했던 삶을 바꿔 줘서 천명을 받은 데에 깊이 감사하고 있다.

그것은 『별점쟁이』로서 받은 천명을 끝마친 지금도 변함없다.

"아—직 볼라키아를 구한 것은 아니지만 말이죠……."

군비 증강과 인원 배치, 밤새도록 전쟁을 준비하고 있는 요새 안에서, 일할 곳이 없는 우비르크는 턱을 괴고 정신없이 바쁜 사람들을 내려다보며 중얼거렸다.

머릿속 한구석을 항상 차지하던 안개가 걷힌 감각이 있고 사고에서 안개의 영향이 싹 사라지자 우비르크는 자신이 『별점쟁이』에서 벗어났음을 깨달았다.

앞서 말했다시피 우비르크가 받은 천명은 볼라키아를 『대재앙』에서 구하는 것이었다.

그럼에도 불구하고 이 시점에서 우비르크가 천명에서 해방된 것은, 이미 『대재앙』에 대해 우비르크가 할 수 있는 일은 아무것도 없다고 암시하는 거나 마찬가지였다.

그 즉시 자신을 내몰던 열광에서 깬 우비르크는 벌거벗겨진 기분이었다.

"감사는 하고 있어요? 감사는 하고—는—데—."

판돈이 오가는 순간을 앞두고 손을 놔 버리면 이야기가 다르지 않느냐고 불만을 토로하고 싶어지기 마련 아니겠는가.

오늘까지 쉬지 않고 불을 지피던 장작이 사라져서 우비르크의 신념은 연기만 푸스스 피우고 있다. 하늘하늘 흔들리는 연기는 어디로 갈지, 몸을 누일 곳은 찾지 못했다.

지금까지 천명이 가리키는 쪽으로 나아가며 『별점쟁이』로서의 역할을 다해 왔다.

그것이 우비르크의 싸움이었기 때문에 칼을 휘두르거나 활을 당기는, 그러한 전사의 투쟁법은 익히지 않았다. 검노고도에서 보낸 나날도 천명을 달성하기 위해서 죽지 않게 처신하여 실전에 덤비는 짓은 하지 않았다.

그래서 누구나 싸울 기개를 갖춘 이 요새에서 우비르크는 혼자였다.

"우직하게 각하에게 전해드—릴 건 아니었으려나요."

성새도시 가클라를 떠나 결전을 위해서 제도 루프가나로 향한 빈센트.

출발하기 전에 우비르크는 그에게 직접 질문을 받았다. ——『별점쟁이』로서 『대재앙』 회피를 위해 아직 쓸모가 있는 부분은 있느냐고.

거기서 아직 천명은 남았다고 거짓말할 수 있었으면 요새에 남겨질 일도 없었을까.

"하—지만 전 제국을 멸망시키고 싶지 않거든요."

있을 자리가 없답시고 거짓말을 해서 빈센트에게 괜한 염려를 끼치는 건 이적 행위다.

우비르크는 빈센트와 치샤 중 어느 쪽이 남아야 제국에 도움이 될지 저울질하다가, 치샤의 계획에 찬동해 빈센트가 살아남는 데에 일조했다.

자신은 천명을 받았지만, 천명을 받지 않았음에도 어떻게 살아갈지 정한 치샤는 훌륭하다.

그 선택을 더럽히고 싶지는 않다. 반면에——.

"……."

바쁜 요새에서, 갈 곳 없는 우비르크는 여러 사람과 엇갈린다.

모두 다 현재의 곤경을 이해하며 자기가 해야 할 일에 맞서는 사람들이다. 그 능력의 우열에 관계없이 자신의 본분을 다하는 이들을 존경한다. 동시에 부럽기도 했다. 얼마 전까지 우비르크도 그들과 같은 쪽에 있었건만.

그렇기에 우비르크는 생각한다.

"만약 제국이 위험해지면…… 저는 또 천명을 받을까—요?"

더 이상은 불필요하다고 역할을 거두어 간 거라면, 다시금 일손이 필요해지면 어떻게 될까.

이제 와서 제도에 출발한 빈센트 일행에게 우비르크가 해 줄 수 있는 일은 없다. 하지만 예를 들어 빈센트 일행이 『대재앙』의 원흉을 제거해도 왕국의 중대한 입장에 있는 인물이 목숨을 잃거나 제국의 요직에 앉은 인물이 죽는다면 어떻게 되겠는가.

그것도 『대재앙』과는 다른 형태의, 제국 멸망의 위기가 아닐까.

"한 번 천명을 받고 그 역할을 완수한 『별점쟁이』가 새로운 천명을 받을 가능성은 거의 없지. 그—래도 전혀 없는 건 아니야."

위기가 태어나면, 위기를 회피하기 위한 천명이 내려올지도 모른다.

그런 가능성을 향한 갈망이 우비르크의 발걸음을 요새의 뒤편으로 옮기게 했다.

물론 우비르크가 있는 곳은 가클라에서 가장 견고한 대요새이며, 여기까지 송장 인간들이 도달하려는 도시를 둘러싼 방벽과 도중에 있는 요새를 함락시킬 필요가 있다.

방위라는 관점에서 보면 거기까지 함락된 시점에서 이미 패전이다. 그러나 성새도시에는 더 이상의 퇴로는 없고, 병사들은 마지막 한 명까지 싸워야만 한다.

말 그대로 최후의 보루가 이 대요새다. 거기에, 빈틈이 있으면.

"……."

아주 사소한 빈틈이라도 상관없다.

문의 빗장을 아예 풀 것도 없이, 가볍게 흠집만 내도 부서지기 쉬워진다. 요새 외벽에 시한 작동식으로 마석을 설치해도 된다. 송장 인간의 등을 한 발짝 밀어주기 위한 수작이다.

그것이 준비되면, 불씨가 사라진 우비르크의 마음에 다음 장작이——.

"당신, 그런 데서 뭐 하고 있어?"

갑자기 머리 위에서 들린 목소리에 우비르크는 발을 멈추고 눈이 휘둥그레졌다.

돌아보니 요새의 2층 통로에서 내려다보는 시선—— 바퀴 의

자에 탄, 갈색 머리의 눈매 사나운 여성과 눈이 마주쳤다.

그녀는 수상쩍다는 표정으로 인기척 없는 요새의 뒤편에 있는 우비르크를 노려보며 물었다.

"서, 설마, 농땡이? 저기 말이야, 나 같이 다리가 불편한 여자도 일하고 있는데, 배짱 좋네."

"아—뇨, 농땡이 피우던 건."

"그럼 왜 그런 데 있는데. 서, 서툴게 변명하지 말아 줄래? 나 같은 철부지라면 쉽게 속일 것 같지? 그런 거 다 알아보거든."

여성이 묘하게 자학적인 의견을 섞으며 우비르크의 태도를 규탄했다.

뭐라고 반박하든 헛수고가 될 것 같아서 우비르크는 어떻게 해야 하나 진지하게 고민했다. 고민하다가, 문득 여성에게 묻고 싶은 질문이 떠올랐다.

"잠—깐 여쭙고 싶습니다만…… 다리가 불편하고 아마 싸우지도 못할 아가씨, 어째서 살아계실 수 있죠?"

"당신, 시비 거는 거야?!"

"아— 아니지, 잘못 말한 거였어요. 저는 아가씨한테 나쁜 말을 하고 싶은 게 아—니고요……."

우비르크는 눈을 부라리며 몸을 확 내민 여성에게 두 손을 들어 사과했다. 사과하면서 정말로 말하고 싶던 내용을 머릿속에서 조립했다.

이 제국의 궁지에 전사들이 오가는 대요새 속, 쓸모도 없는 몸이 불편한 여자.

"그런 아가씨는 어째서, 그—렇게 할 수 있는 일을 찾는 거죠?"

"그거야 당연히 아무것도 안 하고 있으면 마음이 불편하기 때문이지!"

꾸밈없이 솔직한 노성이 돌아와서 우비르크는 깜짝 놀랐다. 그 반응에 그녀는 "아아, 진짜!" 하고 짜증스럽게 손톱을 깨물었다.

그러면서 우비르크를 부모의 원수처럼 응시하고 말했다.

"나 말이지, 이 싸움에서 약혼자가 죽었어. 일부러 나를 구하러 왔다가 죽었어."

"그—건, 힘드셨겠어요."

"아는 척하지 마. 하긴 당신만 그러는 게 아니지만. 다들 아는 척하며 말하지만 쓸데없는 오지랖이야. 그런데."

"그런데?"

"바퀴 의자에 탄 여자가 우물쭈물 훌쩍대며 쓸모없는 채로 가만 있으면 어떻게 여기겠어? 아아, 저런 걸 챙기니까 약혼자가 죽은 거라고 토드가 놀림감이 된다고."

분노 어린 눈에 눈물을 머금은 여성이 목소리와 입술을 파들파들 떨며 말했다.

설명도 없이 튀어나온 그 이름이 약혼자이리라. 그녀가 입에 올린 말은 틀림없이 피해망상이다. 하지만 각색은 심해도 현실을 정확히 꼬집고 있었다.

사정을 모르고, 그녀와 약혼자의 관계를 모르고, 남의 일로서 한 시기만 그녀와 인생이 스친 거라면, 여성에게 그러한 동정심을 품는 이들이 태반이리라.

"동정 따윈 필요 없어. 내, 내가 조금이라도 당당히 굴면, 조금이라도 할 수 있는 일이 있으면, 그 바보가, 그 바보를 모르는 녀석들에게 헐뜯기지 않아도 돼."

"……."

"나는, 당당하게 살아 줄 거야."

이를 악물고 눈에 눈물을 머금은 그녀는 힘없이 목소리를 떨며 말했다. 그리고 새삼 젖은 눈으로 우비르크를 노려보았다.

"아, 알았으면 일을 찾아서 일해. 당신, 바퀴 의자 탄 여자보다 덜떨어진 거야?"

그것은 독려하기 위함인지, 아니면 순수하게 말버릇이 험할 뿐인지. 여성의 이름조차 모르는 우비르크로서는 그녀의 진의를 알 수 없었다.

알 수 없었지만, 그녀가 자기 자신에게 어떤 삶을 규정했는지는 충분히 전해졌다.

그리고 그것은——.

"훌륭하시네—요, 아가씨. 당신은 제국이 멸망할 이유를 하나 죽였어요."

『별점쟁이』가 아니게 된 우비르크를, 진정한 의미로 천명에서 해방하는 단초가 되었다.

2

"그렇게 못 알아먹을 소리나 하고 스리슬쩍 넘어가려고 들더라, 그 남자. 뭐, 그 뒤에 요새 병사에게 일거리를 받으러 간 모양이지만……."

렘은 울분을 토하며 콧김을 씩씩대는 카츄아 옆을 걸으면서, 그녀가 주의를 주었다는 남자의 이야기에 깊은 한숨을 쉬었다.

이렇게 모든 사람이 하나로 뭉쳐야 하는 상황에서도 역시 문제아는 일정하게 나타난다. 주위의 사기를 꺾고 화목을 어지럽히는 작자가.

"하지만 조심하세요. 상대가 울컥해서 카츄아 씨에게 폭력을 쓰지 말란 보장은 없으니까요."

"윽, 그건……."

"이번에는 상대방이 고분고분 귀를 기울여 줘서 잘된 거예요. 다음부터는 제가 옆에 없으면 경솔히 행동하지 말아 주세요."

떨떠름한 표정으로 입술을 삐쭉인 카츄아는 렘의 걱정에 아무 반박도 하지 못했다.

솔직하게 감사하단 말은 하기 싫고, 그렇다고 해서 무의미하게 미운 말도 하기 싫다. 그런 카츄아다운 고뇌가 엿보여서 렘은 미소를 머금었다.

스바루 일행이 제도를 떠나고 도시에 남은 렘과 다른 사람들은 방위전의 준비에 쫓기고 있다.

싸울 수 있는 자들은 각자 위치에 배치되고, 싸울 수 없는 자들은 그 지원을 담당한다. 치유 마법을 쓸 수 있는 렘은 중요시되고 있으며, 말 그대로 총력전이다.

불성실한 인원을 한 명 개심시킨 카츄아도 이를 위해 진력하는 사람 중 하나다. ──물론, 분전하는 그녀가 회복된 것은 아님은 렘도 알고 있다.

약혼자인 토드를 여의고, 오빠 자말조차도 당당하게 사지로 가겠다고 선언당한 카츄아. 그 속마음을 상상하면 렘도 가슴이 미어질 것 같다.

렘이 그 처지를 염려하지 않도록 허세 부리는 카츄아의 태도가 그 기분을 더욱 조장한다.

그러니까──.

"카츄아 씨, 깨끗한 천을 모으는 걸 도와주실 수 있을까요? 아마 싸움이 시작되면 많이 필요할 거예요."

"좋아. 여기, 무릎 위는 의외로 물건 많이 올릴 수 있어."

렘은 그런 카츄아의 허세를 지적하지 않으며 일을 도와 달라 부탁했다. 그것이 지금의 카츄아에게, 그리고 한 명이라도 더 많은 사람이 내일로 다다르는 데 필요하다고 믿으며.

그때──.

"아, 렘 언니!"

이름을 부르는 소리에 렘이 고개를 들자 통로 앞쪽에 손을 흔드는 소녀의 모습이 있었다.

머리에 큰 리본을 맨 귀여운 소녀── 페트라다. 그 옆에는 훤칠한 프레데리카의 모습도 있으며, 거기에 또 한 사람──.

"언니까지. 셋이 모여서 무슨 일이에요?"

벽에 등을 기댄 람에 눈길이 멎은 렘이 갸우뚱했다.

이들 세 사람은 스바루가 말하는 '기억'이 있었을 때 렘의 동료였다. 일단 람과의 관계는 납득했지만, 다른 두 사람과는 완전히 마음을 터놓지 않았다.

살며시 긴장하는 렘을 눈치챘는지 프레데리카가 미미하게 눈꼬리를 낮추고 말했다.

"저희 쪽 일은 일단락 지어져서 한숨 돌리자고 부르러 왔어요. 최소한의 긴장감은 필요하겠지만……."

"긴장만 하고 있어도 못 버텨. 적당한 휴식은 있어야지."

"저도, 람 언니에게 찬성해서요. 그리고……."

미소를 지으며 몸을 기울인 페트라가 말하던 중에 의미심장한 눈으로 렘을 바라보았다.

자신과의 거리감을 재는 페트라의 눈초리에 렘은 그 진의를 깨달았다. 이들은 렘에게 미지의 상대지만, 이들 또한 같은 처지인 것이다.

"마음은 이해해요. 하지만 지금은 그럴 때가……."

"아니야, 렘. 그건 반대야."

"언니……."

"상황이 상황이잖아. 이럴 때가 아니라고 여길지도 모르지만, 지금밖에 기회가 없다고도 할 수 있는걸. 람은 무조건적으로 렘을 믿을 수 있어. 하지만……."

거기서 연홍빛 눈을 가늘게 뜬 람이 옆에 있는 두 사람을 시선으로 가리켰다.

렘은 절박한 상황이기에 친목을 미뤄야 한다고 봤다. 그러나 람은 오히려 이런 상황이기에 더욱 신뢰가 중요하다고 여긴다.

"카츄아 씨는 어떻게 생각하나요?"

"어?! 나, 나한테 그런 거 묻지 마. 애초에 난 부르지도 않았잖아⋯⋯."

"무슨 말이야, 렘의 친구잖아? 당신도 같이 와."

"무슨⋯⋯ 어, 얼굴은 닮았으면서 렘하곤 완전 딴판으로 막무가내⋯⋯ 아니지, 곰곰이 생각해 보니 이쪽도 충분히 막무가내였어⋯⋯."

렘과 람, 자매가 동시에 말을 건네자 카츄아는 당황한 기색으로 중얼거렸다.

어쨌든, 의견을 요구받은 카츄아는 잠시 눈을 오락가락하다가 툭 말했다.

"사이좋게 지내지그래? 일에 관한 얘기도 빼먹지 않으면 게으름피운 게 아닌 셈이고 너하고 만나고 싶었을 거잖아."

"카츄아 씨!" "카츄아 님."

"왜, 왜 이렇게 허물이 없어! 나, 당신들 이름도 모르거든!"

고민 끝에 카츄아가 람 쪽의 손을 들자 페트라와 프레데리카가 기뻐했다. 그 두 사람의 기세로 언성을 높이는 카츄아. 렘도 한숨을 쉬고 단념했다.

렘도 딱히 나쁘다는 생각은 들지 않기에. 단지 아무리 해도 마음이 조급할 뿐이지──.

"그렇게 바루스가 걱정돼?"

가슴에 손을 짚고 카츄아를 비롯한 셋을 보던 렘의 옆얼굴에 람이 물었다.

그 한마디에 자신의 모든 게 다 들킨 듯해서 언니에게는 당할 수 없다고 새삼 생각했다.

그때였다. ——대요새의 하늘에서 크나큰 파열음이 울려 퍼진 것은.

"……."

한순간 잽싸게 창밖을 돌아본 렘이 아침노을이 깔린 하늘을 가르는 섬광을 목격했다.

그것은 사전에 협의와 통지가 있었던, 도시의 파수가 올린 보고——.

"프레데리카!"

"알고 있어요!"

직후, 렘이 행동을 일으키기보다 먼저 날카로운 람의 호명에 프레데리카가 반응했다. 프레데리카는 신속하게 카츄아 뒤로 돌아가 바퀴 의자를 밀기 위한 손잡이를 잡았다.

"카츄아 님, 혀를 깨물지 않게 주의하시길!"

"잠깐, 기, 기다…… 꺄윽."

"프레데리카 언니, 이쪽이에요!"

비명을 지르는 카츄아, 그녀가 탄 바퀴 의자를 프레데리카가 맹렬히 밀기 시작하고, 이를 앞에서 인도하듯이 페트라가 작은 몸으로 확 뛰기 시작했다.

그 움직임에 한 수 늦게 잇따라 일제히 요새의—— 아니, 온 도시의 사람들이 움직이기 시작하는 기척. 렘은 마치 도시가 흔들리는 착각을 맛보며 숨을 집어삼켰다.

"렘, 마음의 준비는 됐어?"

그런 렘 옆에 서서 눈을 들여다보는 람이 각오를 물었다.

만약 여기서 준비가 되지 않았다고 대답하면 언니는 뭐라고 말해 줄까.

"그때는 람이 렘의 마음 몫까지 준비를 마쳐 뒀으니까 안심해."

"언니는 역시 대단하세요."

"당연하지. 람은 그렇게 가슴을 펴고 싶어지는 언니니까."

말할 필요도 없이 용기를 나누어 주는 람에게 끄덕인 렘은 먼저 가는 세 사람을 쫓아 언니와 함께 소란스러워지는 요새 안을 달리기 시작했다.

싸움이 시작된다. ──이 제국의 명운을 좌우하는 마지막 싸움이.

"부탁해요. ──당신에게, 의지하고 있으니까요."

렘은 이 자리에 없는 소년을 떠올리며 부끄러운 마음을 참고 기도했다.

그 기도가 소년에게 의지하는 상황을 향한 것인지, 아니면 소년을 옆에서 도울 수 없는 현실을 향한 것인지, 분한 마음의 원천은 알지 못하는 채로.

──지금, 제도와 성새도시, 볼라키아 제국 최후의 싸움이 막을 열었다.

《끝》

후기

연말에 안녕하세요! 나가츠키 탓페이 더하기 네즈미이로네코, 2023년 마지막 인사입니다! 책을 집어 주신 분이 2024년 이후일 경우를 고려하지 않은 폭거라고도 할 수 있습니다!

매권 똑같이 정신없이 바쁘다고 떠들고 있습니다만, 2023년도 제법 노도 같은 기세로 지나갔습니다. 연말이 되면 매년 '올해도 아무것도 안 했어.' 하고 입버릇처럼 말하는데요. 새해가 되면 이번에는 '1월부터 3월 정도까지 기억이 없어.' 라고 말하기 시작하곤 하니, 결국 지나가는 시간의 소중함을 잊지 말자는 이야기입니다.

실제로 작중에도 확실하게 시간 경과와 전개 진행은 존재하며, 『Re:제로부터 시작하는 이세계 생활』도 이야기 전체의 초침이 진행되는 중. 곧 클라이맥스를 맞이하는 제국편, 7장부터 이어지던 이야기의 결말도 다가오고 작가가 쭉 머리에 그리던 장면이 옵니다. 그것을 머리에 그린 대로거나, 그 이상으로 그리는 것이 현재의 진심 어린 소원입니다.

부디 정신없이 부산한 나날 중에도 잊지 말고 그 장면에 다다를 수 있기를!

자, 그러면 성실한지 불성실한지 알 수 없는 흐름에서 늘 하는 감사의 말로 넘어갔으면 합니다.

담당자 I 님, 이번 권도 크게 조력해 주셔서 감사합니다! 거듭된 컨디션 불량의 보고를 들을 때마다 '나 대신 공격을 받고 있는 걸까' 하고 생각할 정도고 실제로 원고를 마칠 때까지 한 번도 컨디션이 무너지지 않고 넘어갔습니다! 부상과 병마의 방파제, 멋대로 감사하겠습니다!

일러스트의 오츠카 선생님, 이번에도 표지 일러스트를 비롯해 권두 컬러와 삽화 등 훌륭한 작업에 감사합니다! 지난번에 캐릭터 수에 관해 언급했습니다만 그만큼 많다는 것은 그만큼 많이 그려 주셨다는 뜻. 리제로라는 작품은 오츠카 선생님의 업적에 지탱받고 있음을 새삼 팍팍 실감합니다!

디자인의 쿠사노 선생님, 한 가닥 다른 이번 권의 표지 일러스트도, 분명하게 '한 권'의 멋을 지키며 종합하는 장인의 실력, 훌륭합니다! 언제나 홀딱 반할 지경이라고 감사를 금치 못하겠습니다!

아토리 선생님&아이카와 선생님의 4장 만화판도 월간 코믹 얼라이브에서 현재 가장 좋은 대목으로 돌입 중! 매번 그 까다로운 4장을 어떻게 만화로 구현할지 작가라기보다 독자로서 기대하고 있습니다! 항상 감사합니다!

그리고 MF 문고 J 편집부 여러분, 교열 담당자님 및 각 서점 담당자님, 영업 담당자님 등 이번에도 많은 분들께 감사를. 책을 내고 읽어 주는 기쁨은 아무것도 대신할 수 없습니다.

마지막으로, 매번 따라와 주시는 독자 여러분께 최대한의 감사를!

그러면 또, 다음 37권에서 만나뵐 수 있기를! 앞서 말했다시피 8장도 드디어 클라이맥스! 여기까지 따라와 주신 여러분께 극강의 감동을 전할 수 있도록 아낌없이 노력할 따름입니다! 앞으로도 부디 잘 부탁드립니다!

2023년 11월

《드디어 끝나는 23년, 코앞에 임박한 24년을 대비하며》

Character Design

가시나무 왕

유가르드
볼라키아

세실스

Cecils

"차차차찻, 차차차찻, 차— 차— 차— 차—!"

"뭐야, 썩을 멍청이, 더럽게 시끄러워! 뭔데!"

"아뇨아뇨, 모처럼 얻은 활약 장면이니까 여기선 힘차게 상쾌하게 화려하게 등장하자고 생각해요. 그루비 씨도 같이 어때세요?"

"네 썩을 무대에 따라 올라갈 생각은 전혀 없거든, 애초에 나나 너나 놀고 있을 썩을 여유는 없잖아. 후딱 할 일이나 정리하자고."

"말투는 거친데 성실하고 매몰찬 분이네요. 하지만! 그루비 씨의 외모는 유일무이한 애교가 있기에 무대를 돋보인다는 핑계로 넘어가겠습니다!"

"더럽게 시끄럽네!"

"자자자, 진정하시고요. 그래서, 그래서? 여기는 고지 장소라니까 매번 꼭 언급하는 질문인데 다음 권은 언제 나오나요?"

"네 뜻대로 진행하는 건 더럽게 열 받지만…… 다음 37권의 발매는 24년 3월 예정이란다. 동시에 단편집 10권도 발매한다더만."

"호호호오, 두 권 간행이라고요! 그건 참 기대감이 가득해서 아주 좋네요! 본편에서 격전이 이어서 눈이 뜨거워지는 면이 있을 테니까 단편집은 휴식 삼아 딱 좋은데…… 아니면 단편집 쪽에서도 격전! 격투! 대열전! 같은 상황일까요?"

"더럽게 안달내네, 이 자식! 자세한 내용은 잠시만 더 기다려! 그보다 아직 다른 이야기가 남았어

그루비

Groovy

'에이~ 뭐 어때요. 내용 예측에 장단 맞춰 주세요! 제 생각인데, 통째로 한 권 저에게 밀착해서 저
: 남김없이 속속 맛보는 번외편 같은 것도 재미있지 않을까요? 아차, 저는 이 세계의 주연배우니까
'가 있는 곳이 본편이라는 의견도 이해가 됩니다만!'

"——다른 고지인데, 매년 하는 『람과 렘의 생일 생활』, 그 2024도 개최도 결정됐다더라. 알고 있
지만 2월부터 개최돼."

'아~! 무시한다, 무시! 자주 당하죠! 생일 이벤트는 어느 쪽에서?'

"시부야 모디란 곳이라네. 썩을 놈처럼 헤매지 않게 길은 확실하게 조사해 둬."

'엄청 큰 곳인가 보네요. 탄생 가지고 이렇게 북적이다니 꽤 뛰어난 배우를 모은 모양입니다. 이쪽
 오니 자매였던가요. 그분들도 요 · 주목이겠어요!'

"다른 사람 생일에도 그렇게 야단법석 피우는 거냐……."

'어라, 어이가 없다는 기색이네요. ——서둘러도 일은 잘 돌아가지 않습니다. 걱정하지 않아도 활
할 장면은 꼭 올 거예요. 그걸 위해서 날마다 단련해 왔던 거잖아요?'

"……너."

'자, 자, 기적의 대무대! 결코 놓치지 말고 눈 돌리지 말고, 세계를 구가해 보지 않겠습니까!'

'이 썩을 멍청이의 방식에 따라야 하냐고……. 네가 똑바로 지켜보지 않아서 이 모양이잖아, 치샤,
더럽게 비실비실한 멍청이야."

※일본어판 발매 당시 내용입니다.

Re:제로부터 시작하는 이세계 생활 36

2024년 07월 25일 제1판 인쇄
2024년 11월 27일 제1판 발행

지음 나가츠키 탓페이
일러스트 오츠카 신이치로

옮김 정홍식

제작 · 편집 노블엔진 편집부

발행 데이즈엔터(주)
등록번호 제 2023-000035호
주소 07551 서울특별시 강서구 양천로 570 NH서울타워 19층
대표전화 02-2013-5665

ISBN 979-11-380-5026-5
ISBN 979-11-319-0097-0 (세트)

Re : ZERO KARA HAJIMERU ISEKAI SEIKATSU volume 36
ⓒTappei Nagatsuki 2023
First published in Japan in 2023 by KADOKAWA CORPORATION, Tokyo.
Korean translation rights arranged with KADOKAWA CORPORATION, Tokyo.

구매 시 파손된 도서는 구매처에서 교환하실 수 있습니다.
기타 불편사항, 문의사항이 있으신 독자님께서는 노블엔진 홈페이지 [http://novelengine.com] 에서
Q&A 게시판을 이용해 주시기 바랍니다.

나가츠키 탓페이
관련작 리스트

◆

[Re : 제로부터 시작하는 이세계 생활 소설 시리즈]

Re:제로부터 시작하는 이세계 생활 1~36
Re:제로부터 시작하는 이세계 생활 단편집 1~9
Re:제로부터 시작하는 이세계 생활 Ex 1~5
Re:제로부터 시작하는 이세계 생활 Re:zeropedia 1~2

[Re : 제로부터 시작하는 이세계 생활 만화 시리즈 / 본편]

제1장 왕도의 하루 1~2 (완)   · 만화 : 마츠세 다이치
제2장 저택의 일주일 1~5 (완)   · 만화 : 후게츠 마코토
제3장 Truth of Zero 1~11 (완)   · 만화 : 마츠세 다이치
제4장 성역과 탐욕의 마녀 1~4   · 만화 : 아토리 하루노

[Re : 제로부터 시작하는 이세계 생활 만화 시리즈 / 외전]

Re : 제로부터 시작하는 이세계 생활 공식 앤솔로지 코믹 1~3
· 원작 :나가츠키 탓페이/캐릭터 원안 : 오츠카 신이치로

Re : 제로부터 시작하는 이세계 생활 빙결의 인연 1~3(완)
· 만화 : 츠카하라 미노리 (원작 :나가츠키 탓페이/캐릭터 원안 : 오츠카 신이치로)

검귀연가 Re:제로부터 시작하는 이세계 생활 진명담 1~4(완)
· 만화 : 노자키 츠바타 (원작 :나가츠키 탓페이/캐릭터 원안 : 오츠카 신이치로)

[기타 단행본 서적]

Re : 제로부터 시작하는 이세계 생활 오츠카 신이치로 Art Works Re:BOX
· 오츠카 신이치로 (원작 :나가츠키 탓페이 / KADOKAWA)

Re : 제로부터 시작하는 이세계 생활 오츠카 신이치로 Art Works Re:BOX 2nd
· 오츠카 신이치로 (원작 :나가츠키 탓페이 / KADOKAWA)

청춘의 상상, 시동을 걸어라!

마왕 2099

1. 사이버펑크 시티 신주쿠

◆

통합력(F.E) 2099년──불사의 왕국을 다스리던 전설의 마왕, 벨토르가 소멸하고 500년 후── 마침내 마왕 재림의 순간이 찾아온다.

하늘을 찌를 듯한 마천루의 숲, 눈이 어지러운 극채색 네온사인. 마도공학의 기술 혁신을 통해 눈부신 발전을 거둔 미래도시, 『신주쿠』. 마왕이 강림한 세계는 옛 절대지배자를 내버려둔 채, 경악스러운 진화를 이뤘다.

거대 도시 국가가 손에 넣은, 화려한 번영. 하지만 그 이면에 숨겨진 건 무시무시한『 어둠』──.

눈부시면서도 황폐하기 그지없는 『새로운 세계』를 다시 지배하기 위해서, 과거에서 부활한 마왕은 미래에서 힘차게 나아간다!

애니메이션 제작 중

무라사키 다이고 지음 | 크레타 일러스트 | 2024년 8월 제1권 출간

청춘의 상상, 시동을 걸어라!